김현영 新무협 판타지 소설

각성 乞人覺醒
걸인 거지의 깨달음

4

걸인각성 4
김현영 新무협 판타지 소설

초판 1쇄 찍은 날 § 2002년 2월 20일
초판 1쇄 펴낸 날 § 2002년 3월 2일

지은이 § 김현영
펴낸이 § 서경석

편집장 § 문혜영
편집책임 § 권민정
편집 § 장상수 · 박영주 · 김희정
마케팅 § 정필 · 강양원 · 김규진

펴낸곳 § 도서출판 청어람
등록번호 § 제1081-1-89호
등록일자 § 1999. 5. 31
어람번호 § 제1-0058호

주소 § 경기도 부천시 원미구 심곡1동 350-1 남성B/D 3F (우) 420-011
전화 § 032-656-4452   팩스 § 032-656-4453
http://www.chungeoram.com
E-mail § eoram99@chollian.net

ⓒ 김현영, 2001

값 7,500원

ISBN 89-5505-164-6 (SET)
ISBN 89-5505-306-1 04810

※ 파본은 본사나 구입하신 서점에서 교환하여 드립니다.
※ 저자와 협의하여 인지를 붙이지 않습니다.

김현영 新무협 판타지 소설

각성 걸인

乞人覺醒
거지의 깨달음

4
강호가 다가오다

도서출판
청어람

목차

1장 불귀도에서의 하룻밤 / 7
2장 건곤패의 비밀 / 17
3장 마교의 후예들 모이다 / 51
4장 마교를 끌어안다 / 69
5장 개방에 흡수되는 마교 / 85
6장 천기를 바라보는 사람들 / 99
7장 청막의 개입 / 111
8장 또 다른 추적자들 / 121
9장 전개방의 일곱 공신들 / 129
10장 거지무공을 전수하다 / 145
11장 뇌력타곤으로 호신강기를 익히다 / 159
12장 귀식대법 / 175
13장 금강불괴 / 189
14장 창룡방 / 199
15장 당가 / 229
16장 용서받을 수 없는 자 / 285

1장

불귀도에서의 하룻밤

불귀도에서의 하룻밤

표영은 손패를 떠나보낸 후 먼저 섬의 제일 높은 곳으로 신형을 날렸다. 과연 이곳이 앞으로 진개방의 훈련처로 삼기에 적당한지 전체적인 윤곽을 보고자 함이었다. 불귀도는 한눈에 보기에도 거의 돌들로 가득해 돌섬이라 불러도 무방할 것 같았다. 그중 가장 높은 봉우리까지는 기암괴석을 헤치고 나아가야 하는 것이기에 거의 암벽을 등반하는 것이라 할 만했다.

하지만 그런 험준한 경사가 표영의 발걸음을 더디게 할 수는 없었다. 취팔선보의 경신법을 발휘해 나아가는 발걸음은 멀리서 볼라치면 술에 취한 듯 비틀거리는 것 같으나 실제로는 한 발 한 발 디딜 때마다 마치 접착제가 붙은 듯 척척 달라붙었고 다시 발을 뗄 때는 나비가 날아오르듯 경쾌하기 그지없는 동작을 보였다. 이윽고 정상에 오른 표영은 시원한 바람을 가슴으로 받으며 섬을 둘러보았다.

"야~ 이거 정말 심하군. 완전히 돌섬이잖아?"

정상에서 내려다본 불귀도는 표영의 말대로 엄청난 바위와 돌들로 가득했다. 동쪽 방향으로 숲이 보이긴 했지만 그건 농사를 짓기엔 터무니없이 보잘것없는 것이었다. 짐작컨대 200년 전 이곳에 거주했던 이들은 필시 고기잡이만으로 생계를 유지했으리라. 표영은 빙 둘러 섬의 요소요소를 세심하게 살폈다. 잠시 후 표영의 얼굴엔 만족스런 미소가 떠올랐다. 자세히 보고 있자니 나름대로 그럴싸해 보인 것이다.

"하하하… 하하하……!"

통쾌한 웃음이 천음조화를 통해 나타나자 소리는 섬을 회오리처럼 휘감고 돌았다.

"좋아, 바로 이곳이다. 이제 불귀도는 개방의 새로운 역사를 일구어내는 터전이 될 것이다. 하하하하."

불귀도는 들었던 말들과는 달리 음산하거나 귀기스러운 기운은 찾아볼 수 없었다. 그로 인해 표영은 저주의 섬이니 전설의 섬이니 하는 것 따위는 불어오는 바람과 함께 시원스럽게 잊어버릴 수 있었다. 표영은 기분이 흥해 섬의 여기저기를 손가락으로 가리키며 혼자 지껄였다.

"저쪽은 그래도 작게나마 공터가 있어 걸인 연무장으로 사용하면 제격이겠고, 저곳은 지형이 험해 경신술을 연마하기엔 딱이겠구나. 하하하, 천하에 빌어먹는 거지에게 이 정도 장소라면 거의 대궐이나 다름없지 않은가."

그렇게 표영이 온갖 궁리 속에 만족해할 때 갑자기 거센 바람이 불어닥쳤다. 고개를 들어 바람의 방향을 가늠해 보던 표영의 눈에 멀리 짙은 먹구름이 다가오는 것이 보였다.

"어라? 이거 비가 오려나 보네."

표영은 일단 비를 피해야 했다.

'이런 돌섬에서는 필시 굴들이 많을 것이다. 그곳에서 비를 피하고 밤을 보내도록 해야겠다.'

표영은 봉우리를 내려와 유달리 뾰쪽하게 솟아난 기암괴석들이 많은 지점으로 치달렸다. 아까 보기로 군데군데 검은 점처럼 보이는 것이 많아 동굴이 있을 가능성이 제일 큰 곳이었다. 한참을 달릴 때 바람은 더욱 거세게 불었고 거의 목적한 곳에 이르게 되었을 때는 시커먼 먹구름이 섬 전체를 뒤덮고 말았다. 어찌나 대단하던지 아직 해가 저물기엔 시간이 좀 남았음에도 불구하고 섬은 어둠에 휩싸였다.

우르릉— 쾅쾅!

비가 쏟아지기도 전에 먹구름 가운데서 하늘을 갈라 버릴 듯한 번개가 뇌선을 그렸다. 그와 함께 천둥 소리는 거대하게 울려 퍼지며 섬 전체를 뒤흔들었다.

"어라, 이거 어째 좀 불안한데."

우렁찬 천둥 소리는 아까까지만 해도 별것 아니라 단정 지었던 불귀도에 대한 전설을 떠오르게 했다. 그렇기도 한 것이 화창하던 날씨가 이런 식으로 갑작스럽게 변한다는 것은 도무지 상식으로는 곧 납득할 수 없는 것이었기 때문이다. 한참을 내달리던 표영의 눈에 반가움이 일었다. 눈이 이른 곳에는 약 십여 개의 동굴이 불규칙적으로 자리하고 있었던 것이다.

"오호, 거지들이 머물기엔 아주 그만이겠는걸."

아무리 거지라도 비가 올 때면 버젓이 맞고 잠을 잘 수는 없는 것이기에 앞으로 거지 교육을 시킴에 있어서 금상첨화로 여겨졌다. 표영은 일단 십여 개의 동굴 중 제일 먼저 눈에 띈 중앙 쪽으로 들어갔다.
　우르릉— 콰쾅!
　쏴아악.
　표영이 동굴에 막 발을 들이미는 순간 기다렸다는 듯이 폭우가 쏟아졌다. 대개 비가 내릴라치면 옅은 가랑비부터 시작해서 점점 빗줄기가 굵어진다든지 할 터인데 지금 내리는 비는 그렇지 않았다. 마치 하늘 위에서 미리 큰 항아리에 물을 담아두고 있다가 한꺼번에 부어 버리는 것처럼 굵은 빗방울이 거세게 쏟아져 내리고 있는 것이다.
　"하아··· 대단하구나."
　섬 전체가 빗소리로 가득 찼고 사물이 희미해 보일 정도로 어둠이 깔렸다. 그 희미한 밝음은 오히려 괴이한 분위기를 자아냈다. 이건 어두워져 버린 것보다 더욱 귀기스러움을 풍겨내고 있었다. 아까까지만 해도 지극히 평온한 섬이 삽시간에 저주의 섬이라 불리워도 손색이 없을 만큼 변한 것이다.
　'불귀도는 규모가 작아 특별히 더 살펴볼 것도 없으니 이곳에서 비를 피하다가 내일 손패가 오면 바로 돌아가야겠다.'
　표영은 눈을 지그시 뜨고 안력을 돋웠다. 불을 지필 만한 것이라도 찾고자 함이었다. 동굴 밖에서 비치는 옅은 빛의 도움을 얻어 부스러질 듯한 나뭇가지들을 발견할 수 있었다. 그중 하나를 손에 들고 양기를 응축한 후 쏟아냈다.
　화르르륵.
　펼친 것은 삼매진화였다. 손바닥 위로 불길이 피어 올라 나뭇가지에 불이 붙었고 그 불로 다른 나무들을 모아 모닥불을 피웠다. 이윽고 장작이 타오르며 환히 동굴 안을 비추었다. 불꽃이 일렁일 때마다 마치 수많은 사람들이 동굴 벽에서 춤을 추듯이 나타났다가 사라지는 것만 같았다. 바깥에서는 거친 빗줄기 소리가 요란하게 들렸는데 오히려 일관되게 계속되는 소리에 고요함을 느꼈다. 가만히 동굴 벽에 등을 기대고 불꽃을 보고 있자니 예전에 사부와 함께했던 시간들이 떠올랐다. 아련한 추억이 마음 밑바닥에서부터 피어났다.

'사부님…….'

표영은 사부와 함께 불귀도에 왔다면 얼마나 좋았을까라고 생각했다.

'매정한 사부. 내게 모든 걸 떠넘기고 떠나 버리다니…….'

사부의 떠남을 생각하자 생각이 꼬리를 물고 일어났다. 처음 사부를 만났던 때, 그리고 형이라 부르며 따라다녔던 사부의 모습, 떠나버리겠다고 윽박지르면 곧 눈물을 흘릴 것같이 글썽이던 얼굴. 이런 생각이 일자 마음에서 한 가닥 따스한 기운이 솟아났다.

'사부님, 제자를 보세요. 개방이 새롭게 태어날 초석이 될 곳에 이르렀습니다. 조금만 기다리세요. 만천하에 개방과 사부님의 명성을 드높이겠습니다. 꼭 지켜봐 주세요.'

한참 지난날을 거슬러 올라가다 보니 이번엔 뇌리에 치졸한 당가의 가주와 장로들의 비웃는 얼굴이 떠올랐다.

'그래, 그놈들이 있었지. 망할 놈들 같으니라구. 너희들에겐 누구도 받아보지 못한 큰 영광을 안겨주겠다. 내가 강호로 나가면 제일 먼저 거지가 되는 가문이 될 테니까. 너희가 멸시했던 거지들의 삶을 살도록 해주마.'

표영은 목숨을 앗는 복수를 할 생각은 없었다. 사부의 유언에 그런 뜻이 포함되어 있는 점도 있었는 데다가 진정한 복수는 그런 것이 아니라 여긴 것이다. 하지만 어쨌든 당가는 사부의 죽음을 재촉한 계기가 된 것이 사실인만큼 그에 대한 대가를 치르게 해야겠다는 다짐만은 확실했다.

우르릉— 콰광!

엄청난 뇌성벽력이었다. 표영이 추억 속에서 즐거워하고 슬퍼하며 분노할 때 상념을 일거에 날려 버릴 정도로 소리는 대단했다. 어찌나 소리가 크던지 섬 전체가 통째로 날아가는 것만 같았다.

'이거 점점 심해지는군.'

이런 분위기는 불귀도의 전설을 생각하지 않으려 해도 저절로 저주를 떠오르게 만들었다. 마음 한 켠에 두려움이 일었다. 차라리 강력한 적과 대치하고 있다면 두려움 따윈 없었을 것이다. 하지만 자연은 인간의 힘으로 어찌해 볼 수 없는 존재인데다가 풍겨내는 기세가 심히 커 절로 몸을 움츠러들게 하는 힘이 있었다. 비록 표영이 일차 각성을 이룬 뒤로 심령이 담대해지긴 했지만 지금은 외딴 섬—그것도 저주가 깃들어 있다는—불귀도에 홀로 있는 것이 아닌가.

우르릉— 콰광!

다시 한 번 번개가 내리치며 동굴 밖이 환해졌다가 순식간에 어둠에 휩싸였다. 표영은 동굴 안에 피워놓은 불이 수그러드는 것 같아 주변에 잔나뭇가지들을 모아 불 더미에 올린 후 애써 큰 소리로 떠들었다. 그건 불안함을 떨쳐 내보려는 생각에서였다.

"귀신 같은 것은 아무것도 두렵지 않아! 그럼, 그렇구 말구. 귀신이 나타난다고 해도 거지에겐 아무 소용도 없다구. 거지에게 얻어먹을 것이 뭐가 있다고 나타나겠어. 하지만 만약 나타나기라도 한다면 내

타구봉법의 무서움을 따끔하게 보여주고 말겠다. 그뿐이냐? 회선환을 먹여 앞으로는 착한 귀신이 되도록 해줄 테다!"
 겉으로 떠벌리며 큰소리를 쳤지만 마음속에서는 다른 소리가 울리고 있었다.
 '으씨… 귀신아, 귀신아… 나타나면 안 돼. 알았지?
 표영은 한참 동안 떠벌리다가 천음조화에 생각이 미쳤다.
 '왜 내가 그 생각을 못했지?
 천음조화의 구결 중 하나가 떠올랐다.

 "음(音)은 인간 세상뿐 아니라 천상까지 나아간다. 땅의 것 중 하늘에 가장 근접한 것은 오로지 음뿐이다. 천음조화는 마음을 평안케 할 수 있을 뿐만 아니라 격동케 하거나 감동케 할 수도 있음이다. 모름지기 음은 모든 세상의 조화를 이루어낼 수 있음이니 무(武)의 극(極)은 오로지 음으로 인해 달성될 것이다."

 벽에 기댄 채로 천음조화를 운용하며 길게 휘파람을 불었다. 맑고 청아한 소리는 동굴 안에 울려 퍼졌고 거센 빗소리와 가끔씩 터져 나오는 천둥 소리마저 억눌렀다. 휘파람이 이어질수록 표영의 마음은 잔잔한 평안에 이르렀다. 표영은 길게 길게 이어지는 소릿결에 다시금 지난날 사부와의 정겨운 나날들을 떠올렸다. 그리고 그 정겨움에 묻혀 한순간 잠에 빠져들었다.

2장
건곤패의 비밀

건곤패의 비밀

새벽녘. 이제껏 발했던 번개와는 비할 수 없으리만치 강력한 번개가 하늘에서 번쩍이더니 불귀도의 서쪽 암벽에 내리꽂혔다. 그리고 이어지는 거대한 천둥 소리.

우르릉… 콰광광쾅!

암벽에 내리꽂힌 번개의 위력은 상상을 초월하는 것이었다. 어찌나 대단했던지 암벽이 두 갈래로 쩌억 갈라졌는데 그건 마치 지진이라도 난 것 같은 형상이었다.

콰광! 푸스스—

암벽이 갈라지고 파편이 사방으로 튀어 오르며 연기가 피어 올랐다. 번개가 지면을 강타하는 현상은 상당히 보기 드문 일이라 할 수 있었다. 하지만 그보다 더욱 놀라운 사실은 번개가 꽂힌 후에 나타났다. 번개에 의해 두 갈래로 갈라진 틈새 사이로 믿을 수 없는 광경이 드러난 것이다. 암벽 안에는 기실 아무것도 없어야 정상이라 할 수 있었다. 아니, 당연히 아무것도 없어야만 했다. 허나 암벽 안에는 백의와 흑의를 입고 있는 청수한 두 노인이 좌화(坐化)라도 한 듯이 가부좌를 튼 채 앉아 있는 것이 아닌가. 이 기막힌 광경을 누구에게 전해 준다 한들 과연 어느 누가 이해할 수 있을까.

이런 놀라운 광경에 이어 더욱 희한한 일은 그 다음에 일어났다. 두 노인이 앉은 밑바닥에서부터 보랏빛 광채가 피어나는가 싶더니 점점 짙어지는 것이 아닌가. 그 빛은 서서히 몸을 휘감고 위로 올라왔다. 잠시 후 두 노인은 급기야 뿌연 보랏빛 광채에 휩싸여 그 모습조차 확인할 수 없게 되었다. 아직도 거센 빗줄기가 쏟아지고 있었지만 보랏빛 광채는 전혀 수그러들 기미가 보이지 않았다.

보랏빛 광채가 다시 변화를 보였다. 이번에는 빛이 두 노인의 머리 위로 모두 올라가 둥그런 환을 이루더니 천천히 머리부터 차례로 내려오며 목, 가슴, 그리고 하체까지 휘감아 돌았다. 이 광경은 그저 신비롭다고밖에는 표현이 불가능할 정도로 놀라운 모습이었다. 세상에 그 어떤 희한한 것도 지금의 현상에 비한다면 보잘것없는 것으로 보이리라. 그리고 그 어떤 것에도 놀라지 않는다고 자부하는 사람이 있다 할지라도 아마 입을 쩍 벌리고 다물지 못할 것이리라.

그렇게 보랏빛 광채가 여섯 번째로 몸을 휘감을 때였다. 동시에 두 노인의 손이 꿈틀거렸고 후~ 하는 소리를 토해내며 크게 가슴이 부풀어 올랐다가 가라앉았다. 그와 함께 처음과는 달리 두 노인의 얼굴에 서서히 혈색이 일었다.

푸스슥—

암벽 안에 자리하던 두 노인의 위쪽으로 번개에 맞아 부서졌던 바위덩어리가 거센 빗줄기에 의해 움직거렸다. 위치를 가늠해 볼 때 만일 흑의노인이 자리를 벗어나지 않는다면 그대로 머리로 떨어질 상황이었다. 이때 보랏빛 광채는 일곱 번째로 몸을 휘감고 있었다. 천천히 하체를 휘감던 광채는 잠시 머물더니 안개가 빠르게 걷혀지듯 대기 중으로 흩어졌다.

푸스스슥─

그 순간 염려스러웠던 일이 벌어졌다. 턱걸이하듯 걸쳐 있던 바위 덩어리가 흑의노인의 머리를 향해 떨어져 내린 것이다. 일촉즉발의 순간이었다. 일순 흑의를 입은 노인의 하체에서 사라져 가던 보랏빛 광채가 마치 살아 있기라도 한 것처럼 치솟아오르더니 돌덩이에 부딪쳤다. 그것은 치열하게 흑의노인을 보호하려는 움직임 같았다.

파사삭─

보랏빛 광채는 바위에 부딪쳐 바위를 박살 내버리고 이내 사라져 버렸다. 하지만 광채는 거의 대기 중으로 흩어지려 했던 상태였던지라 바위를 깨부수긴 했지만 온전히 막아내지 못했고 일부 돌덩이가 흑의노인의 머리를 강타하고 말았다. 흑의노인은 충격으로 앉은 자세 그대로 뒤쪽으로 쓰러졌다. 그때 옆자리에 있던 백의노인은 보랏빛 광채가 사라진 후 눈을 떴다.

번쩍.

백의노인의 눈에는 보랏빛 잔광이 춤추듯 일렁이며 돌더니 사라졌다. 백의노인의 얼굴은 어떤 기대감으로 설레는 모습이 역력했다. 그의 입이 열렸다.

"드… 디… 어… 때… 가… 된… 것… 인… 가……."

그의 목소리는 벙어리가 처음으로 말을 하는 것같이 어설펐지만 그

속에는 말로 표현하기 힘든 짙은 감회가 서려 있었다. 그는 미소를 지으며 흑의노인을 향해 고개를 돌렸다.

"형님… 우리의 때가 되었습… 헉……!"

백의노인은 옆의 노인이 당연히 정좌를 하고 앉아 있을 것을 기대했다가 쓰러져 있는 것을 보고 경악성을 토해냈다.

"형님, 형님! 이게 도대체 어떻게 된 일입니까? 정신 차리세요!"

백의노인은 황급히 흑의노인에게 다가가 몸을 살폈다. 주변에 돌조각이 널려 있고 머리 부분에 돌 가루가 뿌옇게 자리한 것을 보자 대충 상황이 어떻게 된 것인지 알 수 있을 것 같았다.

'천극간시공해체대법이 온전히 풀리기 전에 돌 더미가 쏟아져 내렸구나. 아무런 이상이 없으셔야 할 텐데.'

손목을 잡고 맥을 짚어보았다. 그나마 다행히도 몸은 크게 이상이 없는 듯했다. 하지만 급히 추나수법으로 정신을 차리게 해보았으나 좀체 깨어나지 않았기에 불안한 마음은 여전했다.

'천극간시공해체대법이 풀렸음은 곧 지존이 이곳에 당도하셨음을 의미한다. 아! 지존을 배알해야 하건만 처음부터 이런 불상사가 일어나다니…… 이 일이 마교의 불안한 미래를 나타내는 것이 아니길 바랄 뿐이다.'

그럼 이 두 사람은 과연 누구란 말인가. 간략하게 살펴보자면 이 두 노인은 200년 전 멸망한 마교인들이었다. 일명 십절쌍마로 흑의노인의 이름은 능파였고 백의노인의 이름은 능혼이었다. 이들은 형제로 200년 전 당시 후대에 등장하게 될 천마지체를 타고난 마교의 지존을 보필하기 위해 대법을 통해 기다리다 깨어난 것이었다.

'일단 형님을 편안한 곳에 두고 지존을 찾아뵙도록 하자.'

백의노인 능혼은 계속해서 굵은 빗줄기가 쉴 틈 없이 쏟아져 내려오고 있었기 때문에 이 상태로 형님을 놔둘 수는 없는 노릇이라고 생각했다. 쓰러져 있는 능파를 들쳐 메고 신형을 날려 비를 피할 만한 곳을 찾았다. 얼마 가지 않아 능혼은 여러 동굴이 있는 곳을 발견하고 제일 왼편에 위치한 곳으로 들어갔다. 묘한 것은 그 동굴이 모여 있는 곳 중앙 쪽이 표영이 잠시 비를 피하고 있는 곳이라는 점이었다.

  "형님, 조금만 이곳에서 기다리십시오. 먼저 교주님을 찾아뵈야 할 것 같습니다."

  형님 능파의 몸이 걱정되긴 했지만 그것이 결코 새로 모실 교주님보다 더 중요한 문제는 아니었다. 능혼이 그렇게 막 동굴을 벗어나려 할 때였다.

  휘휘휙~ 휘히힉~

  휘파람 소리였다. 능혼은 뜻밖의 소리에 흠칫 놀라며 귀를 기울였다.

  '오호… 청아한 소리 속에 강력한 내기가 담겨 있지 않은가.'

  불귀도에서 휘파람을 불어 신호를 보낼 사람은 한 사람밖에 없었다. 생각이 거기에 미치자 심장이 거세게 요동쳤다.

  '이건 필시 지존께서 우리를 부르시는 소리임이 분명하다. 드디어 200년의 시간을 넘어 마교의 진정한 주인을 만나게 되는 것인가? 과연 천마지체를 타고나신 교주님의 모습은 어떠할까.'

  능혼은 휘파람 소리가 끊임없이 이어지며 장중하게 뻗어 나감에 감탄을 발하고 어디쯤에서 소리가 들려오는지 정신을 집중했다. 빗줄기 속에서도 명확하게 퍼져 나가는 휘파람 소리는 뜻밖에도 그리 멀리서 들려온 것이 아니었다.

'이런, 바로 지척에 계시는구나.'

능혼은 중앙 쪽 동굴에서 소리가 나오고 있음을 간파하고 두근거리는 마음을 억제하며 서서히 다가갔다.

'어떻게 말을 꺼내야 할까? 무슨 말부터 해야 하지? 능혼아, 바보같이 더듬거려서는 안 된다. 처음이 중요한 법이야. 지존께 실망을 안겨 드려선 안 돼.'

그의 발걸음은 지극히 조심스러웠고 얼굴은 긴장으로 가득했으며 몸은 가늘게 떨고 있었다. 어찌 떨지 않을 수 있겠는가. 천극간시공해체대법으로 200년을 뚫고 지존을 만나는데 말이다.

'지존이시여, 여기 능혼이 깨어났습니다. 아니야, 너무 약해. 천상천하 유아독존이신 교주님을 뵙습니다. 속하 능혼, 200년을 기다려 왔습니다.'

능혼은 머리 속에서 온갖 인사말을 궁리했다. 지척인 거리가 마치 십 리라도 된 듯이 멀게만 느껴졌다. 급기야 힘겨운 발걸음 속에서 능혼은 중앙 쪽의 동굴에 이르렀다. 능혼은 떨리는 가슴을 부여잡고 털썩 무릎을 꿇었다. 그와 동시에 청아하게 뻗어 나오던 휘파람 소리도 그쳤다. 능혼의 목이 크게 출렁였다. 이제껏 모아둔 침이 일시에 넘어간 것이다. 능혼의 입이 감정의 회오리를 타고 열렸다.

"천하를 굽어보시는 거룩한 지존님을 뵈옵니다. 십절쌍마 능파와 능혼, 이곳에서 200년을 숨죽이며 교주님을 기다렸나이다. 이제 강호에 그 영명하신 권능을 드러내소서."

가슴 가득 끓어오르는 충정 어린 말이 동굴 안으로 흘러 들어갔다. 가슴 가득 솟아난 말인지라 마음의 울림까지 전해지는 듯했다. 능혼은 과연 지존께서 어떤 음성으로 말씀하실지 팽팽한 긴장감 속에 기다렸다. 하지만 정작 동굴 안에 있는 이는 천마지체를 타고난 지존이 아니라 표영이 아니던가.

표영은 뜬금없이 나타난 사람과 또 밑도 끝도 없는 소리에 당혹감을 감추지 못했다. 원래 표영이 생각하기엔 불귀도에는 아무도 없어야 하는 것이 정상인 것이다.

'허걱! 누굴까? 설마 귀신은 아니겠지.'

표영은 능혼이 이르기 전 천음조화를 시전하다가 잠이 들었었다. 얼마나 잤을까. 갑자기 섬에 지진이라도 난 듯 커다란 뇌성벽력과 섬을 울리는 진동에 잠이 깼다. 이때가 암벽이 갈라지고 능혼과 능파가 깨어난 시점이었다. 굉음에 놀란 표영은 눈을 동그랗게 뜨고 주위를 두리번거렸다. 이미 장작불은 꺼진 지 오래였는데 한 번씩 번개가 칠 때마다 불붙일 만한 것을 찾았으나 마땅한 것을 구하지 못했다. 그런 상황에서 마음을 안정시키기 위해 천음조화를 운용하며 휘파람을 불고 있었던 것이다. 그런데 느닷없이 사람의 목소리가 들리며 '지존'에 '마교'를 읊어대자 아무 대꾸도 못하고 입구 쪽만 노려보게 된 것이다. 이때는 시간상으로 날이 밝아질 때였으나 아직 하늘은 먹구름으로 가득 차 사방에 어둠이 임한 상태였고 표영은 밖에서 말하는 이가 과연 누구인지도 확인할 수가 없는 처지였다.

"……."

표영의 긴장은 능혼에 비한다면 아무것도 아니었다. 표영으로서야 끽해야 귀신이겠지만 능혼에게 있어서는 귀신보다 더욱 두렵고 무서운 지존이니 말이다. 바로 그 지존께서 아무런 말씀도 하지 않으신 것이다.

'으음, 뭐가 잘못된 걸까? 내 말에 무슨 실수라도 있었던 것일까?'

능혼은 크게 숨을 들이쉬고 다시 한 번 충정 어린 목소리로 말했다.

"천상천하 유아독존이신 교주님을 뵈옵습니다. 속하 능혼을 거두어주소서."

이번에는 어떤 응대가 있으리라 생각한 능혼에게 역시 한 목소리가 들려왔다. 하지만 그 소리는 차라리 듣지 않으니만 못한 것이었다.

"거기… 누구세요?"

능혼은 대답을 듣고 하마터면 뒤로 나자빠질 뻔했다.

'헉!'

능혼은 머리를 조아리고 있다가 속으로 헛바람을 들이켰다. 그 대답은 마치 철퇴로 뒤통수를 강타하는 듯한 충격이었다.

'거기… 누구세요라니…….'

그가 듣길 원했던 대답이 결코 아니었다. 역대 교주님들의 말투는 이런 것이 아니었지 않던가. 거기에다 지금 들려오는 말투의 어눌함은 상상을 초월하는 것이었다. 능혼이 기대했던 대답은 대충 이러했다.

―왜 이제야 왔느냐, 시건방진 녀석.
―어떤 새끼냐!
―클클클…….

최소한 이것들 중 하나가 나와야만 하는 것이 정상이었다. '거기 누구세요'라는 말투는 되려 겁을 잔뜩 집어먹은 듯했고 박력이라고는 찾아볼 수 없었던 것이다. 위에 예상했던 대답이 아니더라도 최소한 '누구냐!'라고만 했어도 이렇게 식은땀이 흐르지는 않았을 터였다.

정말 백 번 양보한다 해도 결코 '누구세요'는 아니었다. 하지만 능혼은 잠깐 동안에 생각을 고쳐먹었다.
'예로부터 전대의 교주님들은 하나같이 괴팍하기 이를 데 없었다. 혹시 이 시대의 교주께서는 나의 마음을 떠보기 위해서 억지로 아까처럼 말씀하신 게 아닐까? 그래, 맞아. 그게 확실해. 대법 또한 교주님께서 오셨기 때문에 해제된 것이 아닌가.'
능혼은 다시금 충정 어린 목소리로 말했다.
"속하, 능혼… 200년의 시간을 넘어 교주님을 기다렸습니다. 이제 지존을 뵙게 되었으니 마교천하는 눈앞에 이른 것과 같나이다."
연거푸 세 번씩이나 진지하게 내뱉는 괴상한 말을 듣게 된 표영은 여전히 어리둥절하기만 했다. 두 사람 사이에는 도무지 교통될 수 없을 것 같은 기이한 흐름이 계속됐다.
'지존? 교주? 마교천하?'
표영은 얼떨떨해져 억지로 웃으며 말했다.
"아하하… 뭔가 오해가 있으신 것 같습니다만……."
능혼은 급기야 이마에서 굵은 식은땀을 흘렸다. 그건 정말 식은땀이었다. 결코 비를 맞고 흘리는 것이 아닌 것이다.
'이, 이게 어, 어떻게 된 거지.'
잠시 둘 사이에 침묵이 흘렀다.
"……."
"……."
아주 짧은 시간이었지만 아무 말도 없는 이 순간이 두 사람에게는 그 어떤 시간보다 길게 느껴졌다. 얼마나 지났을까. 먼저 침묵을 깬 것은 능혼이었다. 하지만 말을 내뱉은 것은 아니었다.

화르르—

 능혼이 화염신공을 발휘해 손 위로 불을 일으킨 것이다. 그 불빛은 동굴 안까지 환히 밝혔다. 능혼으로서는 얼굴이라도 봐야겠다고 생각한 듯싶었다. 둘은 불빛으로 인해 서로의 얼굴을 확인할 수 있게 되었다.

 두 사람의 얼굴에 당혹스러움이 가득 떠올랐다. 하지만 표영의 당혹스러움은 능혼의 당혹스러움에 비하자면 아무것도 아니었다.

 '뭐, 뭐지······.'

 도대체 이게 무슨 날벼락이란 말인가. 동굴 안에는 교주님의 모습은 어디에도 보이지 않고 거지새끼가 쾡하니 앉아 있는 것이 아닌가.

 "누, 누구시오?"

 그래도 혹시 몰라 능혼은 조심스럽게 물었다. 표영은 이제까지 강호를 주유하며 누구냐는 질문을 한두 번 받아본 것이 아니었다. 그리고 그때마다 답변은 한결같았다.

 "저, 저는 거지입니다만… 그쪽은 뉘신지······."

 표영은 어눌하게 대답을 하면서도 한편으론 마음이 놓였다. 확실히 귀신은 아닌 것이다. 귀신이 어둡다고 불을 밝혀 사람을 확인할 리는 없을 것이고 말을 더듬거릴 리는 더 더욱 없을 테니까 말이다.

 "허걱!"

 능혼은 헛바람을 들이켰다. 심장은 쿵쾅거리며 거세게 요동 쳤다. 그는 당장에라도 두 눈이 튀어나올 것처럼 바라보다가 바람처럼 몸을 돌려 신형을 날렸다.

 "이게 아냐… 이게 아냐~"

 쏜살같이 튕겨져 나가며 소리치는 능혼의 모습을 보며 표영은 고개를 갸우뚱거렸다.

"뭐가 아니란 걸까? 거참 희한한 사람일세."

능혼은 비명을 지르듯 소리치고 섬을 좌충우돌 들쑤시고 진정한 지존을 찾아 헤맸다. 거의 반 시진(1시간)가량을 미친놈처럼 돌아다녔을까. 하지만 그 어디에도 그가 찾는 교주는 없었다. 그럴 수밖에 없는 것이 진정 천마지체를 타고난 교주 독무행은 섬서성에 위치한 취운산 언덕배기에 매달려 있다가 허무하게 죽음을 맞이하지 않았던가. 그러니 능혼이 섬을 수백 바퀴를 돌고 강호를 골목 어귀까지 다 돌며 찾는다 해도 지존 따위는 찾을 수가 없는 것이다. 그렇게 능혼이 섬을 열 바퀴 정도 돌았을 때였다.

"지존이시여, 어디 계시는 겁니까! 지존이시여!"

능혼이 모든 내공이 실린 듯한 큰 음성으로 외쳤다. 작은 섬 전체가 쩌렁쩌렁 울릴 만큼 대단한 소리였지만 돌아오는 것이라곤 한줄기 바람뿐이었다. 능혼이 허망하게 사방을 둘러볼 때 어느새 비는 그치고 구름은 밀려나 아침 빛이 가득 섬을 비췄다.

'지, 지존은 도대체 어디 계시고 이상한 거지새끼만 섬에 있단 말인가. 이럴 순 없다, 이럴 순 없어.'

그의 마음에 짙은 불안이 드리워졌다.

'교, 교주님은 대체……'

생각해 보니 천극간시공해체대법이 풀리면서 형님 능파가 쓰러진 것부터가 불길함의 시작인 것만 같았다. 그의 뇌리 속으로 수없이 많은 의문과 번민이 스쳤다.

'과연 제대로 200년이 지나 대법이 풀렸을까?'

다시 그의 얼굴이 곤혹스럽게 변했다.

'때에 맞춰 대법이 완성되지 않고 한 100년 정도 만에 깨어난 것은 아닐까?'

하지만 곧 능파는 고개를 도리질했다.

'아니야, 아니야, 그럴 린 없어. 혹시… 천선부에 의해 교주님이 해를 당하신 것은 아닐까?'

그러자 이번엔 아까 동굴에서 보았던 거지의 정체에 강한 의구심이 일었다.

'거지의 휘파람 소리에는 내력이 가득 실려 있었다. 평범한 녀석이 결코 아니었어. 천선부에서 파견 나온 고수가 아닐까?'

능혼은 뭐가 뭔지 도통 감을 잡을 수 없어 두 손으로 머리를 쥐어뜯었다. 그의 마음은 어느덧 200년 전 마교의 최후가 떠올랐다.

200년 전 마교는 천선부를 주축으로 한 정도 연합 세력에 의해 초토화되었다. 당시 마교는 교주인 무령마제(武令魔帝) 조환(趙幻)이 천선부의 부주인 중원제일고수 일지수악(一指垂岳) 강무(姜武)에게 죽임을 당하고 마교의 수뇌들 또한 모두 목숨을 잃고 말았다. 하지만 교주 조환은 마교의 등불이 밝혀질 때가 후대에 있음에 기대를 걸었다. 비록 자신의 때에는 마교가 멸망하나 200년 후에는 극한 마성을 지닌 천마지체가 나타날 것임을 알았던 것이다. 그것은 마교 최고의 두뇌라는 오뇌자 신기천의 예언이었기에 의심에 여지가 없었다.

신기천은 200년이 지난 때에 마교를 부흥시킬 위대한 천마지체가 모습을 드러낼 것이라 했다. 천마지체의 인연은 마교와 이어져 있으므로 그로 인해 마교는 크게 부흥할 것이고 전 무림은 마교 아래 굴복하게 될 것이라 했던 것이다. 그 예언으로 인해 무령마제 조환은 원대한 계획을 세우게 되는 바, 그것이 바로 천극간시공해체대법을 시행함이었다.

천극간시공해체대법의 실행과 천기를 맞춘 것은 신기자의 몫이었다. 그 대법의 대강의 요체는 이러했다. 200년 동안 대법의 힘을 빌어 몸을 그대로 유지한 채 동면에 들게 하고 예언의 때에 맞추어 깨어나도록 함이었다. 그 역할은 십절쌍마가 맡게 되었는데 십절쌍마라 함은 당시 마교 교주에게 무공과 학문을 가르쳤던 능파와 능혼을 가리킴이었다. 하지만 마교인들이 어찌 천기가 변동할 것임을 알 수 있었겠는가. 신기천을 제외하고는 어느 누구도 이 일을 의심한 이는 없었다. 허나 신기천은 속으로 이렇게 한탄했었다.

"혹시, 어쩌면, 만에 하나… 천마지체와 상극을 이루는 만성지체(晩成之體)가 강호로 나와 활동하게 되고 천지묘용으로 인해 둘이 만나게 된다면 모든 것이 괴이하게 바뀌게 될 것이다."

안타깝게도 이런 염려는 현실로 나타나고 말았다. 만성지체인 표영이 우여곡절 끝에 게으름을 깨기 위해 강호로 나오고야 만 것이다. 그리고 표영과 그의 사부 엽지혼이 함께 있을 때 천마지체 독무행과 급기야 상봉해 버린 것이 아닌가. 독무행은 자그마한 언덕배기를 높은 절벽으로 착각하는 바람에 거기에 매달려 운기행공의 때를 놓치고 죽고 만 것이다. 그때부터 천마지체 독무행에게 이어질 천기의 흐름이 표영에게로 옮겨져 결국 오늘과 같은 사태가 벌어지게 된 것이었다.

이러한 사정을 모르고 있는 표영과 능혼은 둘 다 어리둥절할 수밖에 없었다. 능혼은 등줄기로 싸늘한 식은땀을 흘리며 초조함을 감추지 못했다. 그는 머리 위로 지나가는 새 울음소리에 퍼뜩 상념에서 깨어났다.

'이렇게 넋 놓고 있을 수만은 없다. 거지 녀석을 다그치면 뭔가 답이 나오지 않겠는가.'

능혼의 몸은 바람과 같이 동굴로 향했다. 그때 표영은 어정쩡한 자세와 얼떨떨한 표정으로 동굴 입구로 나와 서성거리고 있었다. 어쨌든지 간에 지금 섬에서는 마땅히 할 일도 없으니 느닷없이 등장한 노인이 어떻게 나올는지 기다려야 하는 것이다. 날이 밝아 사물을 확인할 수 있는 정도가 되었기에 뚤레뚤레 노인이 오기만을 기다리는데 그때 번갯빛같이 능혼이 눈앞에 이르렀다. 경신술에 있어서 어느 정도 자부심을 가지고 있는 표영으로서도 탄성이 나올 만한 움직임이었다.

"아하하… 또 오셨군요."

표영이 멋쩍게 머리를 긁으며 웃었다. 하지만 능혼은 눈빛을 번뜩이며 칼 같은 어조로 물었다.

"넌 도대체 누구며 지존은 어디에 계시느냐? 어서 말하라."

험악하기 이를 데 없는 물음이었으나 표영으로서는 도통 무슨 소리를 하는 것인지 알 수 없었다.

"지존이라뇨? 이 거지로서는 무슨 말씀을 하시는지 모르겠습니다. 전 어저께 이곳에 혼자 왔을 뿐이라 노인장의 말씀을 한마디도 이해할 수가 없답니다. 근데 노인장은 어디에 계시다가 나타나신 겁니까? 원래 이곳에 살고 계셨나요?"

능혼은 울화통이 치밀어 견딜 수가 없었다. 그는 표영이 억지로 어눌하게 말하며 조롱하고 있는 것이라 생각하기에 이르렀다.

"이 노부와 지금 장난을 하겠다는 것이냐? 똑바로 대답하지 않는다면 당장에 네놈의 모가지를 비틀어 버리고 말겠다. 마지막으로 묻는다. 네놈의 정체는 뭐냐?"

백 번을 물어도 표영의 답은 오직 한 가지뿐일 터였다.

"허허… 이거 참, 노인장도… 제 생각에는 뭔가 단단히 착각을 하고 계신 듯한데… 전 그냥 거지라니까요."

능혼의 눈이 불길에 휩싸이며 살의를 드러냈다. 표영은 온몸으로 위험 신호를 감지했다. 마음의 기세를 간파하는 공능이 깃든 비천신공이 긴장하라고 연신 말하고 있는 것이다.

"목이 부러져도 여전히 지껄일 수 있는지 보겠다."

능혼의 손이 예비 동작도 없이 쑥 뻗으며 표영의 목을 향했다. 손이 채 이르기도 전에 먼저 살기가 뻗었고 그 다음으로 기세가 몰렸다. 표영은 좌우로 피하게 될 시엔 연이어 펼쳐지는 공격에 대항할 여지가 없을 것임을 알고 뒤로 주르륵 물러서며 다급하게 외쳤다.

"노, 노인장, 왜 그러십니까? 무슨 일인지는 몰라도 말로… 이크!"

변명을 마칠 새도 없이 매서운 공격이 이어졌기에 표영은 파옥권을 전개하며 간신히 장력을 막았다. 입구 쪽에 있다가 뒤로 물러나며 동굴 안으로 들어가게 된 표영과 쫓아 들어온 능혼의 손이 중도에 서너 차례 부딪쳤다.

파파팍!

표영은 손이 교차하면서 손목이 저려옴을 느꼈다.

'내 이제껏 만나본 사람 중에서 가장 뛰어난 무공을 지닌 자로구나.'

수개월 전 개방에서 자신을 쫓아낸 장로 이요참도 이 노인에 비하자면 두세 수 아래로 평가할 수 있을 듯싶었다. 아무리 이차 각성을 이루었다고는 해도, 그리고 지금 혼신의 힘을 다해 막아내고 있다고는 해도 오래 버티진 못할 것 같았다.

'진개방이고 뭣이고 간에 여차하면 불귀도에서 뼈를 묻게 생겼구나.'

놀라고 있는 것은 표영만이 아니었다. 능혼도 거센 공격 속에서 은근히 놀라며 불안감이 더욱 증폭됐다.

'역시 보통 놈이 아니었구나. 이렇듯 젊은 나이에 태연히 나의 공격을 막아내다니…….'

능혼의 불안한 마음은 엉뚱한 상상을 일으키고 있었다.

'이 정도 젊은 고수를 배출할 수 있는 곳은 천선부 외에 또 어디가 있겠는가. 진정 지존의 발자취가 천선부에 의해 드러난 것일까? 그럼 이미 암수를 당하신 것이란 말인가?'

이런 생각은 그의 마음을 조급하게 만들었고 손은 더욱 빨라졌다.

"어서 말하라. 교주는 어디에 계시는 것이냐!"

표영은 힘겹게 막아가며 기혈이 들끓었기에 말을 내뱉을 입장이 아니었지만 대뜸 살인적인 공세를 펼치는 노인에게 울화통이 치밀었다.

"이 미친 노인장 같으니라구. 하릴없는 거지에게 뭘 얻어먹겠다고 이 난리란 말이오. 얼어죽을 놈의 교주를 왜 거지에게 묻소이까? 정말 환장하겠네!"

이 말은 능혼의 염장에 불을 질렀다. 교주라는 단어 자체에 생명을 걸고 있는 능혼이었기에 교주를 능멸하는 말에 분노가 활화산처럼 들끓었다.

"뭣이 어쩌고 저째! 이 썩을 놈 같으니!"

능혼은 얼굴이 시뻘겋게 변했고 이번엔 화염마공을 시전했다. 그러자 양손에 푸르스름한 불꽃이 일었고 주위가 화끈거릴 정도로 대단한 열강의 기운이 뿜어져 나왔다. 아까보다 더욱 거세진 공격이었다.

표영은 점점 상황이 악화되어 가자 이대로 가다간 분명 개죽음을 당할 것이라 생각했다. 이렇게 허무하게 생을 마감할 수는 없는 것이 잖는가.

'노인이 미친것뿐 아니라 무공도 고강하니 일단 도망가고 보자.'

도망친다고 뾰족한 수가 있는 것은 아니겠으나 시간을 끌 필요는 있었다. 도망치면서라도 대화의 여지를 남겨두는 것이 더 나을 것 같았다. 표영은 능혼의 얼굴을 향해 온 힘을 모아 기를 발출했다. 장력이 뻗어가며 거대한 기운이 밀려들자 능혼이 일순 주춤했다.

'이때다!'

혼신의 힘을 기울인 것이라 작게나마 빠져나갈 만한 공간이 열렸다. 표영은 동굴 왼쪽 벽면을 발로 연달아 세 번 짚고 밖으로 빠져나갔다. 능혼은 아차 하는 표정을 지으며 화염을 늘렸지만 아슬아슬하게 표영이 지나간 자리만을 가격하는 것으로 끝나고 말았다.

"어딜 도망가는 것이냐!"

신형을 쭉 뽑아내며 표영이 뒤도 돌아보지 않고 말했다.

"노인장, 차분히 말로 해결합시다. 아무리 내가 거지라도 해도 이렇게 막무가내로 사람을 패는 것은 좀 너무하지 않습니까? 거지란 게 원래부터가 서러운 건데 이건 좀 너무한 것 아니오? 뭐, 평소에 거지에게 원한이 있다손 쳐도 당사자인 거지에게 따질 것이지 모든 거지를 원수로 생각할 것까지야 없지 않겠소이까."

뒤따르는 능혼은 의외라는 듯 눈빛을 빛냈다.
'무공도 무공이지만 어찌 된 것이 경공은 더욱 뛰어나구나.'
기실 표영의 무공 중 현재 가장 뛰어난 것은 독공과 경공이었다.
첫째로 독공은 오극전갈로 인해 만독불침의 경지에 이른 상태이니 상대할 자가 없는 지경이랄 수 있었다. 맘만 잔인하게 먹는다면 독을 장법이나 지법을 통해 발출하여 살상할 수 있을 터였다. 하지만 지금으로써는 마땅히 해독법을 알지 못하기에 함부로 사용할 수가 없는 데다가 표영 스스로도 독공을 발휘하는 것을 원치 않았다.
둘째로 경공은 거지들의 필수인 삼십육계 줄행랑과 일치하는 것이라 그 깨달음이 남다른 상태였다. 그러다 보니 마교의 초절정고수인 능혼조차도 고개를 끄덕일 정도로 대단한 실력을 발휘하고 있는 것이었다.
능혼이 뒤쫓으며 말을 받았다.
"오냐, 대화를 나눠야겠지. 하지만 네놈의 두 팔과 두 다리를 분지른 후에 차분히 이야기하도록 하마."
표영은 더 이상 말을 해봤자 이야기가 될 것 같지 않자 신법을 날리는 데만 전력을 기울였다. 하지만 문제는 이곳이 육지가 아니라 섬이라는 점이었다. 언제까지 도망칠 수 있을지 모르는 일이다. 한참을 앞서 달려가던 표영은 경사진 언덕을 도약한 후 발이 닿기 무섭게 앞으로 치달렸다. 하지만 곧 이어 앞을 보며 뜨악한 표정을 짓지 않을 수 없었다. 정면에 떡하니 흑의를 입은 노인이 가로막고 서 있었던 것이다. 이 흑의를 입은 노인은 십절쌍마 중 능파였다. 대법이 풀리면서 잠시 정신을 잃었던 그는 깨어난 후 섬을 서성이다 달려오는 표영의 길목을 가로막은 것이었다.

"거지야, 어딜 그리 급히 달려가느냐. 크하하하!"
표영으로서는 진퇴양난의 위기일발이 아닐 수 없었다.
'제길, 이 노인은 또 뭐야?'
멈춰 서서 대화를 나눌 만한 여유는 없었다. 표영은 급한 가운데서도 상대의 안색을 살피는 것을 잊지 않았다. 바라보건대 흑의노인의 표정엔 전혀 악의를 찾아볼 수가 없었다. 표영은 다급한 김에 아무렇게나 둘러댔다.
"노인장! 어서 비키세요. 뒤에 괴물 같은 놈이 쫓아오고 있어요!"
능파는 괴물이라는 말에 곤혹스러운 표정을 지었다. 그 틈에 표영은 쌩하니 능파를 스치고 달음질쳤다.
"괴물? 그럼 이 능파가 가만 내버려 둘 순 없지. 거지야, 넌 먼저 가라. 괴물은 내가 처치하마."
지금의 능파는 십절쌍마 중 한 명이자 능혼의 친형으로서의 모습과는 상당한 차이를 보였다. 원래대로 하자면 이렇게 어눌하게 속아 넘어가 괴물을 처치해야겠다고 다짐할 사람이 아닌 것이다. 그는 잔뜩 이맛살을 찌푸린 채 다가올 괴물을 기다렸다. 그리 오래 기다릴 것도 없었다. 바로 언덕을 솟아오르는 괴물 같지도 않은 놈을 발견했으니 말이다.
능파가 잔뜩 기합이 들어간 자세로 능혼을 발견했을 때는 능혼도 능파를 알아보았다. 형님이 동굴에 누워 있지 않고 이렇듯 깨어난 것이 기뻤으나 여기서 긴 이야기를 할 시간은 없었다. 일단은 거지 놈을 잡아야 하는 것이다. 능혼이 걸음을 멈추지 않고 크게 소리쳤다.
"형님, 어서 거지 놈을 잡아야 합니다!"
하지만 능파의 대답은 능혼의 기대를 한참이나 빗나간 것이었다.

능파는 양팔을 활짝 펼치며 앞을 가로막았다.

"크하하하! 이 괴물 같은 놈아, 난 너 같은 동생 둔 적 없다."

"형님, 무슨 말씀이십니까? 정신 차리세요."

"이 괴물이 누굴 보고 정신을 차리라는 것이냐. 너나 정신 차려라, 이놈아!"

능파의 손이 앞으로 쭉 뻗어가며 능혼의 어깨를 잡아채려 했다. 능혼은 황급히 신형을 날려 피했다. 하지만 그의 머리는 망치로 한 대 맞은 것 같은 충격에 휩싸였다. 더불어 서늘한 한기가 밑바닥에서부터 솟아올랐다.

'천극간시공해체대법이 풀리면서 문제가 생긴 것이란 말인가.'

이것 외에는 달리 이유를 찾을 수 없었다.

"형님, 접니다. 저라구요."

수비에 치중하며 연신 몸을 피할 뿐 공격을 감행할 순 없는 노릇이었다. 하지만 능파는 진짜 괴물을 죽여야 한다는 사명을 받은 사람처럼 매서운 살수를 펼쳐 냈다.

"크헤헤… 무섭지, 이 괴물아. 이 능파의 마흔장법이 네놈을 작살낼 것이다."

아무리 생각해 봐도 이건 장난을 치고 있는 것이 아니었다. 아까 표영이 억울하게 공격을 당하고 능혼이 막무가내로 손을 썼던 것처럼 능혼은 똑같은 꼴을 당하고 있었다.

"괴물 녀석이 보통이 아니구나."

능파의 공격은 더욱 거세졌다. 장세 하나하나가 살기를 담고 있어 여간 사나운 것이 아니었다. 능혼으로서는 믿어지지 않는 현실에 마음이 답답해져 손발이 어지러워졌다. 그 빈틈은 능파의 눈에 잡혔고 여지없이 손이 뻗어 나갔다. 어느 순간 능파의 오른손이 능혼의 장세를 헤집고 가슴까지 짓쳐들어왔다. 위기일발의 순간이었다. 아주 찰나의 시간이 지나면 가슴에 구멍이 생겨날 것은 자명했다. 능혼이 거의 경악에 가깝게 큰 소리로 외쳤다.

"형~!"

능파의 손길이 기적처럼 멈췄다. 능파의 손과 능혼의 가슴 사이에 간격이라고는 거의 머리카락 한 올의 두께 정도로 근접한 상태였다. 능파의 눈빛이 몽롱해졌다. 아련한 기억 속에서 어릴 적 함께 뛰놀던 동생 능혼이 부르는 광경이 떠올랐다. 코피를 흘리며 울고 있는 동생이 '형~'이라고 외치고 있었다. 일순 능파의 눈에서 보랏빛 광채가 한 바퀴 휘감더니 다시 본래의 눈빛으로 돌아왔다.

"능혼… 능혼……."

능파는 조용히 동생의 이름을 불렀다.

"능혼은 나의 동생. 내가 가장 아끼는 사람. 마교. 지존. 천마지체."

능파의 눈이 능혼을 바라보고 다시금 심장 가까이에 닿아 있는 손을 바라봤다.

"능혼이로구나, 능혼이야."

능파는 능혼을 와락 껴안았다.

"녀석."

능혼은 형님이 뭔가 잘못되었다고 생각했지만 이 자리에서 해결할 순 없다 여겼다. 지금으로썬 당장에 거지를 붙잡아 현실을 인식하는 것이 최우선이라 생각했다.

"형님! 이야기는 나중에 하고 어서 거지 녀석을 잡아야 합니다."

"왜?"

멍한 눈동자로 물어보는 형님을 보며 능혼은 가슴이 철렁 내려앉았다.

'왜라니… 이거… 혹시…….'

생각보다 훨씬 심각한 것이 분명했다. 과거로부터 지금까지 적어도 자신보다 두 배는 지혜롭고 뛰어난 형님이지 않던가. 이렇듯 막연한 물음을 할 사람이 아닌 것이다. 자신을 알아본 것으로 완전히 회복된 것이 아님을 알 수 있었다.

'휴우~ 점점 좋아지겠지.'

여기저기 터져 나오려는 생각들을 대충 구겨 넣고 능혼이 입을 열었다.

"형님, 이곳에서 우리가 기다렸던 교주님의 모습이 보이지 않습니다. 이 섬에는 거지 녀석만 있을 뿐이니 잡아서 정황을 알아봐야만 합니다."

능파가 개구쟁이처럼 양미간을 찌푸리고 입술을 삐죽 내밀었다.

"그래? 그렇다면 잡아야지. 고얀 놈, 잡으러 가자~"

그는 말을 끝내기 무섭게 표영이 사라진 곳으로 쏜살같이 달려갔다. 능혼은 횡하니 달려가는 형님을 보고 잠시 얼이 나갔다.

'거참…….'

능파의 모습은 십절쌍마의 가공할 살기가 담긴 것이 아니라 숫제 어린아이가 술래를 잡으러 가야겠다고 말하는 것 같았기 때문이다.

"휴……."

다시 길게 한숨이 토해졌고 능혼의 신형도 능파가 사라진 방향으로 나아갔다.

그때쯤 표영은 해안가에 이른 상태였다. 하지만 이곳에 이르렀어도 뾰족한 대안은 없었다. 배는 한 척도 보이지 않았고 그렇다고 걸어서 바다를 건널 수도 없는 노릇이었다. 그렇게 발만 동동 구르고 있는데 뒤쪽에서 요란한 소리가 들렸다.

"기다려라, 거지야! 여기 능파가 나가신다!"

'아까 그 노인이군. 이거 참.'

표영이 다시 도망칠 것인지 말 것인지를 고민할 때 어느새 능파의 신형이 가까이 이르렀다.

'처음 상대했던 백의노인보다 훨씬 신법이 뛰어나구나.'

엎친 데 덮친 격이라 할 수 있었다.

"괴물 같은 녀석은 어쩌시구 오셨습니까?"

표영의 물음에 능파가 어깨를 으쓱해 보이며 답했다.

"괴물? 괴물 따위는 없었어. 능혼은 내 동생일 뿐이야."

표영은 상대가 백의노인처럼 살기를 띠지 않고 말하는지라 혹시 말로 해결할 수 있지 않을까 생각했다. 하지만 그것은 오산이었다. 능파가 길게 휘파람을 불며 장력을 날렸기 때문이다.

"이 거지야, 어서 교주님을 내놔라."

능파의 공격은 삽시간에 주변의 공간을 압도했다. 그가 즐겨 쓰는 장법 중 마흔장법이라는 것이었다. 상하좌우(上下左右)가 손 그림자로 뒤덮여 당장이라도 표영의 온몸은 격타당할 것만 같았다. 그런 찰나.

쇄애액—

능파의 장세에 갇혀 도무지 빠져나올 수 없을 것 같던 표영이 모습을 드러냈다. 어느새 표영의 손엔 타구봉이 들려 있었다. 방금 능파의 그물 같은 장세를 갈라 버린 것은 타구봉법의 절초 중 벽자결을 이용한 수법이었다. 날카로운 바늘이 넓은 천의 중앙을 뚫고 나오듯 타구봉이 춤을 추자 능파는 의외라는 표정을 지었다. 하지만 그 표정은 위협적인 적수를 만났다라는 것보다는 심심치는 않겠다라는 뜻이라 할 수 있었다.

"거지친구, 막대기를 잘 쓰는군."

능파는 더욱 매섭게 장세를 펼쳤다. 표영은 상대의 손이 분명 두 개인 것만은 확실하지만 지금 이 순간만큼은 수백여 개로 보이는 듯한 착각에 빠질 정도로 정신을 차리기 힘들었다. 변화를 일으킴에 있어서 타구봉법만큼 복잡한 것도 드물 터이지만 아직 타구봉법을 경지에 이르렀다 할 만큼 사용하지 못하는 상태인지라 순간순간 버거움을 느꼈다.

순식간에 두 사람이 오십여 초를 교환했을 때 표영에게 위기가 찾아왔다. 뒤따라오던 능혼이 싸움에 가세한 것이다. 안 그래도 벌써 여섯, 일곱 차례나 위기를 맞이했던 상태였기에 이젠 매 순간 위기에 놓였다. 단지 간신히 버티고 있는 것은 타구봉법의 오묘한 묘리 때문이랄 수 있었다. 표영은 숨이 가빠오며 곤혹스러움을 금치 못했다.

'사부님께서 마교는 200년 전에 사라졌다고 하셨다. 그런데 어찌하여 이들은 마교 교주니 지존이니 떠들고 있단 말인가. 게다가 이 고강한 무공은 과연 무엇인가.'

만약 개방 장로 이요참에게 난타당한 후 이차 각성을 이루지 못했다면 이렇게 버텨내지도 못했을 것이 분명했다. 하지만 표영이 곤혹스러운 것이 능혼의 곤혹스러움에 비할 수 있겠는가.

'우리가 누군가. 교주에게 무공을 전수하는 역할을 맡을 정도로 뛰어난 무위를 지닌 십절쌍마가 아닌가 말이다. 마교천하를 이룩하기

위해 예비된 우리들이 이런 젊은 놈 하나에게 이리도 많은 시간을 써야 할 줄이야…….'

그는 200년이 지난 이 시점에서 강호의 무사들이 모두 이 정도는 기본적으로 익히고 다니는 것은 아닌가라는 착각이 들 정도로 놀라고 있었다.

'교주님을 배알하지도 못하고 젊은 거지새끼조차 어찌하지 못하고 있다니…….'

씁쓸하기 그지없었다.

한편 함께 손을 쓰고 있는 능파는 그러한 심각함은 보이지 않았다. 그는 마치 놀러 나온 사람마냥 신바람을 낼 뿐이었다. 순식간에 백여 초가 지났다. 표영이 제아무리 날고 뛴다 해도, 그리고 타구봉법이 아무리 신묘롭다 해도 두 사람의 연수합격을 당해낼 수는 없는 노릇이었다.

이제껏 뛰어난 신법과 타구봉법이 아니었다면 이미 싸움은 끝이 났을 것이다.

"어서 교주님을 내놔라, 이 나쁜 놈아! 어서어서……!"

능파가 고함을 치고 밀려드는 타구봉을 향해 두 손을 가슴께에서 교차시키며 기를 운용했다. 타구봉은 두 팔의 중앙에 위치하게 되었고 회전하는 기의 힘에 의해 중도에 멈춰 서고 말았다.

'큰일이다.'

타구봉이 꼼짝도 하지 않았다. 그저 허공 중에 뚝 멈춰 선 채 잡아채려 해도 빠지지 않았고 밀어보려 해도 밀리지 않았다. 그 틈을 능혼이 놓칠 리가 없었다. 순간 눈이 빛나는가 싶더니 어느새 장력이 표영의 어깨를 때렸다. 표영이 황급히 왼손을 들어 강룡십팔장 중 항룡유

희로 막았다. 외부적인 요인 없이 그저 정상적으로 장력을 교환해도 버거울 터였다. 헌데 지금은 절반의 힘은 타구봉에 집중하고 나머지 절반의 힘으로 맞선 것이라 그 손해는 심히 컸다.

파팡!

"윽."

두 장력이 부딪치자 손끝에서부터 어깨까지 통증이 혈맥과 근육을 타고 찌르르하니 전달됐다. 더불어 그 충격으로 오른손에 들고 있던 타구봉을 놓치고 뒤로 연달아 다섯 걸음 물러섰다.

'제길… 이렇게 뼈를 묻을 순 없지 않은가.'

하지만 상황은 좋다고 볼 수 없었다. 아까 장력을 교환할 때 받은 충격으로 왼손에 힘이 모이지 않았고 움직이라고 뇌에서 명령을 내려도 듣질 않았다. 또한 타구봉은 모래사장에 맥없이 떨어져 있는 상황이다. 표영은 타구봉이 없는 상황에서는 단 몇 초도 버텨내기 힘들 것임을 잘 알고 있었다. 표영의 눈에 비릿한 웃음을 짓는 두 노인의 모습이 잡혔다. 둘의 미소는 이렇게 말하고 있는 듯했다.

―이젠 다 끝났지 않나, 거지친구.

표영은 뒤로 주춤주춤 물러서며 이를 악물었다. 다리 쪽에서 차가운 감촉이 느껴졌다. 어느새 계속 밀려나다 보니 바다에 들어선 것이었다.

"이젠 끝내볼까?"

능파의 신형이 마치 제비처럼 유연하게 비상하며 표영의 머리 위로 날아올랐다. 머리 위에 이르렀을 때 능파의 장력이 뿜어졌다. 표영은 두 다리를 굳건히 하고 오른손을 들어 태산을 들어 올리는 듯한 모양으로 장력을 쳐냈다. 하지만 능파의 공격은 허초에 불과했다. 능파는 위에서 찍어 누를 듯 시늉만 했을 뿐 장력을 내뻗지 않고 허공에서 두 바퀴를 회전하여 표영의 등 뒤로 내려앉으며 뒷덜미를 움켜쥐었다.

표영은 등줄기에 서늘한 한기가 퍼지는 걸 느꼈다. 뒷덜미에 위치한 우명혈이 살짝 찍히며 온몸에 힘이 쫙 빠졌다. 이제 손가락조차 까닥할 수 없게 된 것이다. 눈앞이 캄캄해졌다. 불쑥 두려움이 밑바닥에서부터 일어났다. 만일 합당한 대결이었다면, 그리고 만일 왜 싸울 수밖에 없었는지 까닭이라도 안다면 이렇게 두렵지는 않을 것이리라.

'설마 여기에서 모든 것이 끝나는 것은 아니겠지.'

표영의 눈동자 가득 매섭게 짓쳐들어오는 능혼의 모습이 투영되었다. 이렇게 죽을 순 없었다.

"안 돼~!"

비명에 가까운 소리였지만 능혼의 동작을 멈추게 하진 못했다.

"으하하하… 안 될 것은 없지."

능혼은 달려드는 기세를 죽이지 않고 꼼짝 못하고 붙들려 있는 표영의 복부에 장력을 날렸다.

파악.

"우욱……."

표영의 몸은 엄청난 충격에 휩싸였다. 복부에서 시작된 충격이 차례로 온몸으로 번졌다. 그건 마치 호수에 돌을 던졌을 때 수면에 파문이 일며 번져 나가는 것과 같았다. 본래 충격을 받으면 충격의 여파로 뒤로 넘어지거나 운동의 방향대로 쓰러지게 됨으로 인해 그 통증을 완화시키는 법이다. 하지만 표영은 뒤쪽에서 붙들고 있는 능파로 인해 고스란히 선 채로 모든 장력을 몸 자체에서 해소할 수밖에 없었다. 그 고통은 가히 충격적이라 할 만했다. 게다가 맥문이 잡힌 상태라 호신강기는 일으킬 엄두도 못 내는 무방비 상태가 아니었던가. 표영의 몸은 서서히 시퍼렇게 물들며 살색을 잃어갔다. 그리고 힘없이 눈이 감겨왔다.

'엄마……'

환영이 보였다. 표영의 어머니 화연실이었다. 뒤뜰에 정화수를 떠 놓고 온 정성을 기울여 기원을 올리는 어머니의 모습이었다. 표영이 다시 중얼거렸지만 그건 소리가 되어 나오지 못했다.

'엄마……'

뒤쪽에 있던 능파가 붙들고 있던 뒷덜미를 놓자 표영의 몸은 맥없이 허깨비처럼 무너져 물에 처박혔다.

"크하하! 거지야, 맛이 어떠냐."

능파가 득의에 가득 찬 웃음을 내질렀다. 하지만 능혼은 이제부터가 시작이라고 생각했다. 이 정도로 죽진 않을 것이다. 크게 중상을 입힌 것은 사실이지만 당장 숨이 끊어지거나 할 정도는 아니었다. 본격적으로 교주님의 행방을 들어야 하는 것이다. 그는 물에 둥둥 떠 있는 표영을 싸늘하게 바라보다가 건질 요량으로 접근했다. 그때였다. 능혼의 두 눈이 경악으로 물들었다. 심지어 온몸이 부들부들 떨릴 지경이었다. 그의 눈에 들어온 것은 물속에서 빛을 발하고 있는 초록빛 광채였다.

"저, 저건……"

아직 정상이라고 보기 힘든 능파의 눈도 경악에 부릅떠졌다.

"으아악! 저건 건곤패다……!"

그들의 눈은 거지의 목 부근에서 유유히 떠 있는 건곤패에 사로잡혀 뗄 줄을 몰랐다. 표영은 등판을 보이고 물에 처박힌 채 미동도 없었고 목에 걸려 있던 건곤패만이 물결에 출렁거리고 있었다. 건곤패는 물속에서 푸른 광채를 발하고 있었는데 그것을 바라보는 능혼의 뇌리로 건곤패의 특성이 빠르게 떠올랐다.

"건곤패는 만년온옥으로 만들어진 것으로 물에 닿으면 초록 광채를 발하게 된다. 만년온옥은 내력을 북돋는 공능을 지닌다. 오직 건곤패는 지존만이 소유할 수 있으며 모든 마교인들은 건곤패 앞에 무릎 꿇을 지어다."

이 건곤패로 말할 것 같으면 표영이 과거 독무행의 몸에서 얻은 것으로 사부의 강권에 못 이겨 목에 차고 다니고 있던 터였다. 그것은 놀랍게도 마교 교주를 나타내는 신물이었던 것이다.
"건곤패다, 건곤패야! 으아악! 건곤패라구! 교주님이시다, 교주님이시라구!"
능파가 사시나무 떨듯이 떨며 어쩔 줄을 몰라 했다.
"내가 교주님을 죽이다니… 으아악! 내가 교주님을 죽였어……!"
능혼도 머리부터 발끝까지 찬물을 뒤집어쓴 것처럼 충격에 휩싸였다. 찰나지간이라도 머뭇거릴 시간이 없었다. 도대체 뭐가 뭔지 도통 감을 잡을 수 없었지만 건곤패가 나타난 이상 이대로 방치할 수는 없는 노릇이었다.
"형님, 어서 교주님을 동굴로 모시고 갑시다!"
능혼은 능파에게 말을 하긴 했지만 그의 대답을 기다리지 않고 표영의 몸을 안아 들고 신형을 날렸다.

"그, 그래……."

 능파는 얼굴이 거의 시체마냥 사색이 되어 그 뒤를 쫓았다. 방금까지 죽일 듯 덤벼들던 능혼과 능파가 건곤패만을 보고 천마지체 마교 교주로 단정한 이유는 무엇일까. 그 이유는 두 가지로 설명할 수 있었다. 그건 천마지체의 예정된 길과 관련된 부분이었다.

 천마지체는 천기의 흐름에 따라 산서성(山西省) 화련산(華蓮山)의 응벽동(鷹壁洞)에 들게 된다. 그곳에서 비로소 자신이 바로 200년 전에 예언된 마교의 후예임과 천마지체임도 알게 되는 것이다. 그곳에서 몇 년 간 마교의 독랄한 무공을 수련한다. 다음으로 마지막 수련 단계를 이루기 위해 사천성의 복마산에 있는 천년하수오를 취하러 길을 떠나게 된다. 천년하수오를 반드시 취해야 하는 까닭은 내공의 중진과 더불어 천마신공을 연마하는 과정에서 마성에 빠지지 않도록 하고자 함이었다.

 그 과정은 하수오를 복용 후 한 시진 안에 응벽동에 안에 있는 '흑수담(黑水潭)' 안에서 운기행공을 하게 되면 극한 마공을 연성한다 해도 마성에 사로잡히지 않게 되는 것이다. 더불어 모든 과정이 지나면 마지막으로 신물인 건곤패를 지니고 불귀도로 오게 되어 십절쌍마와의 만남을 가질 수 있는 것이다. 천극간시공해체대법이 풀리는 것은 건곤패와의 접응이 있어야만 가능한 것이기도 했다.

 능혼이 반드시 교주님이 섬에 있을 것이라며 찾아다녔던 이유도 바로 이런 까닭이었다. 즉, 건곤패는 아무렇게나 얻을 수 있는 것이 아닌 것이다. 만약 교주가 아닌 사람이 길 가다 우연히 얻은 것이라면 남단 불귀도에 올 수도 없을 터이니 그럴 가능성은 염두에 둘 필요도 없는 것이라 할 수 있었다.

동굴로 돌아온 능혼과 능파는 표영의 옷을 허겁지겁 벗겨냈다. 복부에 붉은 손자국이 선명하게 찍혀 있음을 보고 둘은 침을 꿀꺽 삼켰다. 나중에 교주로부터 어떤 형벌을 받게 될지 암담하기만 했다. 하지만 지금은 그런 걱정을 하고 있을 여유가 없었다.

능혼과 능파는 표영의 몸을 억지로 앉혔다. 정신을 잃고 고개가 앞으로 축 처진 표영은 힘이 작용하는 방향대로 고개가 이리저리 맥없이 움직였다. 앞쪽에 능혼이 마주 앉고 뒤쪽에 능파가 앉아 동시에 가슴과 등에 장심을 대고 기를 불어넣었다.

'부디 깨어나소서, 지존이시여.'

'우린 이제 죽은 목숨이로구나.'

둘은 내력을 주입해 막힌 혈도를 뚫고 손상된 장기의 기운을 북돋았다. 만상이 교차했다.

'이게 무슨 조화란 말인가. 왜 지존께서는 거지의 모습으로 나타나신 것일까? 왜 신분을 드러내지 않으신 걸까?'

표영의 내상은 심각한 것이었다. 여차하면 목숨이 끊어질 위험한 상황인 것이다. 동굴 안에서 앉은 세 사람의 머리에서는 뜨거운 김이 모락모락 피어났다. 능혼과 능파는 죽을힘을 다해 내력을 불어넣는 중이었고 표영은 위험한 고비를 넘기고 있었다. 목숨을 빼앗지 않은 것이 그나마 얼마나 다행스러운지 몰랐다. 자칫 오판했다면 아예 죽여놓았을 것이고 그렇게 되었다면 천추의 한으로 남았을 터였다. 약한 시진(2시간)가량 전력을 다해 내상을 치유하던 둘은 손을 놓고 표영을 조심스럽게 자리에 눕혔다. 능혼의 입에서 절로 한숨이 새어 나왔다.

"휴우~ 나는 대체 무슨 짓을 한 것인가. 이백 년을 기다려 온 내가 어찌 교주님을 알아보지 못하고 이런 짓을 저질렀단 말인가."

옆에서 안절부절못하며 손을 주무르고 있는 능파가 당장에라도 울 듯한 표정으로 물었다.

"아우야, 그런데 교주님은 왜 거지 모습을 하고 계셨을까?"

능혼이 손으로 턱을 어루만지며 답했다.

"음, 제 짧은 생각으로는 아마 마교도임을 숨기시려 거지 차림으로 나타나신 것이 아닐까 싶습니다. 아, 교주님께서는 정말 위대하십니다. 형님, 교주님께서는 마교천하를 이루기 위해 이렇듯 자신을 희생해 가며 천한 모습으로 변장까지 하신 것이 아니십니까."

어린아이같이 변해 버린 능파가 감동을 받고 끝내 눈물을 주르륵 흘리며 감탄했다.

"오호, 영명하신 교주님이시도다. 교주님 만세 만세 만만세."

그러자 능혼도 얼른 몸을 일으키고 따라서 외쳤다.

"교주님 만세 만세 만만세!"

마교의 법칙상 누군가가 교주님에 대해 만세를 외치면 반드시 옆에 있는 이도 따라서 외쳐야 하는 불문율이 있었던 까닭이다.

3장
마교의 후예들 모이다

마교의 후예들 모이다

손패는 정오가 되어 배를 몰고 나왔다. 그의 뒤로 진개방의 새로운 임원들이 따가운 시선으로 노려봤지만 손패는 콧방귀도 뀌지 않았다. 그에게 있어 거지 따윈 안중에도 없었다. 손패는 배를 진행시키며 어젯밤 갑작스레 폭우가 쏟아진 것을 떠올렸다. 그러자 훗 하고 실소가 터져 나왔다.

"거지 녀석 꽤나 고생했을걸. 그 녀석 이렇듯 비가 많이 오리라 생각지도 못하다가 봉변을 당했겠지."

손패는 지금 실실거렸지만 정작 단 하루 사이에 불귀도에서 얼마나 엄청난 일이 일어났는지는 꿈에도 생각지 못했다.

"바보 같은 녀석. 지금쯤 괜한 호기심으로 불귀도로 찾아간 것을 후회하고 있으렷다."

손패는 비웃음을 가득 머금은 얼굴로 불귀도에 도착했다. 하지만 일찌감치 나와 있을 것이라고 생각한 거지는 어디에도 찾아볼 수 없었다.

"이런이런, 거지 녀석이 더러운 것만 아니라 지독히 게으르기까지 하구나. 분명 어제 폭우로 잠을 설쳐 지금쯤 퍼질러 자고 있겠지. 정말 귀찮은 놈이로군."

손패는 기분이 언짢았지만 그냥 배를 돌릴 수만은 없었다. 만일 혼자 돌아갔다가는 집에서 대기하고 있는 다른 거지들이 무슨 꼬장을 부릴지 모르는 일이었다. 그들이 두려운 것은 아니었지만 귀찮은 것만은 사실인지라 그는 표영을 찾아 데려가기로 했다.

'내 아무리 사명을 받았다 하지만 다음에는 절대 거지들은 불귀도에 데려가지 않으리라.'

그는 툴툴거리면서 배를 정박시켰다. 어젯밤 폭우로 발자취가 사라졌을지도 모르지만 혹시나 하는 마음에 주변 모래사장을 살폈다. 여기저기 흔적을 찾아다니던 그의 눈에 이채가 일었다. 그리고 이내 곤혹스러운 표정을 떠올렸다.

"뭐지, 이 발자국들은? 하나, 둘, 셋… 세 사람인데, 기이한 일이로구나. 불귀도에 따로 들어온 사람이라도 있었단 말인가?"

아무리 살펴보아도 이건 세 사람의 발자취였다. 그는 혹시나 하는 기대감과 의아함에 뒤섞인 채 발자국을 따라갔다. 기대감은 이제껏 그가 염원하던 예언의 성취에 관한 것 때문이었고 의아함은 도무지 거지와 예언은 어울릴 수 없는 것으로 보였기 때문이었다. 걸음을 옮기면서 손패의 얼굴은 더욱 긴장으로 물들었다. 발자국은 그에게 더욱 긴장하라고 말하고 있었던 것이다.

'만약 비가 내리지 않았다면 발자국을 알아내기도 힘들었겠구나.

젖은 땅에도 어찌 이렇듯 옅은 흔적만을 남겼단 말인가.'

 발자국은 초절정의 고수들이 섬에 있음을 나타내 주었다. 잔뜩 긴장에 휩싸여 걸음을 옮기던 손패는 이윽고 동굴들이 모여 있는 곳 근처에 이르러 발걸음을 멈췄다. 흔적은 여기저기 보였으나 그중 동굴 제일 중앙 쪽에 가장 많이 몰려 있었다.

 '저곳인가.'

 그렇게 손패가 두근거리는 마음으로 접근하려 할 때였다. 시야로 뭔가 거무스름한 것이 다가온다 싶자 어느새 목이 탁 막혔다.

 "컥……."

 놀라운 신법이었다. 손패는 그런대로 무공에 자신을 가지고 있었다. 아무리 생각해도 자신이 이렇게 맥없이 잡힐 사람은 아닌 것이다. 하지만 지금 현실은 자신의 상식을 산산이 깨버렸다.

 '어, 어떻게…….'

 그는 단지 흑영(黑影)이 접근한다고 느끼기만 했었다. 하지만 어느새 멱살이 잡혀 몸이 둥실 떠 있는 신세가 돼버리고 만 것이 아닌가. 놀란 송아지마냥 눈을 동그랗게 뜨고 바라보니 여기저기 헤진 흑의를 입은 청수한 노인이었다. 노인의 입에서 벼락 같은 노호성이 터져 나왔다.

 "뭐 하는 놈이냐!"

 흑의노인은 능파였다. 능혼은 혹시나 내상을 치료할 약재가 있는가 살피러 나갔고 능파만 동굴에 남아 교주(?)를 지키고 있던 차였다. 그러던 중 침입자의 기운을 감지하고 번개같이 튀어나온 것이었다. 그건 말 그대로 번개라고 할 만했다.

 "커어억… 다, 당신은 누구시오……?"

영원히 냉정함을 잃지 않을 것 같던 손패의 입이 더듬거렸다. 거기엔 두려움이 잔뜩 섞여 있었다. 하지만 그 말은 잔뜩 불편해 있던 능파의 심사를 들끓게 만들었다. 실상 손패가 무슨 다른 말을 했어도 똑같은 자극을 받았을 것이 분명하긴 했다. 어쨌든 능파로서는 교주를 상케한 후 극한 우울함에 휩싸여 있던 차에 제대로 화풀이 대상이 걸려든 셈이었다.

"이 자식, 너 때문에 지존께서 화를 당하신 것이 아니냐!"

정작 표영에게 중상을 입힌 당사자는 능파 자신임에도 불구하고 그는 처음 본 손패에게 모든 책임을 떠넘겼다. 손패가 무슨 죄가 있겠는가. 죄라면 단지 이 시간, 이곳에 있다는 것뿐이리라. 허나 손패는 귓속을 파고드는 말 중 '지존'이라는 단어에 몸을 부르르 떨었다. 지존이란 말은 경우에 따라서는 무림방파 중에서 누구에게나 호칭할 수 있는 것이겠으나 불귀도에서 듣는 지존의 호칭은 그에겐 특별한 것이었다. 하지만 그에 대해 뭐라고 말을 꺼낼 여지가 없었다. 어느새 능파의 주먹이 손패의 복부에 꽂힌 것이다.

퍼억!

"우우욱······."

숨이 턱 하고 막혔다. 더군다나 멱살이 잡힌 상태라 숨 쉬기는 더욱 곤란해 입을 벌리고 붕어처럼 빼끔거릴 뿐이었다. 그것으로 끝이 아니었다. 능파의 손이 손패의 어깨를 잡았다.

'헉!'

손패의 눈이 두려움으로 가득 찼다. 무엇을 하려고 하는지 짐작할 수 있었기 때문이다. 이윽고,

뚜득··· 뚜뚝.

"으으윽……."

손패의 오른쪽 팔이 어깨로부터 탈골되어 덜렁거렸다. 다시 땅에 내려놓은 능파는 고통에 겨워 허리를 숙이고 있는 손패의 등을 팔꿈치로 내리꽂았다.

퍽!

즉시 손패는 팽개쳐진 개구락지처럼 바닥에 뻗어버렸다.

"만일 지존께서 깨어나지 않으시면 넌 그날이 곧 제삿날이 될 줄 알아라, 이 개자식아!"

손패는 파르르 떨며 가까스로 눈을 떴다. 복부와 어깨, 그리고 등 쪽으로부터 지독한 통증이 밀려들었다. 하지만 그의 마음은 기대감으로 한없이 부풀어 오르고 있었다. 통증은 기대감에 비하자면 아무것도 아니라고 할 만했다. 지존이라는 단어는 그의 숙원이 이루어지는 말이며 꿈에서도 그리던 단어가 아니던가. 만일 자신이 생각한 것이 맞다면 이 노인은 200년 전 마교 고수인 십절쌍마 중 한 명일 것이 분명했다.

'그런데 지존께 무슨 문제라고 생긴 것인가? 그리고 그 거지 놈은 어디로 갔을까?'

궁금한 것이 한두 가지가 아니었다. 그때 능파가 보따리짐 들듯이 손패를 집어 들고 동굴 안으로 들어갔다. 그는 아직 분이 풀리지 않은 지라 구석지에 아무렇게나 팽개쳤다.

철퍼덕.

손패는 신음을 흘리면서도 필사적으로 고개를 젖혀 지존을 찾았다.

'이제야 지존을 뵙게 되는 것인가.'

그의 가슴으로 뜨거운 덩어리 같은 것이 솟구쳤다. 손패의 눈에 먼저 들어온 것은 능파의 등이었다.

"지존이시여, 어서 깨어나십시오. 제가 죽을죄를 지었습니다. 흑흑흑……."

능파가 어린아이처럼 울먹이자 손패의 눈에서도 어느새 뜨거운 눈물이 흘러내렸다.

'역시 그렇구나. 천마지체를 타고나신 교주께서 헌신하신 것이다. 아… 드디어 200년의 기다림이 이렇게 결실을 맺는가.'

손패는 어서 빨리 지존의 옥안을 눈으로 확인하고 싶었지만 능파의 등에 가려 볼 수 없게 되자 답답하기 이를 데 없었다.

'어떤 분이실까? 전설의 천마지체를 타고나신 분이시라면… 휴~ 상상만으로도 가슴이 떨리는구나.'

그때였다. 능파가 손패의 염원을 눈치라도 챈 것일까? 능파가 몸을 옆으로 살짝 틀었고 그 사이로 죽은 듯이 누워 있는 지존의 얼굴이 드러났다. 말로 할 수 없는 감동과 기대감으로 희열이 들끓었다. 하지만 이내 손패는 자신의 눈을 의심하지 않을 수 없었다.

'허거걱!'

하마터면 경악에 찬 소리를 지를 뻔했다. 지존이 누워 있어야 할 자리에 자신이 데리고 온 떨거지가 누워 있는 것이 아닌가.

'어, 어떻게……!'

손패는 원래 눈을 뜨기조차 힘겨운 상태였지만 지금의 눈 상태는 왕방울만하게 부릅떠져 있었다. 그만큼 그가 받은 충격은 엄청난 것이었다. 아마 '보고도 믿을 수가 없다'라는 말은 바로 이런 경우에 쓰라고 만들어진 것이 아닐런지. 그는 머리가 극도로 혼란스러워지며 정신을 차릴 수가 없었다. 손패가 본 것은 당연히 표영이었다. 손패가 이 상황을 어떻게 이해해야 할지 몰라 복잡한 머리를 굴리고 있을 때 능파의 울먹이는 소리가 들렸다.

"지존이시여… 마교의 영광은 어찌하고 이렇듯 누워만 계시나이까!"

능파는 표영이 아무런 반응을 보이지 않자 대뜸 몸을 일으켜 손패에게 다가가 삿대질을 했다.

"네놈 때문에 지존께서 아프시다! 아프시단 말이다. 이놈아!"

능파의 발길질이 사정없이 손패의 온몸을 가리지 않고 강타했다.

퍼퍽! 퍼퍼퍽!

죄없는 손패로서는 곧바로 인간이길 포기하고 북과 꽹과리가 될 수밖에 없었다.

"오호! 지존이시여……."

퍼퍽, 퍼퍼퍽!

"제발 깨어나십시오. 흑흑……."

퍼퍽, 퍼퍼퍼퍽.

"죽어라, 죽어… 이놈아… 죽어~"

손패는 낑낑대며 그저 지렁이처럼 꿈틀댈 뿐이었다.

"만세 만세 만만세… 영세번영하라, 마교여… 흑흑흑……."

울부짖음 속에 만세 삼창하던 능파는 다시 몸을 날려 손패에게로 향했다.

"넌 왜 만세 안 하는 거냐. 이 새끼가 죽고 싶냐. 엉? 죽고 싶어?"

그리곤 다시 발길질이 계속됐다.

퍼퍼퍽— 퍼벅퍼벅—

"오호, 교주님이시여~ 흑흑흑……."

마교의 후예들 모이다

손패는 간신히 초인적인 정신력을 발휘해 정신을 차리고 있었지만 이젠 한계에 달했다. 아득히 꺼져 가는 정신의 끈을 놓자 깊은 나락으로 떨어지며 끝내 혼절하고 말았다. 하지만 그의 입가엔 보일 듯 말 듯한 미소가 머물러 있었다.

'그래… 십절쌍마답지 않은가. 이런 것이… 바로 이런 것이 마교다운 것이라 할 수 있지. 비록 어떤 숨은 뜻으로 거지 차림을 하신 것인지는 모르나 분명 지존임이 틀림이 없구나.'

손패가 혼절하고 난 후 얼마 되지 않아 능혼이 허겁지겁 동굴 안으로 들어왔다. 그는 혹시나 약재로 쓸 약초가 있을까 찾아보고 온 것이었다. 능혼은 동굴 안에 처참하게 고꾸라져 있는 장정을 발견하고 의아한 시선을 보내며 능파에게 물었다.

"이 사람은 누굽니까, 형님."

"누구긴 누구냐, 나쁜 놈이지. 교주님을 해하려는 놈일 것이다."

하지만 능혼은 능파의 말이 끝나기도 전에 언뜻 한 가지 생각을 떠올렸다.

'혹시……'

그가 떠올린 건 마교의 예비된 후예 중 한 명에 대한 것이었다.

'…교주님을 이곳으로 모셔오는 역할을 맡은 손추의 후손일지도 모르겠구나.'

원래 마교의 재건을 위해 준비된 인원은 총 네 명이었다. 그중 십절쌍마인 능혼과 능파는 천극간시공해체대법으로 불귀도에 남게 되었고 마교의 문지기였던 충성스런 손추는 불귀도에 대한 저주의 소문을 내도록 했다. 그리고 대를 이어 불귀도에 사람을 실어 나르는 역할을 하게 되었다. 나머지 한 명 오녀자 신기천은 옹벽동에 지존께서 건곤패를 얻고 어느 정도의 무공과 영약을 습득할 수 있도록 안배하는 일을 맡았다. 지금 이 사람의 갑작스런 등장으로 보아 필시 손추의 후손일 가능성이 높았던 것이다. 능혼은 아직까지 형님의 상태가 정상이 아니었고 또한 중년인의 정체가 밝혀지지 않은 터라 생각을 마음에만 묻어두고 교주(?)의 상세를 살폈다.

"교주님은 좀 어떻습니까?"

그 말에 능파가 울먹이는 표정을 지었다.

"흑흑… 교주님은……."

능혼은 형의 어깨를 끌어안아 주었다.

"염려 마세요. 모든 것이 잘될 겁니다."

과거에는 형이 자신을 안아주고 위로해 주었었다. 하지만 지금은…….

능혼의 입가에 씁쓸함이 일었다. 그는 손으로 토닥거린 후 말했다.

"형님, 힘내십시오. 다행히 이곳에 상품의 선련초가 많이 있더군요. 불행 중 다행한 일이 아닐 수가 없습니다. 이건 필시 마교의 운이 다하지 않았음을 의미합니다."

선련초란 남방 지역에서 나는 약초로 매우 구하기 힘든 것이었다. 내상을 치료하는 데 있어 탁월한 효능을 지녀 무림각파에서 치료하는 환약을 제조하는 데 가장 필수적인 약초라 할 수 있었다. 그런 선련초가 마치 잡초가 무성하게 모여 있듯 섬에 널려 있으니 능혼의 마음이 어찌 기쁘지 않을 수 있었겠는가. 능혼은 선련초를 찧어 즙을 짜 표영의 입 안에 흘려 넣었다.

'만일 지존께서 천년하수오와 묵각혈망의 내단을 취하셨다면 선련초의 기운까지 더해져 필시 빠른 회복을 보이실 것이다.'

능혼은 일단 손추의 후손을 살피기 전에 형님과 이야기를 나눌 필요가 있다 생각했다. 대법이 풀리면서 어디까지 기억을 하고 계신지, 마교에 대한 인식은 어느 정도인지 파악해 두어야만 했던 것이다.

"형님, 잠깐 바람 좀 쐬러 가시죠."

바보 같은 얼굴을 하고 곧 울듯 지존(?)을 바라보고 있던 능파가 못 이기는 척 일어섰다. 능파는 뒤따라가다 누워 있는 손패를 힐끔 쳐다보더니 다가가 발로 한 방 갈겼다.

퍽.

"내가 깨어나라고 할 때까지 일어나면 안 돼."

손패로서는 이미 혼절한 상태라 아픔을 느낄 수 없을 테지만 어쨌든 재수 더러운 것만은 사실이랄 수 있었다. 동굴을 나선 둘은 바다가 내려다보이는 곳에 이르러 바위 위에 자리를 잡고 앉았다. 어제의 폭풍우가 마치 거짓이었던 것처럼 하늘은 구름 한 점 없이 맑았고 먼바다까지 시야가 닿았다. 잠시 둘은 말없이 주변의 경관을 둘러보았다. 능혼은 능혼대로 능파는 또 능파 나름대로 앞날이 캄캄하기만 했다. 그러다 먼저 입을 연 것은 능혼이었다.

"형님, 우리가 왜 이곳에 있는지 알고 계십니까?"

뻔한 질문이었지만 능파는 뭐라고 말해야 할지 몰라 고심했다. 뭔가 머리에 떠오를 듯하다가 연기처럼 사라져 버리곤 해 도대체 왜 이곳에 있는지 알 수가 없었다.

"그러고 보니 우리가 왜 이 섬에 있는 것이냐? 정말 이상한걸."

능혼이 속으로 한숨을 내쉬었다.

"형님, 우리는 대법으로 200년 후에 나타나실 지존을 영접하기 위해 불귀도에 남게 되었던 겁니다."

능파의 눈이 휘둥그레졌다.

"200년이나? 정말이냐?"

의외라는 듯한 능파의 반응에 능혼의 가슴이 무너져 내렸다.

'도대체 형님은 어디까지 기억하고 계신 것일까?'

"형님은 누구입니까?"

이번 질문에는 능파가 곧바로 답했다.

"나는 마교의 십절쌍마… 능파지. 넌 나의 동생 능혼이 아니더냐. 이 녀석 바보 같으니라구… 그걸 질문이라고 하는 게냐?!"

"그렇습니다. 우리는 마교의 십절쌍마지요. 하지만 지금 천하에 마교인은 모두 합해 4명뿐입니다. 그리고 그중 우리를 인도하실 지존은 몸져누워 계시구요."

"흑흑… 그래, 건곤패의 주인… 마교의 제왕 지존께서 아프시지……. 흑흑… 내가… 내가……."

능파의 기억은 대법이 풀리는 와중에 바위에 얻어맞아 마치 파편처럼 조각나 버린 상태였다. 지금 그가 마교에 대해 기억하고 있는 것이라고는 '마교, 지존, 충성, 십절쌍마, 능파, 능혼' 등의 단어들뿐이었다. 즉, 대법 중에 마교에 대해 열중하고 있던 그의 심령 가운데 가장 중요한 것들을 제외하곤 전부 기억 저편으로 사라져 버린 것이다. 또한 그의 예리한 감각 대신 어린아이처럼 순수함만이 자리하게 되었다.

'차츰 좋아지시겠지…….'

능혼은 스스로 위안하며 손추에 대해 말을 꺼냈다.

"형님, 우리가 오늘 걸인의 모습을 하신 지존을 몰라뵙고 손을 쓰지 않았습니까?"

"그래… 그렇지……. 그것만 생각하면… 난 정말 나쁜 놈이야."

"교주님을 알아보지 못했던 것처럼 다시 우리가 우리 형제를 괴롭히고 말았습니다."

"그게 무슨 소리냐? 감히 어떤 놈이 우리 마교의 식구를 괴롭힌다는 거야?"

능파가 주먹을 들어 보이며 당장에라도 눈앞에 있다면 치도곤을 치겠다는 듯 눈알을 부라렸다. 능혼은 씁쓸함을 금할 수 없었다.

"지금 마교의 상황은 이렇습니다."

이 말을 시작으로 능혼은 대충 200년 전의 마교의 멸망에서부터 어떤 계획으로 지금에 이르게 되었는지를 설명했다. 하나하나 들을 때마다 능파의 눈은 점점 더 확대되었고 실핏줄이 흰자위를 가득 메워 곧 터져 나올 것만 같았다. 그리고 이야기를 다 들은 후에는 송아지가 구슬픈 눈물을 떨구듯 구슬같이 굵은 눈물을 흘렸다. 능혼이 한숨을 내쉬며 말을 맺었다.

"…오늘날 마교 재건을 위해 남은 자 중 손추의 후손이 아까 동굴에 누워 있던 그 녀석 같습니다."

"불쌍한 녀석이었구나. 내가 그런 녀석을 괴롭히다니……."

"형님 잘못이 아닙니다. 휴우~ 처음 시작은 이상하게 꼬였지만 처음에 잘되고 나중이 잘못되는 것보다는 지금은 조금 좋지 않아도 이것을 교훈 삼아 교주님을 진심으로 따른다면 좋은 결과를 나을 수 있을 겁니다."

"그래… 아우야, 잘해보자꾸나."

대충 현재 상황을 이야기했기에 어느 정도 이해한 것 같았지만 여전히 능파에겐 뭔가 모자란 듯 보였다. 이것은 능혼으로서도 어찌해

볼 수 있는 것이 아니었다.

 이번에는 손패 차례였다. 능혼은 정신을 잃은 손패를 벽에 기대게 한 채 장심에 손을 얹고 기를 불어넣으며 내상을 치료했다. 잠시 후 손패의 머리에서 뜨거운 김이 모락모락 피어났고 입가로 검은 피가 조금씩 밀려 나왔다. 이건 회복의 전조였다.
 '휴~ 그래도 이 정도니 다행이군.'
 그나마 형님이 죽을 정도로 패지 않은 것이 얼마나 다행인 줄 몰랐다. 교주님과 비교해 보자면 이 정도는 그다지 문제될 것도 없었다. 다시 부러진 어깨뼈를 맞춘 후 검지로 양미간을 빠르게 세 번 자극하자 손패가 번쩍 하고 눈을 떴다.
 "정신을 차릴 수 있겠느냐?"
 손패는 아직까지 고통스럽긴 했지만 아까보다는 전체적으로 몸이 훨씬 가뿐해진 상태였다. 그는 전해오는 말투로 미루어 어느 정도 오해가 풀렸음을 짐작할 수 있었다. 하지만 옆을 바라보니 무자비하게 후려 팼던 흑의노인이 보이자 손패는 자신도 모르게 목을 움츠렸다. 능파는 멋쩍은 듯 손으로 머리를 긁으며 다가왔다.
 "미안하다."
 능파의 짧은 한마디는 마치 어린아이들이 싸움을 끝낸 후 화해할 때 말하는 것 같았다. 손패는 십절쌍마에 대한 선입견과 너무도 큰 차이가 나는지라 약간 어리둥절했다. 하지만 뭐가 어떻게 되었든 마교의 높은 어르신들이 아닌가. 그는 아픈 몸을 틀어 두릎을 꿇었다.
 "속하 손패, 십절쌍마님을 뵈옵습니다."
 "흠……."

능혼은 침음성을 흘렸다. 역시나 예상했던 대로였다. 손추의 후손이 아니고서야 그 누가 있어 십절쌍마를 거론할 수 있겠는가.

"너는 손추의 후손이렸다?"

"그렇습니다."

능혼이 손패의 머리를 쓰다듬었고 손패는 짙은 감회에 사로잡혔다. 잠시 둘 사이에는 아무런 말이 없었지만 수많은 말보다 더한 말들이 서로 간에 오고 갔다. 이 시대 마교인들은 이곳 동굴에 있는 네 사람이 전부인 것이다. 능혼이 짙은 탄식을 뱉어내듯 물었다.

"네가 이곳으로 지존을 모셔왔겠지?"

손패의 얼굴이 부끄러움으로 벌겋게 물들었다.

"그, 그렇습니다만… 속하…… 눈이 있어도 하늘을 보지 못했습니다. 아……."

"후우~ 너도 지존을 알아보지 못한 것이로구나."

"……."

"사실 우리도 처음 지존께서 거지 행색으로 우리 앞에 나타나게 되실 줄은 꿈에도 생각지 못했다. 그로 인해 그만… 도저히 용서받을 수 없는 짓을 저지르고 말았으니……."

거기까지만 들어도 손패는 현재 상황을 이해할 수 있을 것 같았다. 자신도 자칫하다가 지존과 한판 붙을 뻔했지 않은가.

"나는 지존께서 왜 걸인의 모습으로 불귀도에 오시게 되었을까를 짧은 시간이지만 여러모로 생각해 보았다. 그리고 난 그 위대하신 뜻을 깨달을 수 있었다. 아! 지존께서 그리도 높으신 뜻을 품으셨음을 이제야 깨닫다니……."

손패는 눈에 궁금함을 가득 담아 물었다.

"그렇다. 지존께서는 마교의 부활을 위해 자신을 희생하신 것이다. 혹시나 적들이 알아볼까 염려하시어 천한 걸인의 모습으로 변장을 하고 나타나신 것이 아니고 무엇이란 말이냐. 우리의 어리석은 생각으로는 감히 따를 수 없는 위대함이 아니더냐. 이런 누추한 옷과 더러움을 마다하지 않으시다니……."

능혼의 말에 손패의 눈에선 그렁그렁 눈물이 맺혔고 다시 주르륵 볼을 타고 눈물이 흘러내렸다. 옆에 있던 능파도 마찬가지였다. 이런 광경은 다른 사람이 봤다면 우습게 여겼을지 모르나 마교인들에게는 가슴을 절절히 울리는 감동으로 다가왔다.

'아! 지존이시여……'

손패는 처음 뵈었을 때의 소탈한 모습을 떠올렸다.

'참으로 완벽한 걸인의 모습이 아니었던가.'

이제 다시금 그날의 기억을 되새기자 하나하나가 철저히 계산된 행동들이었음을 느낄 수 있었다. 손패의 가슴에서 한줄기 뜨거운 기운이 솟구쳐 올랐다. 그건 바로 감동에 이은 충성심이었다.

4장

마교를 끌어안다

마교를 끌어안다

표영이 깨어난 건 이틀이 지나서였다. 선련초의 약효와 더불어 능혼과 능파가 내공을 불어넣어 진기로 막힌 기혈을 타동해 준 덕분이었다. 하지만 그것뿐이었다면 단지 이틀 만에 깨어나진 못했을 것이다. 표영의 몸 안에 내재된 천년하수오와 묵각혈망의 내단이 원기를 회복시키고 기를 북돋았기 때문에 가능한 일이라 할 수 있었다. 실제 격심한 타격을 입은 것에 비해 이틀이라는 시간 만에 깨어났다는 것은 경이적인 것이라 할 만했다. 이런 현상은 십절성마와 손패의 마음에 지존에 대한 경외감을 심어주기에 부족함이 없었다.

'역시 지존이시지 않은가. 보통 무림인이었다면 아직도 사경을 헤매고 있을 것이다.'

'아직 하늘은 우리 마교를 버리지 않으셨구나.'

하지만 이들의 바램과는 달리 표영은 정신을 차렸어도 곧바로 눈을 뜰 수가 없었다. 아직 상황 파악이 안 된 상태라 깨어난 후 어떤 반응을 보일지, 혹은 무슨 봉변을 당할지 알 수 없었던 까닭이다. 호흡을 가다듬으며 주위를 예민하게 살피자니 몸 근처에서 두 가닥의 가느다란 호흡 소리와 한 가닥의 약간은 거친 호흡 소리가 들렸다. 그중 거친 호흡이라는 것도 사실 앞선 가는 두 호흡에 비해 거칠다는 것이지 결코 평범한 능력을 지녔다는 말은 아니었다.

'이들은 대체 누굴까? 혹시 이들이 괴상한 두 노인으로부터 나를 구한 것일까?'

하지만 그렇게 단정하기가 쉽지 않았다. 이곳은 불귀도다. 사람들의 왕래가 잦은 곳이 아닌 것이다. 게다가 저주의 섬으로 인식돼 이곳으로 오려고 해도 배를 구하기조차 힘들지 않는가.

'만에 하나 이들이 나를 공격한 사람들이라면 정말 낭패로구나. 하지만 왜 나를 가만 내버려 두는 것일까? 내 몸은 누가 치료한 것일까?'

의문에 의문이 꼬리를 물고 일어났지만 어느 것 하나 제대로 알 수 있는 것은 없었다. 표영은 정신을 잃기 전까지의 기억을 더듬어 보았다. 느닷없이 나타난 노인의 알아들을 수 없는 말들이 떠올랐다.

"지존이시여… 십절쌍마입니다… 마교의 영광을……."

'도무지 어떤 식으로 상황을 이해해야 한단 말인가.'

파편처럼 던져진 의문을 꿰맞추기엔 아는 게 너무 없었다. 이어 무서운 두 노인의 공격이 머리에 떠올랐다. 목덜미에서부터 온몸이 마비되고 이어 가슴을 때리는 엄청난 충격. 표영은 격타당하는 순간을 떠올리다가 하마터면 몸을 떨 뻔했다. 표영이 스스로 그때 그 장면을 떠올리는 것만으로 가슴이 뛸 정도이니 그 타격이 어떠했을지 짐작하기 어렵지 않으리라.

'정말 무서운 공격이었어. 지금 이렇게 목숨이 붙어 있다는 게 신기하구나.'

표영은 주위의 사람들이 누구인지 알 수가 없었기에 여전히 눈을 뜨지 않고 지켜보기로 마음먹었다.

'가만히 기다리다 보면 뭔가 변화가 있겠지.'

표영이 대충 마음을 정리하고 여전히 죽은 듯이 누워 있을 때였다. 그 앞에 무릎 꿇고 있던 능혼의 눈이 번쩍 하고 빛을 발했다.

'교주님께서 정신을 차리신 것인가!'

원래 사람이 실제 잠들어 있을 때와 억지로 잠든 척할 때는 엄연히 다른 모습을 보이게 되는 법이다. 작게나마 눈이 가늘게 떨리기도 하고 피부가 미세한 움직임을 나타내는가 하면 심할 경우엔 침을 삼키느라 목젖이 꿈틀대기도 하는 것이다. 능혼이 본 것은 표영의 눈이었다. 아까 표영이 공격당할 때를 떠올리다가 부지불식간에 눈을 움찔거렸는데 능혼이 놓치지 않은 것이다. 능혼은 얼른 능파와 손패에게 전음을 날렸다.

"형님, 지존께서 정신을 차리신 듯합니다."

"손패, 지존께서 정신을 차리신 듯하다."

전음을 받은 능파와 손패의 얼굴에 순간 긴장이 감돌았다.

꿀꺽.

천극간시공해체대법이 불완전하게 풀리면서 오히려 순수해져 버린 능파가 침을 삼키자 그 소리가 적막한 동굴을 울렸다. 그것은 마치 전염이라도 되는 듯 차례로 능혼과 손패에게도 옮아갔다.

꿀꺽.

꿀꺽.

싸늘한 긴장감 속에서 능혼은 어떻게 해야 할지 머리를 굴리느라 분주했다.

'이는 필시 교주님께서 우리가 어떻게 행동할지를 지켜보고자 하심일 것이다. 능혼아, 능혼아, 너는 지금 이 순간 잘해야 할 것이다. 이 순간 교주님께선 우리에게 속죄할 기회를 주신 것이나 다름없지 않느냐. 어떻게든 마음을 풀어드려야 한다.'

능혼이 숨을 크게 들이쉬고 막 입을 떼려 할 때였다.

"흑흑… 이 미천한 놈이 교주님을 상케 하다니… 난 죽어야 해… 죽어야 한다구…….”

예상치 못한 돌발 사태가 벌어졌다. 느닷없이 능파가 자리를 박차고 일어나더니 동굴의 벽을 들이박은 것이다.

쿵쿵쿵!

"헉!"

"허걱……!"

'헉!'

능혼과 손패의 입에서 헛바람이 터져 나왔고 표영은 속으로 놀라면서도 소리를 참았다. 능혼과 손패는 왜 저런 행동을 하는지 충분히 이해하고도 남음이 있었으나 표영은 황당하기 그지없었다.

'이건 흑의노인의 목소리가 아닌가. 휴~ 눈을 뜨질 않길 잘했구나. 근데 교주님이라니… 설마 날 가리켜서 하는 소린 아니겠지? 이

사람들 대체 무슨 수작을 부리는지 모르겠구나.'
 표영의 입장에서는 아직 더 지켜봐야만 했다. 그런 와중에도 능파는 여전히 벽에 머리를 박아댔다.
 쿵쿵쿵!
 장난이 아니었다. 그저 형식적으로 들이받는 것이 아닌 것이다. 어찌나 세게 들이받는지 동굴 전체가 웅웅거릴 지경이었다. 그것은 듣는 모두의 마음에 황당한 공포를 심어주기에 충분했다.
 "교주님께서 깨어나지 않으신다면 나는 오늘 머리를 박고 죽고 말겠다. 난 죽어야 해~"
 쿵쿵쿵!
 이런 광경에 동굴에 자리한 모두는 각자 앞으로 어찌해야 할지 고민했다.

 표영.
 '아니, 저 노인은 대체 왜 저러는 걸까? 마교 교주라는 사람이 빨리 깨어나야겠는걸. 저러다 사람 하나 잡겠어, 교주라는 작자도 아주 지독한 사람인가 보구나.'

 능혼.
 '이건 형님이 크게 착각하신 것이다. 대대로 교주님들은 수많은 사람들을 죽이고도 눈 하나 깜박이지 않는 분들이 아니던가. 예전의 형님이시라면 저런 행동은 하지 않았을 터인데… 계속 저렇게 내버려둘 수도 없고 그렇다고 말릴 수도 없으니 난감하기 그지없구나.'

손패.

'큰일이다. 나도 능파님처럼 머리를 박아야 하는 것 아닐까. 내 죄도 결코 적지 않잖는가.'

이렇듯 각자 이 상황을 어떻게 받아들이고 해결해야 할지 고민하고 있을 때 정작 가장 큰 고심을 하고 있는 이는 능파였다. 능파는 처음에는 그런대로 들이박을 만했다. 하지만 점점 박다 보니 머리가 빠개질 것 같은 충격에 휩싸였다. 용서를 비는 마당에 호신강기를 이용해 들이박을 수도 없는지라 생머리가 터질 상황이었다. 그로선 당장에라도 멈추고 싶은 마음이 간절했지만 그렇다고 이대로 밋밋하게 그만둘 수는 없는 노릇이었다. 그는 속으로는 아파 죽을 것 같았지만 겉으로는 장황하게 용서를 빌었다.

"교주님을 능멸하다니… 나 같은 놈은 죽어야 해……."

하지만 정작 속으로는 다른 말을 하고 있었다.

'이러다 정말 죽겠는걸. 능혼, 저 바보 같은 놈은 뭐 하고 있나. 교주님을 어서 깨워야 할 것 아니야. 아이, 씨파. 머리 터질 것 같다니까!'

머리가 터지기까지는 오래 기다릴 것도 없었다. 백 번 정도를 받았을까? 어느덧 능파의 머리는 터져 피가 철철 흘러내렸다. 백 번이 되기 전까지는 쿵쿵쿵 소리가 났으나 지금은 전혀 다른 소리가 났다.

척척척.

수박이 깨지는 소리가 이러할까. 차라리 수박이라면 맛있게 먹을 수 있다는 기대감이라도 있으리라. 하지만 이 소리는 살벌함 그 자체였다. 능혼과 손패는 눈으로 보고 소리로 듣는 가운데 경악해 마지않았다. 하지만 표영의 경악은 그보다 더했다. 보지 않고 눈을 감고 상상을 하게 되는 바람에 머리가 박살난 것인지 뇌수가 터져 흘러나온 것인지 별의별 그림이 떠올랐다가 사라지곤 했던 것이다. 표영은 전전긍긍하면서 연신 그 교주라는 작자에 대해 감탄을 금치 못했다.

'이 정도면 용서를 해줘야 하는 거 아냐? 정말 교주라는 작자는 해도 해도 너무하는군.'

표영은 정작 용서할 수 있는 권한이 자신에게 있음을 알지 못한 채 불만만 가득했다. 얼마나 상처를 입었는지 눈을 떠보고 싶었지만 아직은 모든 게 애매했기에 때가 아니라 여겼다. 그 가운데서도 여전히 머리를 박고 있는 능파는 참기 힘든 고통 속에서 이를 악물었다.

'아직까지 지존께서는 침묵을 지키고 계신다. 이 정도로는 미흡하다 여기시는 것이겠지. 하긴, 내가 지존을 죽이려 한 것을 생각하면 충분히 그럴 법도 하다. 아~ 나는 진정 하늘이 감동할 정도의 정성을 기울여야만 한다. 더욱더 힘을 내야 해.'

그는 피를 너무 많이 흘려 정신마저 혼미해지려 했지만 열정적으로 연신 박아댔다. 한쪽 머리가 터졌으면 다른 방향으로 돌려 머리를 박아댈 만도 했지만 능파는 오로지 한쪽만 박아댔다. 과연 마교인으로서 손색이 없는 깡이었다.

'다른 쪽으로 돌리는 건 있을 수 없다. 그러면 분명 부정 탈 것이다. 꿍…….'

척척척…….

"교주님… 크아아악… 지존이시여… 으아악……."

척척척.

거의 일 식경(30분) 정도가 지났다. 지켜보던 능혼과 손패는 입을 벌리고 침을 조금씩 흘리며 벌린 입을 다물지 못하고 멍하니 바라볼 뿐이었다. 그들의 모습은 눈은 뜨고 있었지만 아무것도 보지 못하고 더불어 아무 생각도 없는 사람들처럼 보였다. 온몸에 피칠을 해가며 머리를 들이받던 능파는 끝내 느린 동작으로 뒤로 허물어졌다.

"어어어……."

사실 이제까지 버틴 것만도 용한 일이었다. 능파가 쓰러지자 그제야 정신을 차린 능혼이 몸을 날려 몸을 받쳐 들었다.

"형님! 정신 차리세요, 형님……."

능혼의 머리는 어지럽고 복잡하기만 했다. 그토록 염원하던 교주님을 만났다. 하지만 뵙자마자 존귀한 옥체에 중상을 입히고 말았다. 게다가 함께 교주님을 보필해야 할 사명을 가진 형님은 정신이 온전치 못한 것에 그치지 않고 지금은 피투성이가 된 채 쓰러진 것이다.

'아, 하늘이시여. 정녕 마교를 저버리시나이까.'

능혼은 속으로 장탄식을 터뜨리고 급히 지혈을 한 후 옷을 찢어 터진 머리를 감싸주었다. 한쪽에 자리한 손패는 그저 전전긍긍하며 어찌할 바를 몰라 했다. 표영은 혹시나 머리를 벽에 박고 죽은 것은 아닌가 싶어 걱정되는 마음에 자신도 모르게 양미간을 찌푸렸다. 그런 모습은 예의 주시하고 있던 능혼의 눈엔 다른 의미로 받아들여졌다.

'음, 인상을 쓰시다니… 교주님께서 아직까지 마음이 풀리지 않으신 게로구나. 그래, 뭐든 제일 좋은 방법은 솔직한 것이라 할 수 있다. 이제껏 있었던 일들을 다 털어놓고 나중에 처분을 받도록 하자. 진실은 어디에서도 통하는 법이 아니던가. 음… 그런데 과연 마교에서 진실이 통한 적이 있었던가……'

하지만 별달리 뾰족한 방법이 없는 지금으로써는 참회의 고백만이 유일한 길로 보였다. 능혼이 표영의 머리맡에서 무릎을 조아리고 조심스럽게 입을 열었다.

"교주님, 미천한 속하들을 불쌍히 여기소서. 저희는 200년 전 마교 최고의 지혜자인 오뇌자 신기천의 예언에 따라 이곳에서 교주님을 기다렸고 이제야 뵙게 되었습니다……."

표영은 마음이 뜨끔했다. 꼭 자신을 보고 이야기하는 것만 같았기 때문이다.

'에이, 설마…….'

능혼의 말이 이어졌다.

"…신기천은 말하길 훗날 천마지체를 타고나신 분으로 인해 마교는 다시 부활할 것이며 전 무림은 마교의 깃발 아래 무릎 꿇게 될 것이라 했습니다. 제가 아직까지 비천한 목숨을 부지하고 있는 것은 오늘 이처럼 지존을 뵈옵고 보필하기 위함입니다. 하지만……."

능혼은 죄송스러움으로 잠시 말을 멈췄다. 보필하기 위해 200년을 기다려 온 그들이 보필은커녕 이렇게 몸져눕도록 만들지 않았는가. 그는 속으로 한숨을 내쉬고 말을 이었다.

"…200년 전 무령마제(武令魔帝) 조환(趙幻) 교주님과 그 휘하의 마교 고수들은 천선부와 구대문파를 위시한 정도인(正道人)들에 의해 모두 죽음을 맞이하게 되었습니다. 그때 오늘날을 의해 남겨진 사람은 네 사람이었습니다. 신기천은 옹벽동의 안배를 통해 지존께서 지존패를 거두시고 마교의 무공의 기틀을 닦도록 하는 역할을 담당했고, 저희 십절쌍마는 이곳 불귀도에서 천극간시공해체대법으로 지존을 영접하여 보필하는 사명을 받았습니다. 우리의 대법은 건곤패와 감응하도록 되어 있었기에 자연 지존께서 불귀도로 오시게 되면 대법이 풀리고 지존을 뵈올 수 있도록 한 것이었습니다."

거기까지 듣던 표영은 너무도 놀라 꿀꺽 하고 침을 삼켰다. 원래 깨어 있을 때는 침을 자연적으로 삼키기 어려워 침이 입 안에 가득 차게 마련인 법인지라 표영은 부지불식간에 다 삼킨 것이었다.

꿀꺽.

침 삼키는 소리에 능혼이 말을 멈추고 잠시 긴장했다.

'무슨 말씀을 하시려는 것일까?'

하지만 정작 표영은 여간 혼란스러운 것이 아니었다.

'그럼 이들이 이제껏 교주라며 불렀던 사람은 바로 나를 보고 한 말이었단 말인가? 도대체 이게 어떻게 된 일이란 말인가.'

황당함에 젖어 있을 때 기억 저편에서 잊고 있었던 일 하나가 떠올랐다.

'건곤패! 이런! 그때 그 언덕배기에서 매달리다 죽은 그 머저리가 마교의 교주였단 말인가?'

매달려 죽은 사람과 지금 들은 이야기를 조합해 보자 비로소 의문이 하나씩 풀렸다. 극독에 중독되어 죽어 있었던 점, 그의 몸에서 영약이 나왔던 점, 그리고 건곤패.

'이거 어떻게 한담. 이들은 철썩같이 나를 교주로 알고 있는 듯한데 내가 아니라고 하면 건곤패를 어떻게 얻게 되었는지에 대해 뭐라

고 설명한다는 말인가. 이거 참… 그때 그 머저리가 그곳에 매달려 있지만 않았었어도…….'

하지만 다른 한편으로 생각해 보니 기가 막히기도 하고 희한하기도 했다.

'건곤패는 그렇다 치더라도 내가 불귀도에 오게 되어 이들을 만나게 되다니…….'

이 일은 사실 천마지체 독무행이 천적인 만성지체를 만나게 되어 운명을 달리하게 되었고 그로 인해 천마지체가 받을 기연을 모조리 만성지체가 이어받게 된 것이었다. 하지만 그런 천기의 흐름에 대해서 표영이 이해할 수 없는 것은 당연한 것이었다.

'나는 앞으로 어떻게 해야 하나…….'

능혼은 교주님으로부터 어떤 반응이 있을 것을 기대했으나 여전히 꿈쩍도 하지 않음을 보고 다시 말을 이었다.

"마교의 후인 중 나머지 한 명은 손추로서 그는 불귀도에 사람들이 드나들지 않게 하기 위해 불귀도가 저주의 섬이라는 거짓 소문을 퍼뜨렸습니다. 그리고 지금 이곳에 그의 후손인 손패가 자리하고 있습니다. 하지만 이 부족한 속하는 지존께서 고귀하신 뜻으로 위장하고 계심을 헤아리지 못하고 죄를 범하고 말았습니다. 우리의 목숨은 지존께 달려 있으니 마땅히 죽음으로 죄를 치르겠습니다."

강호의 어떤 문파나 조직이든 하극상은 최악의 범죄라고 할 수 있다. 더욱이 마교라면 그건 도저히 묵과할 수 없는 것이다. 능혼도 그것을 잘 알고 있었다. 하지만 그가 굳이 지존도 알고 계실 이야기를 구구절절이 설명한 것은 '200년의 염원을 담고 마교 부활을 꿈꾸어왔으니 지난날의 수치를 영광으로 바꾸기 위해 이번간은 용서해 주십시오' 라는 뜻이 담겨 있는 셈이었다.
 이런 능혼의 말은 실제 표영에게 있어서는 소중한 정보가 아닐 수 없었다. 이 모든 내용을 통해 표영은 불귀도에 대한 전설이 어떻게 조장되었고 불귀도의 안내자 손패의 정체가 무엇인지 이제야 모든 것을 이해할 수 있게 되었다. 표영은 눈을 꼭 감은 채로 사정없이 잔머리를 굴리기 시작했다.
 '그러니까 이들은 교주의 얼굴도 모르고 영락없이 나를 교주로 알고 있는 것이렷다. 어차피 교주친구는 죽었으니 다시 나타나 '내가 진짜다' 라고 할 리는 없을 것이다. 음……'
 아무리 생각해 봐도 빠져나갈 구멍은 없어 보였다. 또 달리 생각해 보니 이대로 이들을 나 몰라라 할 경우 이들이 강호로 나가 무슨 혼란을 초래할지도 모르는 일이었다.
 '일단은 교주로 행세하는 수밖에 없겠구나. 이거 참……'
 표영은 생각을 대충 마무리하고 기를 운행해 몸을 점검해 보았다. 중요 혈맥으로 기가 원활하게 흐르고 있었지만 아직까지 전체적으로는 미진하기 그지없었다. 스스로 몸을 일으켜 앉기조차 힘들 것 같았는지라 약간 시간을 더 보내는 것도 좋을 듯싶었다.
 '만약 마교 교주라면 이때 어떻게 했을까?'
 지독한 놈들인 것만 봐도 생각컨대 교주라는 작자는 당장에 용서하지는 않을 성싶었다.
 '당장 말을 듣고 몸을 일으킨다는 것은 아무래도 어색해 보이기도 하니 요양이나 더 하도록 하자.'
 일단 생각을 정리하고 마음을 느긋하게 가지려 했지만 아무리 생각해 봐도 마교의 집착에 대해서는 혀를 내두르지 않을 수 없었다.

'그나저나 200년을 기다렸단 말이지! 정말 이놈들은 이해할 수 없는 놈들이로구나.'

표영의 상식으로는 도무지 납득할 수 없었다.

5장
개방에 흡수되는 마교

개방에 흡수되는 마교

능파가 동굴 벽에 머리를 들이받고 혼절한 지 삼 일 후.

표영은 드디어 자리에서 일어났다. 몸 상태는 무공을 펼치기에는 아직 온전치 못했지만 운신을 하기에는 어려움이 없을 정도가 되었다. 이제껏 그 앞에서 석상이라도 된 듯 무릎을 꿇은 채 앉아 있던 능파와 능혼, 그리고 손패는 긴장에 휩싸여 허리를 꼿꼿이 펴고 부동 자세를 취했다. 드디어 그들의 지존이 자리를 떨치고 일어선 것이다.

표영은 정작 자리에서 일어나긴 했지만 어떻게, 무슨 말부터 해야 할지 막막하기만 했다. 일어나기 전까지 꽤나 속으로 중얼거리며 여러 가지 말들을 연습했건만 막상 세 사람을 보고 있자니 아무것도 생각이 나질 않았다. 게슴츠레한 눈빛으로 세 명을 바라보자니 우습기도 하고 또 어떻게 보면 대단해 보이기도 했다.

표영은 마땅한 말이 떠오르지 않았지만 계속 침묵만을 지킬 수는 없는 노릇이었다. 무슨 말이라도 해야만 하는 것이다. 능파와 능혼 등도 과연 교주께서 무슨 말씀을 하실 것인지 자못 긴장하는 빛이 역력했다. 큰 죄를 지었으니 당장 죽으라고 해도 할 말이 없는 그들이 아니던가.

"험험……."

표영이 헛기침을 연달아 내지른 후 입을 열었다.

"세 분 모두 왜 그렇게 불편하게 앉아 계십니까? 편하게들 앉으세요."

목소리나 말투 그 어느 것 하나 마교 교주다운 구석이라고는 없었다. 누가 있어 이런 말을 듣고 마교 교주라고 생각하겠는가. 하지만 정작 능파와 능혼, 그리고 손패는 식은땀을 주르르 흘렸다.

'교주께서는 가장 악랄한 피를 타고났다는 천마지체시다.'

그렇다. 천마지체의 전설은 그냥 엉겁결에 생겨난 것이 아닌 것이다. 오히려 이들은 표영이 부드럽게, 그리고 존댓말을 사용한 것에 대해 곤혹스러움과 두려움을 느꼈다.

'역대 교주님들 중에는 가장 잔인하게 일을 처리할 때 반대로 부드럽게 이야기하곤 했지 않던가.'

'오늘 크게 곤욕을 치르겠구나.'

'우리를 죽이려고 하시는 것일까?'

세 사람은 식은땀을 흘리다가 갑자기 누가 먼저랄 것도 없이 머리를 땅바닥에 쿵쿵 찧으며 용서를 빌었다.

쿵쿵쿵! 쿵쿵쿵!

"미천한 속하 죽을죄를 지었습니다!"

"다시는 그런 어리석음을 범치 않겠나이다. 속하들을 거두어주소서."
 "눈이 있어도 지존을 알아보지 못했습니다. 죽여주소서."
 표영이 다시 말했다.
 "자자, 일어들나세요. 사람이 실수할 수도 있는 법이니 너무 자책하지들 마십시오. 연세도 많이 드신 분들이 그런 모습을 해서야 되겠습니까?"
 하지만 여전히 존댓말을 하는 탓에 세 사람은 더욱 힘을 다해 머리를 찧었다. 그들로서는 교주님이 화가 단단히 맺혀 연신 비꼬고 있는 것이라 생각할 수밖에 없었다.
 쿵쿵쿵……!
 "속하들을 용서해 주시옵소서. 흑흑흑……."
 "존대는 감히 감당키 어렵습니다. 부디… 용서를… 흑흑흑……."
 "어찌 사람의 연수로 교주님과 비할 수 있겠나이까… 그저 죽여주소서. 흑흑흑……."
 표영은 연신 눈물을 뿌리고 있는 그들이 우습게 느껴졌다. 철썩같이 교주로 믿고 있음이 분명했다.
 '이 사람들 보게나? 진짜 울고 있잖아.'
 어지간하면 '이젠 됐다. 눈물을 거둬라'라고 할 만했지만 표영은 갑자기 장난기가 발동했다.
 "허허, 그래도 저보다 200년이나 더 지내신 분들이시고 여기 손씨 양반도 주름이 저보다 많은데……."
 이번에는 더 크게 땅이 울렸다.
 쿵쿵쿵… 쿵쿵쿵… 쿵쿵쿵……!
 "잘못했습니다, 지존이시여!"

개방에 흡수되는 마교 89

어찌나 세게 들이받는지 모두들 머리가 시뻘겋게 달아올랐고 곧 터질 것만 같았다. 그중 능파는 삼 일 전 벽을 들이받고 터진 자리가 이제 곧 아물려는 상황에서 이번에는 앞머리를 들이받자 머리가 울려 통증이 말이 아니었다. 표영은 이젠 장난을 그만 해야겠다 생각했다.

'계속 장난쳤다가는 이들이 머리가 사라질 때까지 땅에 찧어댈 것이 분명하다. 암, 그렇게 하고도 남을 놈들이지.'

표영이 다시 헛기침을 한 후 이번에는 근엄한 말투로 입을 열었다.

"험험, 좋다. 앞으로는 말을 편하게 하마."

고개를 든 세 사람의 얼굴엔 말로 할 수 없는 희열이 가득했다. 이제야 뭔가 제대로 방향을 잡게 된 것이다. 게다가 의외로 쉽게 용서를 하시는 듯하지 않는가.

"마교천하가 눈앞에 있나이다."

"가, 감사합니다."

"목숨을 다해 주군께 충성을 다하겠습니다. 불 속에라도 뛰어들라 하시면 속하 오로지 복종할 뿐입니다."

아무것도 아닌 것에 감격하는 모습을 보며 표영은 기가 막혔다. 풋, 하고 웃음이 나오려 하는 것을 간신히 참아야만 했다.

'어디 한번 이들의 충성이 어떤지 시험해 볼까?'

"너희의 지난날의 수고는 참으로 대단했다. 비록 첫 만남에서 나의 깊은 뜻을 헤아리지 못하고 너희가 하극상을 저질렀지만 모두 용서하도록 하겠다. 너희는 앞으로 본좌의 명령에 무엇이든지 따를 각오가 되어 있느냐?"

"당연한 말씀이십니다, 지존이시여."

일제히 답하는 말에 표영이 손을 들어 능파의 머리를 쥐어박았다.

"짜식~"

표영이 때린 곳은 벽에 머리를 박아 터진 쪽이었다. 살짝만 만져도 통증이 말로 할 수 없을 정도인 곳이었지만 능파는 신음 소리 한 번 내지 않았다.

'어라? 진짜 가만히 있네.'

"하하, 기특하구나."

표영은 신기한 생각에 이번에는 세 명의 뺨을 연달아 갈겼다.

찰싹 찰싹 찰싹~

모두는 얼굴색 하나 변하지 않고 그저 버티고 있을 뿐이었다. 이것으로 교주님의 마음이 풀릴 수만 있다면 백 대가 아니라 천 대라도 맞을 수 있다고 생각했기에 맞으면서도 마음은 편해졌다. 때리는 표영은 신기하기도 하고 우습기도 해서 자리에서 일어나 다시 손을 날렸다.

짜짜짝—

능혼과 능파가 진심을 가득 담은 채 말했다.

"감사합니다."

"영광입니다."

손패는 한술 더 떴다.

"한 대 더 쳐주십시오."

'허허, 이거 교주도 할 만하구나. 재밌는데.'

재미가 들린 표영은 신바람을 냈다.

"하하하하······!"

이번에는 주먹이 날았다.

퍼퍼퍼퍽··· 퍼퍼퍼퍽······!

뺨을 때릴 때와는 달리 장난하는 수준이 아니었다. 하지만 이 정도도 마교인들에게 있어서는 과분한 대우가 아닐 수 없었다. 눈가에 은은한 감동마저 보이는 모습은 모르는 사람이 봤다면 맞으면서 쾌락을 느끼는 변태들이라고 생각했으리라.

"좋아, 좋아, 아주 맘에 든다."

이젠 아예 팔을 걷어붙이고 주먹과 발길질을 가리지 않고 밟아버렸다.

퍼퍼퍽… 퍼퍽… 퍼퍼퍽……!

"좋아… 좋아……."

동굴 안의 풍경은 가관이 아니었다. 표영이 훨훨 날며 무자비하게 주먹과 발을 날릴 때마다 세 사람은 쓰러졌다가 순식간에 튕겨져 일어나 무릎을 꿇고 또 쓰러졌다가 다시 일어나 무릎을 꿇는 행동을 반복했다. 약 차 한 잔 마실 시간이 지나서야 표영의 동작이 멈췄다.

"좋다. 너희들의 과오는 이 시간 이후로 다시 묻지 않겠다."

능파는 터진 머리에서 피를 흘리고, 능혼은 코피를 주르르 흘렸고, 손패는 눈이 퉁퉁 부어올랐지만 이것으로 모든 화풀이가 끝났다는 말이 믿어지지 않았다. 자신들이 공격한 것에 비하자면 이 정도는 애들 장난이었다. 심할 경우 내장을 꺼내 줄넘기를 하고 다시 집어넣는다고 해도 할 말이 없을 그들이 아니던가. 그들은 반신반의하면서도 속으로 기쁨에 겨워 어쩔 줄을 몰랐다. 표영은 이들이 무슨 말이든지 다 듣는 것을 알고 새로운 생각을 떠올렸다.

'이들을 데리고 다니면 무슨 일이 일어날지 모르니 아예 이 기회에 마교를 해체시켜 버려야겠다.'

"내 너희들에게 한 가지 사명을 부여하겠다."

그 말에 씩씩한 대답이 돌아왔다.
"지옥의 불길이라도 뛰어들겠나이다."
"하명만 하십시오."
"이미 목숨은 지존께 의탁한 지 오랩니다."
표영이 만족스럽다는 듯 고개를 끄덕이며 말했다.
"음, 그러니까 말이야… 앞으로 너희들은 한적한 시골로 내려가 농사를 짓도록 하여라. 그리고 각기 좋은 사람을 만나 가정을 꾸리는 것이 좋을 것 같다."
표영이야 워낙에 말을 잘 들으니 혹시나 하는 마음에 밑져야 본전이다라고 말해 본 것이었다. 하지만 마교인들의 반응은 경악에 가까웠다.
"네에?!"
"헉!!"
"무, 무슨 말씀이신지……!"
모두의 얼굴이 사색이 되었고 입술이 파랗게 질렸다. 이들은 이 말을 달리 해석했다.
'교주님께서는 아직 화가 풀리지 않으셨구나. 그럼 그렇지. 이렇게 간단히 끝날 리가 없지 않은가. 천마지체가 괜히 천마지체겠는가.'
그들은 다시 머리를 찧으며 빌기 시작했다.
쿵쿵쿵!
"저희들이 잘못했습니다. 어제는 정말 교주님을 몰라뵈었던 것뿐입니다."
"죽여주십시오."
"거두어주소서."

표영이 짐짓 분노한 듯이 쏘아붙였다.
"어쭈, 말을 듣지 않겠다는 것이냐?"
능혼과 능파 등은 어쩌면 이것이 마지막 시험일지도 모른다고 생각했다.

'화가 풀리지 않으신 것도 있지만 또 다른 의미로 우리 마음이 얼마나 마교에 대한 애정을 가지고 있는지 보려 하심임이 분명하다. 복종을 하되 그 가운데 따라서는 안 되는 것도 있음을 우리에게 알려주려 하심이 아닐까. 바로 이런 것처럼 말이다.'

그들은 이번에는 죽음을 각오하고 버텨야 한다고 생각했다.
"차라리 저희들을 죽이실지언정 그 말씀만은 들을 수 없습니다."
표영이 주먹을 들어 보였다.
"훗, 맞아 죽고 싶은 거냐."
하지만 모두의 눈빛은 비장하기 그지없었다.
"차라리 죽여주십시오."
"절대 그 말씀만은 따를 수 없습니다."
"우리에게 마교를 떠난 다른 것은 오직 죽음뿐입니다."
표영은 이들이 의외로 비장하게 나오자 농사 짓도록 하는 일은 어렵다고 판단했다.

'허허… 이것들 보게나… 이렇게까지 나오면 내 어쩔 수 없지. 하지만 그냥 말로 끝내면 교주답지 않겠지?'
"오냐… 그래, 내 말을 듣지 않겠다 이거렷다."
표영은 자리를 박차고 일어나 무릎 꿇은 세 사람을 밟아버렸다.
"그래, 죽어봐라, 이놈들아! 니들이 그러고도 충성을 부르짖는단 말이냐. 죽어, 이 자식들아! 죽어~!"

퍼퍼퍽— 퍽퍽—

하지만 세 사람은 신음 소리 한 번 내지 않고 참았다. 게다가 그들의 표정은 전혀 불만스럽거나 고통스러워함이 없었다. 그저 묵묵히 발길질을 받고 있을 뿐이었다.

퍼퍼퍼퍽— 퍽퍽퍽—

다시 일 다경(15분) 정도의 시간이 지나서 표영은 밟아가던 발을 멈추었다. 표영은 바닥에 널브러진 세 사람을 바라보며 짐짓 화통한 웃음을 날렸다.

"음하하하하하하……!"

능혼 등은 바닥에서 튕겨 일어나 다시 무릎을 꿇었다. 그리고 갑작스럽게 웃는 교주의 웃음소리에 영문을 알 수 없어 멍한 표정으로 정면만을 바라보았다.

"아주 훌륭하다. 내 너희들의 마음이 오직 마교에만 있는지 보려 함이었는데 하나같이 충성스런 마음을 품고 있는 걸 확인하니 기쁘기 그지없구나. 자, 이제부터 시작이다."

모두가 넙죽 머리를 조아렸다.

"만세 만세 만만세! 교주님의 지혜는 하늘과 같고 무용(武勇)은 바다를 덮음과 같습니다."

"만세 만세 만만세! 이 한 몸 재가 될 때까지 오로지 교주님을 따르나이다."

"만세 만세 만만세! 마교천하 지존영광."

표영이 웃음기를 거두고 다시 진지하게 입을 열었다.

"너희들은 내가 왜 이런 거지 차림을 하고 있는지 알고 있느냐?"

능혼이 답했다.

"미천한 소견으로는 아직 마교의 힘이 다져지지 않은 까닭에 강호의 적들을 속이시고 일거에 강호를 손에 넣으시려는 높으신 뜻이라 여겨집니다."

표영이 만족스럽다는 듯 고개를 끄덕였다.

"그렇다. 우리 마교는 아직 적들을 상대하기엔 세력이 미약하다 할 수 있다. 우리의 정체가 드러나게 되면 정파무림은 벌 떼같이 일어나 대적해 올 것이다. 그래서 난 중대한 결심을 하기에 이르렀다."

모두의 얼굴이 기대감으로 충만했다. 표영의 말이 이어졌다.

"그건 바로 우리 모두가 거지가 되어 개방을 손에 넣는 일이다. 나는 웅벽동에 들었으나 마교의 무공을 연성하진 않았다. 자칫 마공을 익히게 되면 위험한 상황이 닥쳤을 때 부지불식간에 밖으로 드러날 수 있기 때문이다. 그리되면 강호로부터 의심을 사게 되지 않겠느냐. 그러나 하늘은 나와 마교를 버리지 않으셨다. 난 하늘의 뜻으로 또 다른 기연을 얻었으니 그건 바로 개방의 전대 방주를 만나게 되었다는 것이다. 그에게 난 개방의 무공을 전수받았다. 이것이야말로 철저히 마교를 숨기고 강호를 뒤엎을 수 있는 기회가 아니고 무엇이겠느냐. 오늘부터 우리 모두는 철저한 거지가 되어 개방을 집어삼키고 개방의 힘을 온전히 흡수하여 천하를 손아귀에 쥐어야 한다."

능파와 능혼, 그리고 손패는 모두 감동에 젖어들었다. 이렇게 원대한 계획을 지니고 계실 줄이야 꿈에라도 생각지 못했던 일이다.

"영명하신 선택이십니다!"

모두가 한 목소리로 칭송했다. 사실 표영의 계획이라는 것은 별 볼 일 없는 것이 분명했다. 하지만 사람들이란 자신이 존경하는 사람이 하는 말은 평범한 말일지라도 그 속에 커다란 의미가 있을 것이라고 생각하지 않던가. 위대한 성인이 아무 생각 없이 던진 말에 그 의미를 되새겨 보고자 얼마나 많은 사람이 목을 매는지 모른다. 그처럼 이들 또한 교주에 대한 불타는 충성심으로 인해 모든 것이 위대해 보이기만 했다. 표영이 모두를 훑어보고 말했다.

"이제부터 우리는 개방을 차지할 때까지는 마교의 흔적을 절대 드러내서는 안 된다. 오직 철저히 거지가 되는 것이다. 앞으로 너희는 나를 부를 때 방주님으로 호칭해야 할 것이다. 교주라는 말을 입 밖으로 내는 자는 참수에 처할 것임을 잊지 말아라."

"명을 받들겠습니다."

표영이 능파와 능혼을 손가락으로 가리키며 말했다.

"너희 둘은 앞으로 개방의 장로로 행세하도록 하여라."

"개방의 장로로 최선의 힘을 다하겠나이다."

표영이 다시 손패를 보고는 이렇게 말했다.

"손패, 너는 분타주다. 알겠느냐?"

"감사합니다. 교, 아니, 방주님."

표영은 급기야 마교의 수하들을 거둬들였다. 잘만 하면 개방을 회복시키는 데 큰 힘을 발휘할 것이 분명했다.

'하하, 이제 마교가 개방으로 들어오게 되었구나. 정말 앞날은 알 수가 없구나.'

6장
천기를 바라보는 사람들

천기를 바라보는 사람들

천운산.

이 산을 가리켜 보통 사람들은 그다지 훌륭한 산이라고 말하지 않는다. 풍광으로 치자면 아미산에 턱없이 미치지 못함이고, 산세의 험함으로 따지자면 망창산에 비할 바가 아니었다. 하지만 무림인에게 묻노라면 이야기는 달라진다. 무림인들은 천운산을 최고의 산이라고 엄지손가락을 치켜세우는 데 촌각이라도 지체하지 않을 것이다. 그 이유는 오직 한 가지. 천운산에 중원제일문파인 천선부가 있기 때문일 것이다. 아니, 더 정확히 말하자면 천운산 천선부에 그가 있기 때문이다.

천하제일고수 건곤진인 오비원.

이제 80세가 넘어 90세를 바라보는 노구임에도 그가 천하무적이라는 것에 대해 강호는 이견을 제시하지 않았다. 그가 있는 한은 사파제일이라는 혈곡도 눈치를 보기에 급급했다. 지금 바로 그 오비원이 천운산의 가장 높은 봉우리인 천약봉의 달빛을 받으며 서 있었다. 달빛에 비친 그의 백의는 중원 어디에서나 흔히 볼 수 있는 것이었다. 하지만 그의 몸에서 뿜어져 나오는 기풍으로 인해 그 옷은 어떤 고급스러운 비단보다도 더 값어치있고 훌륭해 보였다. 흔히 말하길 '옷이 날개다' 라고 하나 그 말은 범인들에게나 사용될 법한 말일 것이다.

진정한 인격을 갖추고 마음을 수련한 자에겐 그 인격과 수양이 도리어 보잘것없는 옷마저도 빛나게 하는 것이다. 또 그와는 반대로 악독한 성품과 독랄한 마음을 지닌 자에게 있어서 그가 입는 옷은 아무리 값비싼 것이라 할지라도 세상에서 가장 추악한 옷이 되고 말 것이다. 즉, 모든 만물의 주인은 사람인 까닭에 사람에 의해 모든 만물이 가치를 얻는다고 말할 수 있을 것이다. 이것은 바로 물질에 현혹되어 외부를 치장하기보다는 내면을 갈고닦음이 얼마나 중요한지를 보여주는 것이라 하겠다.

건곤진인 오비원의 눈은 밤하늘의 별들을 살피고 있었다. 눈가로 흐르는 깊은 주름엔 삶의 연한과 지혜가 담뿍 담겨져 있었는데 지금 그 주름은 잔뜩 웃음을 머금고 있었다.

"부활하던 마의 기운이 완전히 소멸되었구나. 하하하하."

오비원의 눈에서 그동안 마음을 짓누르던 근심과 걱정들이 여지없이 밖으로 빠져나오고 있었다. 그리고 그 빈자리로 기쁨이 스며들었다.

"2년 전쯤 마의 기운이 7할 정도 붕괴되었을 때 설마 이 정도까지 되리라고는 생각지 못했건만 참으로 놀라운 일이 아닐 수가 없구나."
 그의 눈이 이르른 곳에는 별 하나가 찬란하게 빛을 뿌리고 있었다.
 "저 별이 있는 한 나는 이제 아무런 걱정 없이 떠날 수 있겠구나."
 그가 걱정하고 있던 것은 바로 천마지체의 등장에 대한 천기였다. 그것은 오비원의 가슴을 저미게 할 정도로 극악한 인물이 세상에 모습을 나타냄을 의미하는 것이었다.

 마교의 부활.

 더욱 마음을 억누르는 것은 어디에서 어떤 움직임을 보이고 있는지 짐작할 수 없다는 점이었다. 즉, 마교의 부활은 어떻게든 막아야만 하는 중차대한 문제였으나 그 행방을 찾을 수가 없었다. 암암리에 얼마나 많은 힘을 쏟았는지 모른다. 하지만 천마지체의 별은 더욱 빛을 발하고 그 아래로 마의 존재들이 나타나려 하고 있었다. 그러던 차에 2년 전쯤에 갑작스레 천마지체의 별이 떨어진 것이다. 그리고 새롭게 등장한 별… 그 별이 바로 오비원의 마음을 안심시킨 것이었다.
 "강호에 새 바람을 몰고 오는 영웅은 과연 누구일까. 내가 사는 날 동안 그를 만날 수 있을지 모르겠구나. 하하하하, 천마지체가 사라지고 그를 따르는 무리들마저 힘을 잃었으니 내 무슨 걱정이 있겠는가."

 200년 전 마교가 붕괴되었지만 그 빈자리는 오래가지 않았다. 새롭게 등장한 마의 단체인 혈곡이 그 자리를 자연스럽게 메우고 나타난 것이다. 세상의 이치가 그러하지 않던가. 빛이 아예 존재하지 않는다면 모를까, 빛이 있는 한 마땅히 그림자가 존재하게 되는 법이다. 강호 또한 그 이치에서 벗어나지 못했다. 진정 세상이 감당하기 어려운 빛, 혹은 빛을 초월하는 빛이 나오지 않는 한 이 법칙은 계속 유지될 터였다. 하지만 과연 그림자를 남기지 않는 빛이 나올 수 있을 것인가. 많은 영웅호걸들은 그러한 빛이 되길 원했지만 아직까지는 그 어느 누구도 그런 빛을 발산하진 못했고 또 이룬 것처럼 보였으나 오래 유지하지는 못했다.

혈곡의 비밀 회의 장소인 흑저(黑低).
등불이나 작은 반딧불조차 없는 지하 밀실이었지만 이곳에 모인 육인(六人)은 전혀 사물을 구분하는 데 거리낌이 없어 보였다. 그럴 법도 한 것이 그들 눈에서는 각기 붉은 혈광이 쏟아져 나와 모든 것을 꿰뚫어 버릴 것같이 밝게 빛나고 있었기 때문이다.
"음……."
혈곡의 곡주 진령악제 단천우의 입에서 짙은 침음성이 새어 나왔다.
"과연 기뻐해야 할지 슬퍼해야 할지 모르겠구나."
단천우가 이렇듯 애매모호하게 말을 꺼낸 것은 방금 전 천기를 살피고 왔기 때문이었다. 이런 애매한 심정은 혈곡의 다섯 장로들도 마찬가지였다. 이들은 천선부주 건곤진인 오비원이 천기를 살핀 것처럼 천기의 변화를 보고 온 것이었다. 그들은 천마지체의 기운이 사멸함에 이어 천마지체를 따르는 주변의 기운들마저 다른 행보를 보임을 보았다.
단천우가 기뻐해야 할지 슬퍼해야 할지라고 말한 데는 여러 가지 복잡한 심정이 깃들어져 있었다. 그중 기뻐해야 할 것인가에 대한 부분은 천마지체의 존재가 워낙 강력한 마의 기운을 품어내었던 점이다. 너무 거센 마의 기운이다 보니 자칫하다간 혈곡의 존망까지 위태로워지고 어쩌면 그 수하로 전락해 버릴지도 모른다는 두려움이 가득했던 터였다. 하지만 2년 전쯤 느닷없이 천마지체의 별이 사라지고 이번에는 천마지체를 끼고 돌던 별들마저 다른 행보를 보이게 되었으니 일단 마의 최선봉을 유지하는 것은 어렵지 않게 된 것이다.

하지만 여기까지였다면 혈곡의 수뇌들이 오늘처럼 심각한 얼굴로 회의를 열지 않았을지도 모른다. 문제는 '슬퍼해야 할지…' 라는 중얼거림에 있었다. 천마지체의 혈광이 사라진 후 뜬금없이 천기가 기이하게 뒤바뀐 것이다. 전혀 뜻밖의 별이 떠올라 찬연히 빛을 발하더니 천마지체를 감싸고 돌던 기운들마저 흡수해 버린 것이다. 그리고 더욱 기세를 올려 중원 전체를 위시할 위치에 서버린 것이다. 그것은 전혀 예상치 못했던 것으로 이제까지 천선부만을 최대의 경계 대상으로 생각했던 혈곡에게는 치명적인 운명의 흐름이 아닐 수 없었다. 일순 진령악제 단천우의 눈에서 혈광이 두세 배로 증폭되어 품어져 나왔다.

"천선부의 기운이 서서히 힘을 잃고 있는 마당에 이 무슨 날벼락이란 말이냐."

쾅!

금강석으로 이루어진 탁자가 묵직한 소리를 내며 지하 밀실을 울렸다. 잠시 침묵이 흐르고 삼 장로 필살마도 우영이 어렵게 입을 열었다.

"우영이 한말씀 올리겠습니다."

단천우가 들어보겠다는 듯 혈광을 뿜어내며 우영을 바라보았다. 우영은 잔혹할 정도로 노려보는 곡주의 눈길에 바지춤에 찔끔하고 실수를 한 다음에 말했다.

"험험… 현재 강호에는 이렇다 할 기재가 나왔다는 소식이 전해지고 있지 않습니다. 천하의 기재 중 칠옥삼봉을 꼽을 수 있겠으나 그들은 아직 애송이에 불과합니다. 비록 그들 중 가장 뛰어난 기재라고 불리우는 무당파의 표숙이라는 아이가 있으나 초절정고수의 반열에 올려놓기엔 사실 무리가 있다 할 수 있겠습니다. 그렇기에 천기의 흐름이 마의 기운을 잠재울 새로운 영웅의 탄생을 알렸다곤 해도 크게 마음 쓰지 않아도 되지 않을까 싶습니다."

그 말에 몇몇 장로들이 고개를 끄덕였다. 그들 생각에도 아무리 강호 인물들을 꼽아봐도 마땅한 인물이 나타나지도 않았고 떠오르지도 않았던 것이다. 천마지체의 죽음이나 그를 따를 인물들이 나타났다는 징후는 어디에도 없었다. 이 정도 일이라면 워낙에 큰일이기에 강호에 알려지지 않을 리 없을 것이나 실제 요 몇 년 간 강호는 태평하기 그지없지 않았던가. 하지만 곧바로 단천우의 입에서 포악한 일성이 터져 나왔다.

"그럼 내가 천기를 잘못 읽었단 말이더냐!"

당장에라도 찢어 죽일 듯한 말에 삼 장로 우영의 얼굴이 핼쑥해졌다.

"그, 그런 것이 아니라… 단지 제 생각에 그럴지도 모른…… 으아악……!"

우영은 변명의 말을 마무리 짓지도 못하고 의자에서 굴러 떨어졌다. 어느새 진령악제 단천우의 주먹이 면상을 날려 버린 것이다.

퍼퍼퍽— 퍼퍽—

"이 자식이 많이 컸구나! 삼 장로, 많이 컸어!"

퍼퍼퍽— 퍼퍽—

"으으으윽… 으윽……."

단천우는 자리에서 일어나 우영 장로의 몸을 밟아갔다.

"죽어라, 이 새끼! 죽어!"

그렇게 한참을 두들겨 패고 나서야 단천우는 자리에 앉았다. 이미 삼 장로 우영은 한쪽 귀퉁이에 찌그러져 혼절해 버린 상태였다. 어찌나 힘을 썼던지 씩씩대던 단천우가 숨을 고른 후 고요한 목소리로 말했다.

"그렇다. 강호에는 아직까지 천마지체를 꺾을 만큼 대단한 존재가 모습을 드러내지 않고 있다. 아니, 어쩌면 그런 존재는 처음부터 없는지도 모른다. 그렇지 않고서야 어찌 우리의 눈을 피할 수 있겠으며 강호인들의 눈을 벗어날 수 있겠느냐."

곡주 단천우의 태연자약하게 하는 말에 나머지 네 명의 장로들은 등줄기에서 식은땀을 흘려야 했다.

쾅~

지금 하는 말은 삼 장로 우영이 했던 말과 한 치도 다르지 않잖는가.

'음… 삼 장로가 얻어터진 이유는 여기에 있었군. 곡주께서 막 하려고 했던 말을 먼저 말하는 바람에 기분을 상하게 한 것이겠지.'

'역시 앞으로는 말을 아껴야겠어. 휴~ 하마터면 큰일 날 뻔했구나.'

모든 장로들이 몰래 한숨을 내쉴 때 단천우의 말이 이어졌다.

"우리의 계획은 속도를 빨리해 실행에 옮기도록 한다. 봉 장로! 천면마공은 완성이 되었느냐?"

일장로 개천마군 봉만추가 얼른 답했다.

"당장에라도 투입할 만한 준비가 완료되었습니다."

곡주 단천우의 고개가 만족스럽다는 듯이 끄덕여졌다.

"좋다. 당장 내일부터 사파의 무리들을 규합하기 위해 천면마공을 활용하도록 하라."

"존명."

천면마공이란 역용술의 극치를 이루는 마공이었다. 대체로 얼굴을 변용함에 있어서는 여러 가지 방법이 있다. 그중 제일 하급은 인피면구를 쓰는 것이고 최고의 수법이라면 공력을 이용해 상대의 모습으로 완전히 변모하는 것이다. 바로 천면마공은 공력을 이용해 모습을 바꾸는 것으로 그 효용이 대단하다 할 수 있었다. 굳이 같은 사파를 규합하는 데 이런 방법을 강구하게 된 까닭에는 천선부라는 거대한 벽이 가로막혀 있었기 때문이다.

지금까지 혈곡이 존재할 수 있는 것은 천선부의 묵인 때문이랄 수 있었다. 천선부로서도 정면 대결을 하게 될 때의 서로가 받을 피해를 생각해 단지 견제만을 하고 있었는데 사파의 규합이나 정파에 도발을 할 시엔 전면 공격을 받을 것이라 경고했기 때문이었다. 이런 까닭에 혈곡에서는 암암리에 사파를 통합하기 위해 간세를 심어놓고 그로 인해 그 문파의 우두머리를 제거하고 그 자리에 올라서게 함으로써 보이지 않게 장악하려 함이었다. 그러기 위해서는 천면마공이 가장 필수적인 요소라 할 수 있었다.

"이제 비로소 천면마공의 약점을 극복한 상태이니 신속히 시행해야 할 것이다. 사 장로 고호막!"

"네, 말씀하십시오."

"개방을 통한 정파 전복은 어찌 되었느냐?"

"얼마 전 개방 방주 노위군이 요구한 내공심법을 전해주었습니다. 그에 대한 대가로 화산파를 꼼짝 못하게 할 것이라는 확답을 받아둔 상태입니다. 너무 심려하지 마십시오."

"후후후. 그래, 좋다. 노위군이라는 멍청이가 잘해낼지 모르겠군."

단천우는 노위군을 같잖게 생각하고 있었다. 자신의 사부를 죽여달라는 조건으로 수족처럼 부리게 되었지만 꼴사납게 원하는 게 많았기 때문이다. 이번에는 내공심법이라니… 하지만 이번에 만약 화산파의 일을 허술하게 처리한다면 그를 죽여 없앨 참이었다.

"이제 5년이 지나기 전에 천선부주 오비원의 생은 그 운을 다할 것이다. 그전에 모든 준비를 끝내놓아야 한다. 알겠느냐?"

그 말에 일제히 장로들이 입을 모아 답했다.

"곡주님의 높으신 뜻 속하들 감복할 따름입니다."

마치 오랫동안 연습이라도 한 것처럼 말 한마디 한마디가 딱 들어맞았다. 실제 다섯 명의 장로들은 곡주의 비위를 맞추기 위해 삼 일간 합숙까지 해가며 얼마나 많은 연습을 했는지 모른다. 이젠 대충 상황만 봐도 언제 이 말을 해야 할지 알 정도였다. 곡주 단천우가 마음에 든다는 듯 고개를 끄덕였다.

'흐흐흐, 강호여, 이제 혈곡의 시대가 도래하고 있음을 지켜보아라.'

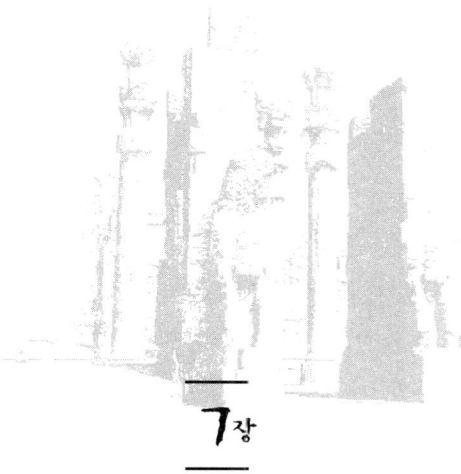

7장
침묵의 개입

청막의 개입

흑조단참 상문표는 암담했다. 그가 무당파의 운경 도장으로부터 표영을 찾아달라는 부탁을 들었을 때만 하더라도 그다지 어렵게는 생각지 않았었다. 하지만 곧 그는 황당함에 빠질 수밖에 없었다. 그 첫 번째 곤혹스러움은 표가장을 방문했다는 녹정이라는 사람에 대한 것이었다. 표영을 데리고 간 개방 분타주 녹정은 개방에서는 전혀 존재 자체가 없었던 것이다.

'이게 대체 어떻게 된 일이란 말인가. 그럼 그 친구는 어디로 간 걸까?'

처음에는 별의별 생각이 다 들었다.

'인신매매를 당해 어느 섬에서 막노동을 하고 있는 것은 아닐까?'

'유괴를 당한 것일까?'

'어떤 미친놈에게 잡혀가 생매장을 당한 것은 아닐까?'

상문표는 이미 강호의 험함을 잘 알고 있었기에 떠오르는 것마다 잔혹한 생각들뿐이었다.

'아니야, 아니야. 좀 더 세심하게 찾아보도록 하자.'

뭔가 크게 빗나감을 느꼈으나 그렇다고 넋 놓고 앉아 있을 수만은 없는 일이었다. 그는 개방을 중심으로 수색하는 한편 뒷골목 세계에도 손을 뻗쳐 그 흔적을 찾는 데 힘을 쏟았다. 그 결과 상문표는 표영의 행방을 발견하는 데 성공했다.

그가 이른 곳은 섬서성의 허운 지역이었다. 허운에서 상문표는 표영이 구지경외자로 명성을 날렸고 개방에 입방했다가 쫓겨난 사실을 알아냈다. 하지만 거기까지였다. 허운 지역의 사람들에게 물어보았지만 어느 누구 하나 그 뒤의 흔적을 알고 있는 이가 없었다. 오히려 주민들은 상문표를 붙잡고 표영이 어디 있냐며 물어볼 지경이었다. 그들의 말은 어린아이들부터 노인에 이르기까지 모두가 호의적이었다.

"구지경외자가 없으니까 심심해 죽겠다우. 그 친구를 찾거들랑 꼭 한 번 놀러 오라고 해주시구려."

"우리 집 개가 요새 힘이 없어. 제 딴에는 그래도 구지경외자를 쫓아다닐 때가 즐거웠던 모양이야."

"아저씨, 구지경외자님 꼭 찾아주셔야 해요. 알겠죠?"

그 외 개방인들에게 물어봤지만 회피만 할 뿐 어느 누구 하나 시원스런 답을 주지 않았다. 단지 개방의 명예를 실추시킨 탓에, 그리고 개방에 어울리지 않았기에 쫓겨났을 뿐이라는 말만 들을 수 있었다. 상문표는 실수의 감각으로 개방에 혐의를 두어 몇몇 개방인들을 잡아다 고문을 해봤지만 그들은 아는 것이 아무것도 없었다.

'황당하군. 이건 사막에 떨어진 동전 하나를 찾는 격이 아닌가.'

유명한 이거나 무림인 중 한 명이라면 탐문도 나름대로의 성과를 거둘 수 있을 터였다. 하지만 그 누가 보잘것없는 젊은 거지를 눈여겨 보겠는가. 결국 상문표는 혼자 힘으로 찾는 것을 포기할 수밖에 없었다.

'어쩔 수 없군.'

그의 발걸음은 청막으로 향했다. 청막은 살수 집단으로 그곳엔 막역한 친구인 무요가 있었다. 무요는 30대 초반 때에 이미 두각을 나타내 지금에 이르러선 청막의 삼 영주로 자리를 잡고 있는 터였다. 무요는 상문표의 기대에 어긋나지 않게 반갑게 맞아주었다. 오랜만에 만나 서로의 안부를 묻는 인사가 끝난 후 술자리에서 상문표가 찾아온 이유를 밝혔다. 그 말에 무요가 입을 귀까지 찢어지게 벌리고 웃음을 터뜨렸다.

"으하하하하! 천하의 상문표가 사람을 찾아달라고 부탁을 하다니… 참으로 세상 오래 살고 볼 일이군."

무요가 알고 있는 상문표는 어지간해서는 부탁을 할 줄 모르는 사람이었다. 유독 자존심이 강해 누구에게 아쉬운 소리하는 것을 죽기보다 싫어한다는 것을 잘 알고 있는 터였다. 그렇기도 한 것이 상문표는 자존심도 자존심이지만 이름을 날릴 때는 혈혈단신(孑孑單身)에도 불구하고 그의 명성은 조직을 갖춘 여느 살수 집단보다 더 높았기 때문이다.

"내가 죽기 전에 흑조단참의 부탁을 받아보다니… 이거 영광인걸."

무요가 너스레를 떨었지만 실제 상문표로서는 표영을 찾는 일이 강호의 고수들을 찾아 척살하는 일보다 수배는 더 어렵게 느끼고 있었다. 술잔을 기울이며 상문표가 말했다.

"무리한 부탁인 줄은 아네만 내가 존경하는 지인의 부탁인지라 꼭 찾아야 한다네."

무요도 술을 입을 털어 넣고 호탕하게 답했다.

"하하, 알았네. 이 사람 강호를 떠나더니 심약해진 것인가. 자네답지 않게 자꾸 왜 그러나. 우리 사이가 겨우 이 정도 문제로 연거푸 사정을 해야 할 사이었단 말인가?"

역시 친구란 좋은 것이었다. 상문표는 일단 마음이 놓였다. 현재 살수 집단 중에서 가장 훌륭한 체제와 살수들을 갖춘 청막이 아니던가. 청막의 힘이 뻗친다면 조만간 좋은 소식을 기대할 수 있으리라. 그는 만족스럽게 고개를 끄덕이며 술잔을 기울였다. 그러다가 무슨 생각이 났는지 고개를 갸우뚱거렸다. 무요가 물었다.

"또 무슨 다른 문제라도 있나?"

"아니, 그게 아니라… 표영이라는 젊은이의 행방을 다시 생각해 보다 보니 의문이 풀리지 않아서 말이네."

"뭐가 말인가?"

"개방에서 쫓겨난 것까지는 이해가 간다네. 현재의 개방이 거지들을 받아들이는 곳이 아니니까 말일세. 분명 꼬락서니가 말이 아니었던 모양이야. 그런데 이상한 점은 그렇게 특이한 몰골이었다면 쉽게 사람들 눈에 띄었을 것이고 조금만 탐문을 해도 행적을 찾을 수 있어야 하는데, 허운 지역을 중심으로 인근 지역을 수소문해 봐도 아무도 본 사람이 없단 말일세."

"음… 그렇다면 두 가지 경우밖에 더 있겠나. 죽었거나, 혹은 뜻밖의 고수였거나."

무요의 말에 상문표가 고개를 끄덕였다.

"그래, 내 생각도 그렇다네. 개방이 축출을 했다면 곱게 보내지만은 않았을걸세. 거기에 맺힌 게 많았다면 더욱 심한 결과를 맞이했겠지. 어디에 매장되었든지, 아니면 대단한 고수이든지 말이네. 그런데 이제까지 드러난 것을 보면 무공을 전혀 모르는 사람이라는 거네. 그게 내가 골치 아파하는 이유라네. 적어도 시체는 찾아야 하지 않겠나."

상문표는 말을 하면서도 그런 결과는 나타나지 않길 바랬다. 그건 그 부모에게 못할 짓이었다.

"그런 상황이라면 개방에 조사 방향의 초점을 맞춰야 하지 않을까? 어떤가?"

"그게 또 쉽지 않다네. 내 이미 개방 제자들 몇몇을 족쳐 봤지만 전혀 아는 바가 없더군. 설마 내 고문을 당하고 입을 열지 않을 순 없는 노릇이 아닌가?"

무요도 그 말엔 전적으로 동감했다. 그도 상문표가 모질게 마음먹으면 얼마나 잔인해질 수 있는지 잘 알고 있었다.

"그럼 개방의 고위급이 관여할 가능성은 어떨까?"

"글쎄… 그럴 가능성도 배제할 순 없다네. 표영이 사라지기 전에 개방총타에서 세 명의 장로가 허운 지타를 방문했다고 하거든. 그들이 온 후로 사라진 사람은 묵백분타주와 오선교 지타주, 그리고 표영이라네. 두 사람은 장로들이 손을 썼다는 것이 이해가 가지만 한낱 거지에 불과한 표영에게 해를 끼쳤다고 하기엔 그들의 지위가 너무 높지 않은가?"

청막의 개입

"그렇긴 하군. 하지만 만약에 개방의 고위급이 관여했다면 그들을 상대할라치면 일이 생각보다 커지겠는걸."

"그런 셈이지. 만약 개방에서 그런 일을 저질렀다면 개방은 무당파와 일전을 치러야 할 것이네."

"무당파와?"

"그렇다네. 자넨 무당파의 일옥검수를 알고 있나?"

무요의 얼굴이 '지금 장난하나'라는 식으로 변했다. 살수 조직의 기본은 정보에 있지 않던가. 대충 인상착의만 들어도 그가 누구인지 추리해 낼 수 있는 그가 아니던가.

"이 친구도 참… 칠옥삼봉 중 가장 뛰어나다는 무당파의 표숙을 말하는 것이 아닌… 엇… 그렇다면… 표숙과 표영이……?"

무요는 말을 하다가 말고 표숙의 성이 표영과 같음을 깨닫고 놀란 표정을 지었다. 상문표가 웃으며 말했다.

"이제 감을 잡겠나? 지금 찾으려는 표영의 친형이 바로 표숙이라네. 실제로 표숙은 무당파 내에서 차기 장문인으로 점쳐지고 있는 실정이지. 현 무당 장문인의 나이가 이제 50대 중반인 것을 감안하자면 아마도 15년이나 20년 안에는 장문을 승계할 수도 있을 것 같더군. 이건 운경 도장께로부터 직접 들은 것이니 허튼소리는 아니라네. 그렇기에 만약 그의 동생이 개방에 의해 죽기라도 했다면 무당이 가만히 있겠느냐는 거지. 내게 운경 도장께서 표영을 찾아달라고 한 것만 봐도 표숙을 얼마나 아끼고 있는지 알 수 있지 않는가. 일이 틀어지면 한바탕 전쟁이라도 치를 것이 분명하네."

무요가 재밌다는 표정을 지어 보이며 말했다.

"하하하, 자칫 하다간 무림의 회오리가 일겠군. 하지만 그렇게 되면 정말 볼 만하겠군. 한판 붙는 것도 나쁘진 않겠어. 요즘 강호는 너무 조용해서."

무요는 말을 다 끝맺지 못했다. 어느새 상문표가 눈에 힘을 주고 노려본 것을 보았기 때문이다. 무요가 찔끔해져 어색하게 웃으며 무마하기에 바빴다.

"아하하… 아하하… 이 친구, 그냥 해본 소리 가지고 왜 그러나. 농담이야, 농담. 천선부주 오비원이 버젓이 살아 있는 한 강호에 폭풍이 불겠나. 어떻게든 수면 위로 나마 평화를 유지하겠지."

상문표도 그 말은 전적으로 동감했다.

"그렇지. 건곤진인 오비원이 아니었다면 진작 무슨 사단이 나도 났겠지."

"하하하, 그럼그럼. 중원 최강의 고수라는 이름이 거저 얻어진 것이겠나."

무요는 껄껄거리며 웃다가 행방에 대해 다른 의견을 꺼냈다.

"하지만 말일세. 만에 하나 표영이라는 친구가 본신의 실력을 드러내지 않은 고수라면 이야기가 달라지지 않을까? 무공을 익힌 상태로 경공을 발휘해 이동한 것이라면 인근 마을 사람들이 알기는 어렵지 않겠나."

"그럴 가능성도 없지 않지. 마음 같아서는 부디 그래 주었으면 한다네. 그럼 일이 의외로 쉬어지는 것이니까 말이야."

"좋네. 일단 다양한 경로로 찾아봄세."

무요의 말은 상문표에겐 커다란 위로가 되었다.

"자네만 믿네. 그건 그렇고, 막주님께 내가 이야기하지 않아도 되는지 모르겠군."

"인사는 드리고 가야 되지 않겠나?"
"아무래도 그래야겠지?"
"그럼, 당연하지."
"하하하……."
이렇게 상문표의 추적은 청막을 날개 삼아 본격적으로 이루어지게 되었다.

8장
또 다른 추적자들

또 다른 추적자들

제갈세가의 가주 제갈묘는 눈이 벌겋게 충혈된 채 정신을 차릴 수가 없었다. 도무지 두 귀로 들었지만 믿을 수가 없는 말들뿐이었다. 그의 입술이 버벅거리며 더듬었다.

"또, 똑바로 다시 말해 봐라. 어, 어떤 놈이었다고?"

지금 제갈묘의 탁자 맞은편에는 사마복이 송구스럽다는 듯 얌전히 두 손을 모으고 자리하고 있었다. 사마복의 얼굴은 표정 관리를 어떻게 해야 좋을지 모른 채 죄송스러움과 당황스러움으로 뒤범벅이 된 채였다. 제갈호와 교청인이 하령산에서 표영에게 사로잡혀 수하가 되어버린 직후 남궁창인과 주약란은 남해검파로 이 참담한 소식을 알리러 갔고 사마복은 제갈세가로 부리나케 달려온 것이었다.

"그러니까… 그게 말입니다……."

사마복은 떠올리고 싶지 않은 기억을 불러와 그때 상황을 다시 설명했다.

"…그는 분명 행색이 거지 같았지만 놀라운 무공을 발휘했습니다. 저희로서는 이미 손을 쓰지 않기로 약속한 상태였기에 어찌해 볼 수 없었고, 또 손을 썼다 해도 결과를 알 수 없을 만큼 대단한 사람이었습니다."

사마복은 손을 쓰지 않는 내용을 설명할 때면 부끄러움에 얼굴을 붉게 물들였다. 강호에서 칠옥삼봉이라 명성만 얻었지 참으로 부끄러운 일이 아닐 수 없었다. 이름도 없는 젊은 거지에게 농락당했으니 고수라는 말이 아까울 지경이었다. 하지만 얼굴이 붉게 달아오른 것으로 치자면 어찌 사마복이 제갈묘와 비교될 수 있겠는가. 제갈묘는 믿음직스럽고 제갈세가를 빛낼 기대주인 첫째 아들이 떨거지의 수하로 끌려갔다는 말에 온몸을 부들부들 떨었다.

"그런데 어떻게 호아는 그리 쉽게 거지를 따라갔더란 말이냐?"

사마복은 차마 눈을 마주 보지 못하고 그저 탁자에 놓인 찻잔만을 바라보며 대답했다.

"사실은 그게 저희들로서도 이해할 수 없었던 부분입니다. 호 형과 청 매는 눈물을 흘리면서 저희에게 말하길 아무에게도 이 사실을 알리지 말라고 했습니다. 지금 생각해 봐도 도무지 무슨 뜻으로 그런 말을 했는지 이해할 수가 없습니다"

제갈묘의 손이 다시 부들부들 떨렸다.

"협박이라도 받은 것인가?"

뿌드득.

제갈묘가 이를 간 후 사마복에게 말했다.

"너는 너의 집안에 이 일을 알렸더냐?"

"상황이 급박하고 사안이 사안인지라 그저 급한 일이 있다고만 집에는 말씀드리고 곧바로 이곳으로 온 것입니다. 아직 아무도 이 일을 알지 못합니다."

"좋다. 복아, 너는 이 일을 아무에게도 알려선 안 된다. 알겠느냐?"

"네, 명심하겠습니다."

사마복도 무슨 뜻으로 하는 말인지 충분히 납득할 수 있었다. 이것은 제갈세가에게 있어서 치욕스러운 일일 수도 있는 것이다. 강호에 이일이 알려진다면 제갈호에게나 제갈세가에나 결코 좋은 인상으로 보여지진 않으리라.

확답을 들은 제갈묘는 비장함으로 가득한 눈을 번뜩거렸다.

"남쪽이라고 했겠다, 남쪽. 좋다, 내 이놈을 가만두지 않으리라."

한편 이곳은 남해검파의 내전 안.

탁자에 앉아 차를 마시던 남해검파의 장문인 교운추가 맞은편에 앉은 남궁진창과 주약란을 보고 너털웃음을 터뜨렸다.

"허허허허… 너희 둘의 농담 실력이 상당히 발전했구나. 마치 진짜같이 이야기하고 있으니 말이다. 너희가 이 정도로 웃길 줄은 내 몰랐구나."

남궁진창과 주약란이 사건의 전말을 이야기하며 교청인이 이상한 거지에게 잡혀갔다는 말을 했지만 교운추는 전혀 진지하게 받아들이지 않았다. 그렇기도 한 것이 그 자리에 칠옥삼봉 중 다섯 명이 있었다는 것과 젊은 거지가 강호에 전혀 알려지지 않은 인물이란 것 때문에 그럴싸한 농을 건네는 것으로 생각한 것이다.

'이, 이거 큰일인데…….'

하지만 남궁진창과 주약란은 등줄기에서 식은땀을 흘렸다. 둘은 남해검파의 장문인인 교운추가 얼마나 딸인 교청인을 사랑하는지 잘 알고 있었다. 손이 귀한 집안에 아들 없이 오직 교청인 하나만을 두고 있으니 그 소중함이란 말로 형용하기 힘든 것이었고 어지간한 강호인 치고 그 사실을 모르는 자가 없을 지경이었다.

'우리가 제갈세가로 갔어야 했는데 괜히 남해검파로 왔구나.'

둘은 폭풍 전야의 두려움 속에 사로잡혔다. 하지만 이대로 그냥 묻어버릴 순 없는 일. 어렵게 남궁진창의 입이 열렸다.

"그, 그게… 그러니까……."

"허허허, 뭐냐. 또 다른 농담이라도 있는 게냐?"

남궁진창은 앞에 놓인 차를 들이킨 후 용기를 내어 말했다.

"지금까지 드린 말씀은 모두 사실입니다. 제갈 형의 소식은 사마 형이 제갈세가로 소식을 전하러 갔고 저희는 이곳으로 온 것……."

남궁진창은 말을 끝맺지 못했다. 갑자기 내전 안의 공기가 싸늘하게 변해 버렸기 때문이다.

뜨드드득.

이건 남해검파의 장문인 교운추의 얼굴이 얼어붙는 소리였다. 소리가 났겠는가마는 바라보는 남궁진창과 주약란에게는 진짜 뜨드득이라는 소리가 난 것만 같았다. 얼음처럼 딱딱하게 얼굴을 굳힌 교운추는 지금까지 들었던 말들을 머리 속에서 다시 정리하고 있었다. 잠시 후 그의 눈이 활화산처럼 타올랐고 주먹이 탁자를 내려쳤다.

우지끈.

쨍그랑—

탁자가 두 조각으로 갈라지고 찻잔이 사방으로 튀어 바닥으로 떨어지며 깨졌다. 남궁진창과 주약란이 화들짝 놀란 것은 당연한 일이었다. 교운추의 주먹이 바로 날아들었다.

"퍽!"

주먹은 정확히 남궁진창의 턱을 갈겨 버렸다. 설마 하니 주먹이 날아오리라고는 생각지 못하던 남궁진창은 여지없이 바닥에 널브러졌다.

"그걸 지금 말이라고 하는 것이냐, 이 미친 연놈들아!"

아까까지 다정다감하던 장문인의 모습은 어디에도 찾아볼 수 없었다. 지금은 그저 성난 아버지의 모습만이 남아 있을 뿐이었다. 주약란은 가슴을 부여잡고 바닥에 널브러진 남궁진창을 바라보았다.

'이렇게까지 하시다니… 그래도 나는 여자라고 손을 쓰지 않으시는구나.'

하지만 그것이 주약란의 착각이라는 것이 바로 나타났다.

"네년도 마찬가지다!"

교운추가 이번엔 주약란의 머리 끄덩이를 붙들고 앞뒤로 무지막지하게 흔들었다. 아무리 봐도 도무지 이건 무공초식 따위와는 전혀 관계가 없었다. 어느 누가 남해검파의 장문인이 처녀의 머리카락을 잡고 요동 치리라 생각하겠는가. 믿어지지 않는 현실 앞에 주약란은 머리가 휘둘린 채 산발이 되어갔다.

"까아악~"

교운추는 거기에서 멈추지 않았다. 왼손으로는 더리를 잡아 흔들고 발로는 바닥에 널브러진 남궁진창을 무슨 잡초 밟듯이 뭉개 버렸다.

"퍼퍼퍼퍽!"

"니들이 그러고도 뻔뻔하게 내 앞에 모습을 나타냈더란 말이렷다.

또 다른 추적자들 127

이 미친 연놈들아, 죽어라!"

교운추가 두 사람에게 더욱 분노한 것은 그들이 평범한 무사가 아니라 바로 칠옥삼봉이었기 때문이다. 칠옥삼봉이라는 이름은 거저 얻을 수 있는 것이 아닌 만큼 그 위력도 대단한 것이다. 그리고 어려움을 방관하지 않는 우의도 돈독하지 않던가. 그런데 어찌 뻔히 보는 앞에서 거지에게 잡혀가는 것을 보고만 있었단 말인가. 그 점이 교운추를 더욱 분노하게 만들었다.

"으아악!"

"캬아악~"

그렇게 거의 일 식경(30분) 정도를 휘젓던 교운추는 비로소 동작을 멈췄다. 이미 주약란은 아리따운 처녀라고는 믿어지지 않는 모습으로 변해 버렸고 남궁진창은 바닥에 드러누워 기괴한 신음을 토하고 있었다. 교운추의 싸늘한 음성이 둘의 귓가를 울렸다.

"만약에 딸아이에게 무슨 일이라도 생긴다면 너희들은 모두 저승으로 갈 줄 알아라, 이 잡것들아!"

그렇게 분노를 토해낸 남해검파 장문인 교운추는 젊은 거지를 떠올리며 이를 갈았다.

'거지새끼… 넌 죽었다!'

9장
진개방의 일곱 공신들

진개방의 일곱 공신들

 지존(?)을 만난 손패는 부지런히 배를 몰아 육지로 향했다. 그의 목적은 이제 제갈호와 교청인, 그리고 만첨과 노각을 불귀도로 데려가는 것이었다.
 '형제들, 조금만 참게나.'
 불귀도로 떠날 때만 해도 발톱에 낀 때만도 못한 연놈들이라고 생각했던 그였다. 하지만 이젠 모든 게 달라졌다. 그들이 아직 마교의 정체를 모르지만 언젠가는 결국 함께할 식구요, 형제라 생각하니 사랑스럽게 느껴질 지경이었다. 그의 눈은 희망으로 가득 찼고 온몸에 생기가 넘쳐흘렀다. 얼마나 열망하며 기다렸던가. 그토록 염원하던 마교의 부활이 눈앞에 이른 것이다.
 '기다려라, 강호여. 이제 마교가 천하를 움켜쥘 것이다.'
 마치 당장에라도 천하가 마교의 깃발 아래 무릎을 꿇을 것만 같았다. 육지에 닿자 손패는 흥분에 겨워 발이 땅에 닿지 않을 정도로 거처를 향해 달려갔다. 손패는 채 얼마 가지 않아 일행을 발견할 수 있었다. 그가 반가운 나머지 손을 흔들었다.

"어이, 여기야~"

제갈호와 교청인, 그리고 만첨과 노각은 아침부터 나와 손패의 배를 기다리고 있던 중이었다. 손패가 떠난 지 4일째다. 그들은 하루를 천 년같이 여기며 기다리고 또 기다렸다. 마음 같아서는 배를 얻어 타고 불귀도로 찾아가고 싶었지만 마을에서는 어느 누구도 불귀도로 가겠다는 사람이 없었으니 그저 발만 동동 굴릴 수밖에 없었다. 그러던 차에 손패를 보니 그 반가움이란 이루 헤아릴 수가 없었다.

양 진영에서 손을 흔들며 마주 달려가는 모습은 멀리서 보노라면 마치 연인들이 오랫동안 헤어졌다가 상봉하는 것처럼 감동적으로 보였다. 가까이 이르자 제갈호 일행이 물어보기도 전에 손패가 다정한 표정과 정겨운 목소리로 말했다.

"많이들 기다렸지? 얼마나 걱정이 많았을까."

제갈호 등은 물어보고 싶은 것이 산더미 같았지만 손패의 괴상하게 변한 말투 때문에 일순 멍해져 버렸다. 아까 달려올 때 손을 흔들며 달려오는 것부터 뭔가 수상하다 여겼었는데 직접 말을 들으니 더욱 이해할 수가 없었다. 원래 손패는 이런 사람이 아니잖는가. 그는 딱딱한 얼굴로 냉담하게 침 뱉듯이 한마디를 툭 던지는 사람이었다. 그리고 그것이 그에겐 어울렸다. 열 번 생각해도 거기엔 변함이 없었다.

'도대체 불귀도에서 무슨 일이 있었던 것일까?'

'온몸이 다 근질거리는구나.'

'대체 저 싱글거림은 무엇이냐!'

'약을 잘못 먹었나. 쌍.'

그들이 손패가 변한 이유에 대해 여러 가지 생각을 굴린 후 표영의 안위에 대해 물으려 할 때 손패가 다급하게 손을 잡고 이끌었다.

"어서들 가세. 방주님께서 모셔오라고 하셨다네. 오래 기다리시게 해서야 되겠나."

퀭~

방주님이라니… 제갈호가 너무 황당한 나머지 말을 더듬거렸다.

"바, 방주님이라니… 설마 우리 바, 방주님을 말씀하시는 겁니까?"

"형제, 당연한 것을 가지고 뭘 그리 놀라는 표정을 짓나. 자자, 어서 가자니까."

"혀, 형제? 허… 거참……."

일행 중 어느 누가 이런 현상이 나타나리라 생각했겠는가. 그들은 나흘 간을 눈이 빠져라 기다리면서 애태웠던 것이 아까울 지경이었다. 말을 들어보자니 어느덧 이 사람도 방주의 부하가 된 것이 분명했다. 제갈호 등은 손패를 뒤따르며 속으로만 중얼거렸다.

'방주가 무사한 것만은 확실하겠군. 참네… 보아하니 이 사람도 그 거무튀튀한 독약을 복용한 게로군. 불쌍한 사람이야. 쯧쯧, 평생 거지 노릇을 하게 될 텐데도 무척이나 좋아하네.'

'만나는 족족 독약을 먹여 부하를 만드는구나. 그런데 이 사람은 변해도 어떻게 이렇게 변할 수가 있나?'

'오! 역시 방주님은 끝을 알 수 없는 분이로구나. 자존심 빼면 시체일 것 같던 이 사람이 이렇게 부드러워지다니…….'

'다행이다. 방주님이 살아야 우리가 사는 것이 아닌가. 여하튼 방주님은 묘한 힘이 있다니까.'

배를 정박해 놓은 곳에 이르러 손패가 마구 손을 휘저으며 빨리 올라타라고 성화를 부렸다.

"자자, 형제들, 어서 어서 타시게. 방주님이 보고 싶지도 않나? 아! 방주님의 목소리는 청아하여 마음까지 청량하게 하고 게다가 그 신비한 눈동자는 사람을 빨려들게 하지 않는가."

그 말에 막 배에 올라타려던 교청인이 갑자기 몸을 옆으로 틀었다.

"우웩~"

비위가 뒤틀리며 속이 울렁거렸는데 끝내 구역질을 견디지 못한 것이다. 그녀가 생각하기엔 이건 해도 해도 너무했다. 정말이지, 조금 더 무게를 잡을 순 없단 말인가. 교청인은 다시 구역질을 연달아 세 번이나 더 했지만 여전히 속이 울렁거려 견딜 수가 없었다. 하지만 손패는 거기에서 멈추지 않고 한 수 더 떴다.

"어디가 아픈 건가, 사매!"

사매!!

사매라는 말은 결정타였다.

"우웨웩~!"

그 말은 이제까지 참고 있던 제갈호의 비위도 뒤흔들었다.

"우욱~ 우욱~"

사람이 변해도 어떻게 이렇게까지 변한단 말인가.

'인간이란 이렇듯 간사한 것인가? 수년이 지난 것도 아니고 단 나흘밖에 지나지 않았잖는가.'

제갈호는 연신 구역질을 하면서 한편으로는 두려움도 일었다.

'방주는 정말 무서운 사람이다. 어쩌면 난 평생 방주의 손아귀에서 벗어나지 못할지도 모르겠구나.'

그들 중 만첨과 노각은 그나마 비위가 좋은 편이라 꿋꿋이 참아냈다. 하지만 그렇다고 속이 느글거리지 않는 것은 아니었다. 단지 극도의 인내심을 발휘해 참고 있을 뿐.

이윽고 배가 띄워지고 불귀도로 향하게 되었다. 일행은 배 위에서 하나같이 꿔다 놓은 보리 자루마냥 퀭하니 구석지에 앉아 있었고 손패는 연신 신바람을 내며 지껄였다. 주된 내용은 방주에 대한 찬양이었다.

"방주님의 무공은 얼마나 대단한지 모른다네. 손을 한 번 들면 산이 뒤집히고 발을 디디면 온 땅이 요동 치지. 그뿐인가? 비록 거지 차림을 하고 계시지만 그 마음의 원대함은 말로 다 표현할 수가 없을 지경이라네. 그 앞에는 바다도 순응하고……."

재잘재잘대며 쉴 새 없이 토해내는 말에 교청인은 손으로 귀를 틀어막았다. 하지만 손으로 막는다고 안 들리느냐 하던 게 아니라는 것이 문제였다. 오히려 듣지 않으려 하면 할수록 더 잘 들리는 것이 또한 묘한 이치라 그녀는 여간 곤혹스러운 것이 아니었다.

'저 인간이 이리도 말이 많을 줄이야.'

참다못한 제갈호가 바다를 보고 욕을 내뱉었다.

"아, 씨발~ 기분 더럽네."

제갈호의 욕설에 주절대던 손패가 말을 멈추고 빤히 바라보았다. 제갈호는 대놓고 그만 좀 하라고 할 수가 없어 엉뚱한 쪽으로 돌려 말했다.

"아, 씨발… 바다가 왜 물고기가 한 마리도 보이지 않는 거야? 이게 바다야, 뭐야."

손패는 자신의 꿈이 이루어지며 마교의 지존을 만났다는 것으로 인해 극도의 흥분 상태에 놓여 있었기에 제갈호가 왜 그런 식으로 말하는지 제대로 파악하지 못했다.

"아하하, 물고기들이 바다 위에 떠 있는 것은 아니지. 글쎄… 혹시나 방주님께서 배를 타고 가신다면 물고기들이 나와서 춤을 추며 영접할 수도 있겠군. 아, 그 광경을 언젠가는 볼 수 있겠지. 암, 그렇구말구."

"우욱……."

교청인이 다시금 구역질이 치밀어 우웩거렸다.

"이런이런, 사매가 몸이 좋지 않은가 보군."

"우웩~ 뱃멀미를… 우웩~"

"하하하, 배를 처음 타본 사람은 그럴 수 있지. 조금만 참으라구. 이제 거의 다 왔으니까."

하지만 그들 중 손패를 제외하고 누구라도 교청인이 뱃멀미를 한다고 생각하는 사람은 없었다. 교청인이 누구던가. 남해검파의 무남독녀가 아닌가 말이다. 바닷가에서 자라고 컸을 그녀가 뱃멀미를 한다는 것은 당치도 않은 말이었다. 하여간 일행은 가는 내내 손패의 찬양가를 들으며 울렁거리는 속을 진정시키느라 정신이 없었다.

이윽고 배는 옅은 안개를 뚫고 불귀도에 이르렀다. 그들이 섬에 도착했을 때 미리부터 나와 반긴 사람은 능파였다.

"어허허, 여기야, 여기. 형제들, 반가워."

모래사장 위에서 능파는 펄쩍펄쩍 뛰며 어린아이처럼 좋아했다. 제갈호 등은 섬에 닿자마자 방주의 얼굴은 보이지 않고 웬 늙은이가 반갑게 맞이하는 것을 보고 일제히 손패 쪽을 바라보았다. 그건 말하지 않아도 '저 사람은 또 뭐요?'라는 질문이었다.

손패가 자랑스럽다는 듯 답했다.

"우리 진개방의 장로님 중 한 분이시라네."

그 말에 일행 중 놀라지 않는 이가 없었다.

"네에?!"

"캑!"

"불귀도에는 아무도 살지 않는다고 했지 않았습니까?"

"그럼 또 다른 사람도 있다는 겁니까?"

일제히 놀라면서 쏟아내는 질문에 손패가 고개를 끄덕였다.

"장로님 한 분이 더 계시다네. 사실은 말이야, 방주께서 이곳에 오신 이유는 이 두 분 장로님들을 만나기 위함이었다고 하시더군. 하하하."

'이건 또 뭐야, 대체.'

모두가 땀을 삐질거리며 배에서 내리자 능파가 한 명씩 끌어안았다.

"오! 형제들, 오느라 고생 많았지."

제갈호 등이 나름대로 몸을 피해보려고 했지만 물러서기도 전에 잡혀 능파의 품에 안길 수밖에 없었다. 그것은 아주 곤혹스러운 것이었지만 또 한편으로는 놀라움이었다. 끌어안는 과정에서 적으나마 능파의 무공 수준이 어떤지 알 수 있었기 때문이다. 적어도 실력이 방주 아래가 아님은 확실했다.

'어디서 불쑥 솟아난 거야, 대체. 아니면 불귀드의 전설 따윈 다 거짓말이었단 말인가.'

평평한 바위 위에 표영이 앉아 있고 그 앞으로는 능파와 능혼, 그리

진개방의 일곱 공신들 137

고 나머지 수하들이 바닥에 자리했다. 서로 대충 인사를 마친 상태에서 표영이 일장연설을 하기 위해 자리를 마련한 것이었다.

"음, 먼저 이렇게 진개방에 훌륭한 형제들이 모인 것에 본 방주는… 험험험……."

표영은 스스로 방주라고 칭하자 어색함으로 목이 근질거려 연신 헛기침을 토한 후 말을 이었다.

"…흡족하기 이를 데 없구나. 오늘 이 자리에 모인 일곱 명은 진개방의 창업 공신들이라 할 수 있으니 우리의 목숨이 다하는 날까지 함께 갈 것이다."

다른 사람들은 어떨지 몰라도 제갈호와 교청인은 얼굴이 핼쑥해졌다. 끝까지, 목숨이 다하는 날까지 함께 가다니… 이게 무슨 허파에 바람 뚫릴 소리란 말인가.

'불안해… 불안해……. 늙어 죽을 때까지 거지로 살라는 소리냐? 아이, 씨팔.'

'비록 독약을 복용하긴 했지만 난 시집도 가야 하고 언젠가는 아이도 낳고 싶은데… 이게 대체 뭐람. 아이고, 내 인생아……. 교청인, 너는 정말 잘못 걸려도 너무 잘못 걸렸구나.'

표영의 말은 계속됐다.

"내 너희들은 절대 버리지 않겠다. 어느 누가 있어 너희를 훔쳐 가면 땅 끝까지 이르러 찾아낼 것이고, 결코 내 손이 용서하지 않을 것이다. 우리는 이제 한 배를 탔기에 살아도 같이 살고 죽어도 같이 죽는 것이다. 음하하하!"

계속되는 망언에 제갈호와 교청인은 숨이 막혔다.

'아, 씨발… 끝까지 간다는 말 진짜 여러 번 하네.'

'이거 해도 해도 너무하는 거 아냐? 정말… 제발 날 좀 버려줘~'

하지만 둘은 잠깐 옆을 바라보다가 황당한 장면을 목격하고 말았다. 능파와 능혼, 그리고 손패가 눈물을 뚝뚝 흘리며 감동에 젖은 표정으로 방주를 바라보고 있는 것이 아닌가!

'뭐, 뭐냐, 이건 또!'

대체 감동받을 말이 무엇이라고 저리도 눈물을 흘리고 있단 말인가. 제갈호와 교청인은 아무리 생각해 봐도 자신들이 세상에서 가장 특이한 인간들 사이로 들어왔음을 실감하지 않을 수 없었다. 둘은 다시 왼쪽으로 눈을 돌려 만첨과 노각을 바라보았다. 이들의 표정은 그나마 좀 나은 편이긴 했지만 그다지 마음에 든다고는 할 수 없었다. 지금 방주의 말은 전혀 진지한 것이 아니었음에도 불구하고 너무도 진지하게 듣고 있었던 것이다. 그래도 눈물을 흘리지 않은 것만으로 위안을 삼을 수밖에. 아마 그들마저 눈물을 흘렸다면 정말이지 돌아버렸을지도 모르는 일이었다. 표영의 말은 계속 이어졌다.

"이제 이 시간 우리 진개방이 나아가야 할 방향에 대해 이야기하도록 하겠다. 결론부터 말하자면 우리의 최종 목표는 강호에서 가장 위대한 방파가 되는 것이다. 현재 강호를 활보하고 있는 개방은 이미 썩을 대로 썩었기에 지금의 개방을 몰아내고 우리가 진정한 개방임을 만천하에 드러낼 것이다. 어떠냐, 이 원대한 계획이? 음하하하……!"

능파와 능혼, 그리고 손패가 일제히 대답했다.

"훌륭한 계책이십니다."

"탁월한 선택입니다."

"이 한 몸 다 바쳐 개방을 우리의 것으로 만들고야 말겠습니다."

제갈호 등은 아무 말도 하고 있지 않다가 어색함이 들어 기어 들어

가는 소리로 말했다.

"조, 좋습니다……."

표영은 만족한 듯 웃으며 고개를 끄덕였다.

"좋아좋아. 하지만 개방을 접수하기 전에 우리의 현실을 돌아보아 보완해야 할 것들이 있다. 첫째는 우리부터가 먼저 훌륭한 거지가 되어야 한다는 점이고, 둘째는 우리의 세력을 키워야 한다는 점이다. 첫째를 완수하기 위해 우리는 이곳에서 일정 기간 진개방의 무공을 습득하여 훌륭한 거지로 거듭나야 할 것이다. 그 후에는 세력 확보를 위해 사파의 무리를 하나둘 거두어들여 모두 거지로 만들도록 하겠다."

만첨과 노각의 얼굴에 화색이 돌았다. 그들이 기뻐한 것은 진개방의 무공을 습득할 시간을 주겠다는 말 때문이었다. 그때 제갈호가 손을 번쩍 들었다.

"드릴 말씀이 있습니다."

"응… 그래, 자갈! 무슨 말인지 해봐라."

'아, 짜증나게 또 자갈이라고 부르네. 좋은 이름 놔두고 왜 저러는 거야. 쌍.'

불귀도로 온 뒤 제갈호는 어느덧 자갈이라 불려지고 있었다. 그건 능파가 제갈호의 이름을 듣다가 잘못 들어서 '뭐? 자갈이라고? 그런 이름도 다 있어? 거, 희한하네'라고 한 말에서 시작되었다. 그때 옆에 있던 표영이 그 말을 듣고는 박장대소를 하며 앞으로는 별호를 자갈이라 부르자고 했는데 그 말이 지금 굳어지고 있는 것이다. 자갈이 되어버린 제갈호는 기분이 상했지만 꾹 참고 입을 열었다.

"우리가 개방과 맞서기 위해서 제일 중요시해야 할 것은 강호의 사정과 변화를 빨리 파악하는 것이라 생각됩니다. 그래서 제 생각으로는 첫 번째로 정보에 밝은 살수 집단을 장악하는 것이 좋지 않을까 싶습니다."

만약 살수 집단이 진개방의 하급 기관이 된다면 정보 파악이 용이할 것은 불을 보듯 뻔한 일일 것이다. 모두가 타당하다는 듯 고개를 끄덕일 때 표영은 머리를 저었다.

"아니야. 물론 너의 말도 맞긴 하지만 그놈들이 먼저가 돼서는 안 된다. 우리가 함락할 곳 중 첫 번째는 사천당가다. 여기에 이의를 다는 사람은 용서하지 않겠다."

이미 오래전부터 당가에 찾아갈 것을 생각해 온 표영이 아니던가. 당문이라는 말에 만첨과 노각은 침을 꼴까닥 삼켰고 제갈호와 교청인은 눈살을 찌푸렸다. 당문은 그리 만만히 볼 곳이 아닌 것이다. 하지만 능파와 능혼, 그리고 손패는 투지를 불태웠다.

표영의 말이 이어졌다.

"이제 이곳 불귀도는 진개방의 수하들을 훈련시키는 장소가 될 것이다. 이곳에 책임자는 누가 좋을까. 음… 능파가 맡아라. 거기에 만첨과 노각이 보좌하도록 하면 되겠구나."

그 말에 능파가 벌떡 일어섰다.

"교, 아니, 방주님! 그건 안 될 말씀이십니다! 전 절대 방주님과 떨어질 수 없습니다!"

가까이 다가와 표영의 바짓자락을 잡고 떨어지지 않는 품이 간절하기 그지없었다. 능혼도 거들었다.

"방주님, 형님과 저희가 함께 갈 수 있도록 해주십시오!"

너무도 간절하게 말하자 표영이 마음을 돌렸다.

"음… 그렇다면 이곳은 제갈호와 교청인이 맡아서……."

두 사람이 펄쩍 뛰었다. 이 말인즉, 평생을 이곳에서 거지들 훈련이나 시키고 있으란 말 아닌가!

"그럴 수 없습니다. 저는 방주님을 따라가겠습니다!"

교청인은 비명을 내질렀다.

"꺄아악~"

모두가 화들짝 놀라 교청인을 바라봤다.

"안 돼요! 전 절대 여기 남을 수 없어요! 차라리 절 죽이세요!"

그들로서는 비록 같은 거지라 할지라도 자유롭게 강호를 활보하는 것이 낫다고 생각했다. 이젠 부스스한 머리와 더러운 옷, 때칠을 한 얼굴 탓에 아는 사람이 봐도 알아보지는 못할 것이다. 그렇기도 한 것이 자신이 봐도 자신의 얼굴을 잘 모를 정도인데 다른 사람이 보면 오죽하겠는가.

"허허, 이것들 보게나. 그러면……."

이제 남은 것은 만첨과 노각뿐이었다. 선택의 여지가 없었다. 표영이 말하기 전에 만첨과 노각이 먼저 입을 열었다.

"하하, 방주님, 염려 마십시오. 저희를 믿고 맡겨주시면 최선을 다 하겠습니다요."

사실 만첨과 노각은 섬을 떠나기 싫었다. 사천당가를 접수한다느니 청부 조직을 접수한다느니 하는 말이 나올 때부터 실제로 전전긍긍하던 차였다. 여차했다간 싸움판에서 목이 날아갈 것이 자명했던 것이다. 게다가 이곳에 있으면서 누군가 잡혀온다면 그놈들을 데리고 노는 것도 나름대로 재미있을 것 같았다.

"음, 좋아. 그렇다면 네놈들이 이곳을 맡도록 하고, 손패는 표국을 통해 새로운 부하들을 보내면 이곳으로 옮기는 역할을 맡도록 해라.

그리고 정기적으로 섬에 들러 훈련이 잘 이루어지는지를 점검토록 하거라."

"속하 분부대로 따르겠나이다."

절도있게 손패가 대답했다

"음, 좋다. 이제 대충 정리가 된 듯하군. 오늘은 이만 쉬도록 한다. 내일부터는 본격적으로 우리 진개방의 무공을 익히도록 하겠다. 우리가 제대로 되지 않고서 어찌 다른 사람을 받아들일 수가 있겠느냐. 앞으로 하는 걸 봐서 기간은 더 늘려야 할지 줄여야 할지 결정하겠다."

아직 무슨 무공인 줄 모르는 능파와 능혼 등은 궁금함에 사로잡혔고 제갈호와 교청인은 마음이 불안해지기 시작했다. 무공 어쩌고 하는 걸 보니 필시 말도 안 되는 것을 시킬 것 같았던 것이다. 그 불안은 왠지 맞는 것 같았다. 표영이 다시 입을 연 것이다.

"앞으로 이 섬의 이름은 불귀도가 아니라 걸인도로 명명하겠다. 노각! 너는 섬 입구에 커다란 패를 하나 만들어 걸인도라고 적어 세워두도록 해라."

"네, 명에 따르겠습니다."

그 후 걸인도라는 팻말이 커다랗게 놓여지게 되었고 거기엔 이렇게 씌어 있었다.

걸인도.
최선을 다해 거지같이 살자.

10장
거지무공을 전수하다

거지무공을 전수하다

　불귀도, 아니, 이제는 걸인도가 돼버린 진개방의 본부를 떠난 표영과 그 일행은 어촌 마을 신합에 이르렀다. 배에서 내린 표영은 수하들을 자리에 앉혀놓고 앞으로의 계획과 거지무공의 단계를 설명코자 했다. 그중 뭔가 이상한 낌새를 느낀 제갈호와 교청인은 불안함을 감출 수 없었다.
　'짐작컨대 필시 무공을 전수한다는 것은 해괴한 거지 짓거리를 말하는 거겠지. 오호~ 제발 그런 일이 벌어지지 않았으면…….'
　'불안해… 방주가 얼굴에 짓고 있는 저 옅은 미소는 뭐란 말이냐, 대체.'
　하지만 그들과는 달리 마교의 후예들과 만첨과 노각은 어떤 희망으로 가득 찬 얼굴을 하고 있을 뿐이었다. 드디어 표영의 입이 열렸다.
　"음~ 그러니까……."

표영 스스로도 조금은 미안한 마음이 들었던지 서두를 길게 끌다가 말을 이었다.

"이제 너희는 이곳에서 약 5단계의 수련 과정을 거치게 될 것이다. 사실 원래대로 하자면 각 단계별로 거의 1년씩은 연마해야 하는 것이지만 별로 시간도 없고, 또한 너희의 자질을 보아하니 모두 다 재능이 범상치 않기에 속성으로 끝내도록 하겠다."

그 말을 듣고 만첨과 노각이 불만스런 표정으로 일제히 손을 들었다.

"뭐냐?"

"저희들은 제대로 배우고 싶습니다. 부디 시간이 걸리더라도 온전한 무공을 습득하도록 인도해 주십시오."

둘의 각오는 실로 대단해 보였다. 현재 이곳에 있는 무리 중 아무래도 제일 무공이 뒤처진 터였고 뭔가 제대로 무공을 연마할 기회가 없었던 그들이었다. 이번 기회가 아니면 또 언제 무공을 배울 수 있을지 모르는 일이라 생각했기에 이런 과감하고 무모한 제안을 한 것이었다. 표영의 눈이 반짝하고 빛났다.

"음, 훌륭하다. 그런 정신이 바로 우리 진개방을 살찌우고 번영케 하는 기틀이 되는 것이다. 내 너희들에게는 특별히 더 많은 시간을 수련토록 배려하겠다."

만첨과 노각의 눈이 감동으로 일렁였다.

"감사합니다, 방주님."

표영이 이번에는 교청인을 보고 말했다.

"청인! 너도 아직 부족한 것 같은데 만첨이나 노각처럼 특별 수련에 참여하는 것이 어떠냐?"

교청인이 깜짝 놀라 손을 가로저었다.

"네? 저요? 아… 저는 됐어요. 그냥 이대로가 좋은걸요. 신경 쓰지 마세요."

"음, 그래? 내가 보기엔 좀 부족한 것 같은데. 좋다. 언제든지 부족하다 느끼면 이야기하도록 해라."

표영이 이번엔 제갈호를 바라보자 제갈호는 얼른 눈을 내리깔고 손가락으로 땅을 열심히 긁느라 정신이 없었다.

'음, 저놈도 별로 특별 수련에는 관심이 없나 보군. 쩝.'

"좋다. 먼저 5단계까지의 수련이 어떤 과정을 거치는지 간략하게 설명토록 하겠다. 험험, 1단계는 영약을 복용하는 과정으로 하루 세 끼 식사 대신에 영약으로 배를 채우도록 한다. 이때 특별 수련을 받게 될 만첨과 노각은 영약 다섯 끼를 먹을 수 있도록 해주겠다. 험험험, 2단계는 뇌려타곤을 연마하는 것으로 이 과정을 통해 호신강기를 형성하고 끝내 환골탈태를 이루게 될 것이다. 2단계를 지나게 되면 비로소 어느 정도 진개방의 일원다운 면모를 갖추게 된다고 할 수 있느니라."

만첨과 노각은 영약을 거의 두 배 가까이 준다는 말에 흐뭇하기 그지없었다. 이렇게까지 자신들을 아끼는 줄은 몰랐던 것이다. 하지만 2단계 과정을 듣던 두 사람은 '환골탈태' 라는 말을 듣고 비로소 뒷골이 땅기기 시작했다.

'어라? 어디서 많이 듣던 소린데… 환골탈태라…….'

그러다 문득 지난날 방주가 큰 소리로 외치던 말이 떠올랐다.

"이놈들아, 힘내! 환골탈태가 그리 쉽게 이루어지는 것인 줄 아느냐."

'커억~ 이런 개 같은 일이……'

환골탈태를 이룩해야 한다면서 걷지도 못하게 하고 땅을 구르게 하지 않았던가. 그 일로 얼마나 고생이 많았던가 말이다. 만첨과 노각은 눈앞이 캄캄했다.

'이씨~ 이젠 다 살았다.'

특별 수련까지 받겠다고 큰소리만 치지 않았어도 이렇게 후회되지는 않으리라. 그런 가운데서 표영의 연설은 계속됐다.

"에~ 3단계 과정은 귀식대법이다. 귀식대법!"

연신 귀식대법이라 말하는 표영의 표정엔 대단하지 않느냐는 자부심이 가득 들어 있었다.

"이 과정을 통해서 너희는 어떤 것에도 굴하지 않는 정신력과 거지로서의 깊은 통찰을 가지게 될 것이다. 음하하하!"

자신이 말해 놓고도 그럴싸한지 거창하게 웃음을 터뜨렸다. 능파 등은 귀식대법하고 거지로서의 통찰력이 무슨 연관이 있는지 몰랐지만 지존의 가르침인지라 어떻게든 연관지어 보려고 머리를 싸맸다.

'분명 무슨 깊은 뜻이 있을 것이다. 끙~'

하지만 제갈호 등은 귀식대법이 어떤 식으로 거지 생활에 적용될지를 생각하느라 골머리를 썩혔다. 대체 무슨 추잡한 일이 벌어질지 모르는 것이다.

"다음 4단계는 만천화우를 익히도록 한다. 사실 이 단계는 3단계까지 잘 진행해 오면 저절로 습득되는 것으로 그 죽일 놈의 사천당가의 만천화우와는 비교할 수도 없는 것이다. 모두는 최선을 다해 익히도록 노력해야 할 것이다."

언제나 당가에 대한 말이 나올라치면 욕이 튀어나오고 주먹이 불끈 쥐어지는 표영이었다.

"마지막으로 5단계 과정은 금강불괴다."

쿠궁!

금강불괴라니! 모두의 얼굴이 각기 생각의 방향에 따라 놀라움으로 가득 찼다. 금강불괴가 어디 동네 개 이름이 아니잖는가. 하지만 그들은 태연자약하게 금강불괴를 말하는 방주의 입을 보며 감탄과 존경, 그리고 불안과 염려와 근심에 휩싸였다.

"너희는 금강불괴를 연마한 후라야 비로소 진개방의 훌륭한 형제로 거듭나게 될 것이다. 모두들 최선을 다해 수련에 힘을 다하길 바란다. 알겠나~"

"네~"

"네……."

대답은 두 가지 종류로 나타났다. 아직 영문을 모르는 능파 등 세 명은 눈을 반짝거리며 큰 소리로 대답했고 제갈호 등은 거의 들릴 듯 말 듯 기어가는 소리로 답했다.

1단계 영약 복용 과정 이틀째.

어촌 마을 신합의 개들은 때 아닌 곤욕을 치러야만 했다. 날벼락도 이런 날벼락이 어디 있단 말인가. 먹을 게 따로 있지, 어찌 개들의 식량을 축낸단 말인가. 아무리 좋게 생각하려 해도 이건 말이 안 됐다. 그나마 위로를 삼고 참을 수 있었던 것은 견왕지존께서 납시어 가끔 머리를 쓰다듬어 준다는 점이었다. 정말이지 견왕이 계시지 않았다면 사생결단을 냈으리라.

월월— 끄르르—

하지만 개들이 아무리 원통하다고 한들 진개방의 공신들에(?) 비할 수 있겠는가. 영약을 복용한다는 말이 개밥을 먹는다는 것임을 알았을 때 그들의 안색은 핼쑥해져 버렸다.

퀭~

이제 겨우 이틀이 지났다. 아직도 오 일 정도를 더 지나야 영약 복용의 과정이 끝난다고 생각하자 그들의 마음엔 깊은 절망의 그림자가 드리워졌다. 하지만 그들 중 유독 열성을 보이는 이가 있었으니 그는 바로 능파였다. 능파는 대법이 풀리면서 아주 단순 무식해져 버린 탓에 교주, 즉 표영의 말이라면 철을 녹이는 불 속에라도 머뭇거림 한 번 없이 달려들 태세였다. 물론 능혼이나 손패도 뜨거운 충정은 그와 같았지만 영약을 복용한답시고 개밥을 먹는 것은 도무지 납득할 수 없는 처사였다. 그런 그들을 비웃기라도 하듯이 능파는 산해진미를 먹듯 열심이었다.

"오늘 반찬은 두부가 많이 들어갔더라구. 내일은 뭐가 나올까 궁금하다. 맛있는 것 좀 많이 나왔으면 좋겠는데."

"……."

"……."

모두가 할 말을 잃은 것은 당연한 일이었다. 일행 가운데 가장 많은 한숨을 토해내는 이들은 만첨과 노각이었다. 특별 수련을 신청했던 그들은 매일 두 배에 가까운 영약(?)을 복용한 탓에 하루하루가 죽고 싶을 지경이었다. 그저 아직까지 미치지 않은 것이 신기하다고나 할까.

하지만 심각한 정신적인 충격으로 따지자면 교청인을 따라올 수는 없었다. 남해검파의 무남독녀로 애지중지 자라온 그녀가 언제 꿈에라도 이런 영약(?)을 복용하리라 생각이나 했겠는가. 이틀째를 지나며 그녀는 극도로 신경쇠약 증세를 보이며 눈이 반쯤 풀려 버렸다. 자다가도 벌떡 일어나 눈을 두리번거리다가 벌벌 떨다가 잠이 들곤 했다.

이제껏 귀여움만 받고 좋은 환경에서 호의호식하던 그녀가 아니던가. 아름다운 얼굴은 감고 매만져 주지 않아 부풀어 오른 머리에 가려지고 때구정물이 가득해진 탓에 그 모습을 찾아볼 수가 없었다. 아마 그녀의 부모가 그녀를 본다 해도 지금으로썬 알아보지 못할 것이 분명했다. 이런 그녀의 모습을 지켜보며 다른 이들은 한결같이 불평을 늘어놓을 수 없었다. 그녀에 비하자면 자신들은 행복한 편에 속했다 여긴 것이다.

영약 복용 5일째.
하루가 천 년같이 여겨지는 나날들 속에서 5일째가 되었다. 마교의 천하제패를 꿈꾸던 능혼은 혼란스러움에 사로잡혔다.
'천마지체의 잔악함은 이런 하찮은 것에서도 유감없이 발휘되는 것일까? 어찌 지존께서는 눈 하나 깜빡이지 않고 수하들에게 개밥을 먹도록 할 수 있단 말인가. 역대 교주님들 중에 과연 어느 누가 이런 지시를 내렸던가. 아! 정말 깊고 깊은 지존의 모략은 이 짧은 소견으로는 알 수 없는 일이로구나. 이제 겨우 1단계인데 앞으로는 얼마나 험한 일들이 기다리고 있을까.'
한편으로는 다른 생각도 고개를 쳐들었다.
'마교는 곧 힘을 상징하고 있다. 어쩌면 지존께서는 마교에 대해 잘 모르고 계신 것은 아닐까? 아니야, 아니야. 내가 지금 무슨 생각을 하고 있는 거지? 불세출의 기재로 가장 잔악한 마성을 지닌 분에게 그런 말은 어울리지 않는다. 200년을 기다려 만난 지존이시다. 조금만 더 인내를 가지도록 하자. 아, 하지만 영약 복용은 너무도 힘들구나. 이 험한 수련은 언제쯤 끝이 날까. 마교의 군림천하는 언제쯤 이룰 수 있을까.'

능혼은 아침에 먹었던 영약(?)으로 느글거림을 참고 능파에게 다가갔다. 능파는 해를 바라보며 왜 이리 점심 시간이 늦게 오는지 초조해했다.

"형님, 속은 좀 어떠세요?"

능혼이 옆에 앉으며 하는 말에 능파가 환한 미소를 지었다.

"좋지. 넌 아침에 뭐 먹었냐? 난 운이 좋았어. 고깃국이 나왔지 뭐냐. 맛있어 죽는 줄 알았다니까."

능혼의 얼굴이 처참하게 일그러졌다.

'아! 과거 형님의 모습은 어디로 간 것일까.'

능혼이 알고 있는 형은 이런 사람이 아니었다. 냉철한 판단력에 자신보다 훨씬 뛰어난 무공을 소유하고 있었으며 예법에도 능해 글과 바둑, 음악과 시(詩) 등 모든 방면에서 예술적인 기질을 지닌 터였다. 지금처럼 개밥으로 고깃국이 나왔다며 화사한 미소를 짓고 있을 분이 절대 아닌 것이다.

"형님, 우리는 근본적으로 교주, 아니, 방주님을 보필하는 사람이 아닙니까. 교의 발전을 위해 뭔가 다른 방법을 건의하는 것이 어떻겠습니까?"

능혼은 답답한 마음에 토로한 것이었지만 능파는 거칠게 반응했다.

"뭐라구? 네가 감히 방주님의 높으신 뜻에 딴지를 걸겠다는 것이냐? 이런 썩을 놈을 봤나. 너, 이리 와!"

능혼는 많은 것을 바란 것도 아니었다. 그저 '그래도 **힘내야지**' 라는 말만 들었으면 했었다. 하지만 능파는 자리에서 벌떡 일어서더니 주먹을 날리기 시작했다.

"이 녀석! 많이 컸구나. 어디서 입을 함부로 놀리는 거냐! 이놈, 죽어라! 죽어!"

퍼퍼퍽— 퍼퍽—

능파는 인정사정이 없었다. 내공을 이용해 **때리는** 것은 아니었지만 옆에서 보기엔 장난이 아니었다. 주먹과 발을 날리며 후려 패는 가운데 표영이 멀찌감치서 보다가 신속하게 다가왔다. 그**때**까지도 능파는 주먹을 휘둘러 댔다.

"이놈, 능파. 멈추지 못해! 지금 뭐 하는 짓이냐!"

비로소 손을 멈춘 능파가 씩씩대며 변명하려 했지간 이번에는 표영의 주먹이 날았다.

퍼퍽— 퍼퍼퍽—

"진개방의 인원이 몇 명이나 된다고 벌써부터 주먹질이냐! 네놈이 그러고도 무사할 줄 알았더냐! 이 자식, 죽어봐라!"

아까까지 후려 패던 능파는 이제 상황이 바뀌어 신나게 얻어터졌다. 인생지사 새옹지마라더니 딱 그 꼴이었다.

"잘못했습니다, 방주님. 으아악… 용서해 주세요… 다시는 안 그러겠습니다."

퍼퍼퍽— 퍼퍽— 퍼퍽—

"내 앞에서 방의 형제들끼리 싸우는 것은 못 본다. 내 눈에 흙이 들어갈 때까진 그런 일은 참을 수 없어… 이 자식아~"

한동안 주먹과 발길질을 춤추듯 날리며 패버리고 나서야 표영의 동작이 멈췄다. 땅바닥에 꼴사납게 뻗어버린 능파와 능혼을 향해 표영은 소맷자락을 털며 말했다.

"다시는 이런 짓을 하면 그땐 용서하지 않겠다. 알겠느냐!"

"명심하겠습니다, 방주님……."

기어 들어가는 소리로 꾸역꾸역 대답하는 것을 듣고 그제야 표영의 얼굴이 풀렸다.

"좋다. 내 이번만은 이것으로 끝내도록 하겠다. 자, 어서 일어나라. 점심 시간이 다 됐어. 영약을 복용하러 가야지. 늘 제때 먹어줘야 효과를 볼 수 있는 것이다. 자자, 어서……."

결국 결론은 영약 복용이었다. 옆에서 지켜보던 능혼은 그저 할 말을 잃고 멍해졌다.

그렇게 영약 복용 과정이 오 일이 지나면서 신합 마을 사람들은 서서히 표영 일행에 관심을 갖게 되었다. 처음에는 그냥 보통 거지들이려니 생각했지만 꾸준히(?) 개밥을 먹는 것이 괴상한 거지들이라고 생각하게 된 것이었다. 마을 사람들은 이제껏 제대로 된 거지를 본 적이 없던 터라 한결같이 불쌍히 여겼다. 또 그들의 인심이 후한 터라 여러 사람들이 찾아와 밥이며 여러 반찬 등 먹을 것을 싸 오기도 했다. 제대로 된 밥을 먹어보는 게 소원인 일행에겐 그보다 더 반가운 일은 없었다. 하지만 그럴 때마다 표영은 고개를 가로저었다.

"뜻은 고맙지만 아직은 때가 아닙니다. 도로 가져가십시오."

뭐가 때가 아닌지는 잘 모르지만 한사코 거부하는지라 안타까움을 안고 마을 사람들은 돌아가야만 했다.

"나중에라도 생각이 바뀌면 말하게나. 언제라도 가져다 줄 테니까 말이야."

"진짜 거지다운 것도 좋지만 굳이 개밥을 먹을 필요까진 없지 않겠나?"

그중 교청인을 보고 하는 말도 있었다.

"저기 저 거지는 처자인 것 같은데 어쩌자고 이렇게 모질게 살아가누. 쯧쯧."

안 그래도 서러운 교청인은 눈물을 글썽거렸다.

'엄마~ 흑흑흑…….'

그나마 교청인은 오 일째가 되면서 다행스럽게 영약 복용을 중단했다. 좀 더 심해지면 미쳐 버릴지도 모른다고 판단한 표영이 안전 조치를 취한 것이었다. 대신 교청인의 몫은 다른 사람들이 골고루 나눠 먹게 되었고 모두가 불만을 품는 가운데 그들 중 능파만이 자신이 교청인의 몫을 다 먹지 못한 것을 안타까워했다.

영약 복용 7일째.

마지막 날이 되었다. 지난 시간은 매우 짧았지만 능파를 제외한 모두는 억겁의 시간을 통과한 것만 같았다. 억겁의 시간이란 처마에서 떨어지는 빗방울이 한 방울 한 방울 떨어져 바위에 구멍을 뚫는 시간이니 그들의 고통이 어떠했으리라는 것은 그로 미루어 짐작할 수 있으리라.

"자, 드디어 영약 복용을 마치는 순간이다. 모두들 수고가 많았다. 이제 이 저녁 식사를 끝으로 2단계로 넘어가게 되니 최선을 다해 마무리를 하도록 하자."

표영이 유달리 마지막을 강조하는 것이 왠지 불안하기 짝이 없었다. 표영의 말이 계속됐다.
"언제나 마지막이라는 말이 갖는 의미는 남다른 법이다. 이 시간이 지나면 언제 또 영약을 복용해 보겠느냐. 그래서 저녁 식사는 평소의 세 배의 양을 먹도록 한다. 특별 수련을 하고 있는 만첨과 노각은 다섯 배의 양을 먹도록 해라. 자, 출동하자~"
대답을 한 사람은 오직 능파뿐이었다.
"야호~ 신난다~"
다른 사람들은 모두 입을 쩍 벌리고 다물 줄을 몰랐다. 다 끝났다고 좋아했더니 이게 무슨 날벼락이란 말인가. 능파가 일행들을 다그쳤다.
"어서 가지 않고 뭐 하는 거야. 어서 가자, 어서어서."
모두의 시선은 다시 능파에게 향했다.
'형님만 아니면 정말 확 패버리는 건데……'
'원래 십절쌍마 능파님은 저런 분이 아닌데… 에구~'
'영감탱이가 미쳐도 단단히 미쳤군.'
'혹시 저 늙은이는 방주의 친척이 아닐까.'
그들의 눈은 수없이 많은 말들을 하고 있었다. 원망과 한탄, 그리고 절망과 안타까움 등이었다. 그렇게 그들의 1단계 영약 복용의 마지막 밤은 저물어갔다.

11장
뇌려타곤으로 호신강기를 익히다

뇌려타곤으로 호신강기를 익히다

어촌 마을 신합의 주민들은 이제 본격적으로 표영 일행의 하는 짓을 구경하기 시작했다. 늘 보는 것이라곤 넓게 펼쳐진 끝없는 바다뿐이던 그들에게 이것은 기막힌 구경거리가 아닐 수 없었다. 얼마 전에는 집집마다 돌아다니며 개밥을 먹더니 이젠 온 동네를 떼굴떼굴 구르기 시작한 것이다.

뇌려타곤 이틀째.
표영이 옆에서 걸으며 똑바로 구르고 있는지 점검했으며 다음엔 어디로 굴러야 할지 방향을 지시했다.
"자자, 교청인, 너 똑바로 안 하면 오늘 밤까지 돌린다. 힘을 내라. 뇌려타곤~"
뇌려타곤을 외치는 표영의 목소리는 낭랑하기 그지없었다. 근본 뇌려타곤이라 함은 지랄병이 난 당나귀가 정신을 잃고 땅바닥을 마구 뒹군다는 뜻이다. 상대방의 공격을 아무래도 피할 방법이 없을 때 땅바닥을 마구 뒹굴어서 간신히 몸을 피하는 모습을 일컫는 것으로 그 모양이 참담하고 부끄러워 고수들은 사용치 않는 수법이랄 수 있었다. 연습을 하더라도 한 번만 해도 다시 하고 싶지 않을 것이건만 어제부터 시작된 뇌려타곤은 아침을 먹은 후 해질 때까지 이루어졌다.

"자, 이번엔 오른쪽으로 방향을 전환한다. 뇌려타곤~"

그렇게 한쪽에선 독려하고 또 열심히 구르고 있는 일행들 뒤쪽에는 대여섯 명의 노인들이 뒤따라오며 이런저런 이야기를 나누었다.

"세상 오래 살고 볼일이 아닌가. 이런 재미난 구경거리가 세상천지에 어디 있겠어."

"그러게 말일세."

"근데 자네들 중에 왜 저렇게 구르고 있는지 알고 있는 사람 있나?"

"내가 알기론 말일세, 뭐라더라… 응, 맞다. 진정한 거지가 되기 위한 수련이래지 아마."

"허허, 거참… 중원은 넓고 미친놈들은 널렸다 해도 이거 너무하는군."

"근데 더 희한한 것은 말이야, 불귀도의 안내자 손패까지 거지가 되기로 작정했다는 걸세."

"불귀도를 찾는 손님이 없다 보니 아예 이 기회에 거지가 되기로 작정했나 보이."

"손패가 거지가 되리라고 누가 상상이나 했겠나. 헐헐."

"그나저나 저기 두 늙은이가 있잖은가, 거 되게 불쌍하구먼. 젊은것들이야 그런가 보다 하지만 늙어서 너무 고생이 많잖은가. 어쩌다 험한 거지의 길을 가겠다고 했을까?"

"아, 글쎄 그게 말이네, 듣고 보면 또 그것도 아니더구먼. 나도 자네처럼 궁금해서 물어봤지 뭔가. 왜 젊은 거지에게 휘둘려서 이런 고생을 하냐고 말일세."

"뭐라던가?"

일제히 중간에서 걸어가는 노인에게 시선이 쏠렸다.

"아, 글쎄… 기가 막혀 말문이 다 막히더군."

"대체 뭐라고 했는데 이렇게 뜸을 들이는 거야?"

"저기 두 사람 중 시커먼 옷을 입은 사람이 있잖은가. 저 늙은이가 싱글벙글거리면서 이렇게 말하는 것이야. '댁도 한번 해보슈. 이게 얼마나 재밌는데'. 이러더란 말일세."

"허허, 거참, 말문이 막힐 법도 하네그려."

"하하하, 미친놈들."

능혼을 위시한 모두는 거의 환장할 지경이었다. 구르는 것만으로도 곤혹스럽건만 계속 뒤따라오며 입방아를 찧어대니 견딜 수가 없었던 것이다. 더욱이 무공을 익힌 이들은 얼마나 귀가 밝은가. 듣지 않으려고 해도 귓속으로 쏙쏙 들려오지 않는가 말이다.

방향을 전환하라는 말에 따라 모두가 오른쪽으로 굴렀다. 이 길은 시장으로 통하는 길이었다. 어제도 온 동네를 20바퀴 정도를 돌았는데, 그중 가장 가기 싫은 곳이었다. 사람들이 우글우글대는 곳에 7명이 데굴데굴 굴러가는 모습은 아무리 생각해도 미친 짓인 것이다. 시장통에 진입하자 좌우로 늘어선 상인들이 한마디씩 던졌다.

"하하하, 또 왔네. 어이구, 힘들어서 어떡하나… 불쌍도 하지."
 교청인은 정말 울고 싶었다. 아니, 그렇게 생각할 때 이미 눈물이 흘러내리고 있었다.
 "좀 쉬었다 하지 그래. 너무 열심히 하다가 나중에 아프면 어쩌려구 저러나."
 이번엔 생선을 파는 마음씨 좋은 곰보 아저씨 소복이 말했다.
 "이보게들, 그쪽은 아까 물을 뿌려놨으니 옆으로 돌아가라구."
 그 말에 표영이 손을 흔들며 고마움을 표시했다.
 "아이구, 이렇게 신경을 써주시다니요… 감사합니다."
 "그 정도 가지구 뭘 그러나. 자네들을 보면 내가 하는 일이 전혀 힘들게 느껴지지 않아서 큰 위로가 된다네. 난 이제 내 일에 불만이 없네. 하하하."
 "아, 정말 다행이네요. 아저씨, 힘내세요."
 표영은 정겨운 대화를 나눈 후 부하들을 물기가 묻은 쪽으로 진격시켰다.
 "똑바로 전진한다. 전진. 우리에게 돌아감은 없다. 뇌려타곤~"
 일행의 얼굴이 어떻게 변했을지는 보지 않아도 알 수 있으리라. 그렇게 뇌려타곤의 이틀째 수련이 이루어졌고 마칠 때까지 온 마을을 20바퀴를 돌게 되었다.

 뇌려타곤 나흘째.
 이제 따라다니는 무리는 거의 오십 명에 육박했다. 한마디로 대단한 인기가 아닐 수 없었다. 물론 거의 대부분이 노인들과 어린아이들이었지만 어쨌든 표영 일행의 인기는 하늘을 찌를 듯했다. 고기를 잡으러 가야만 하는 어부들은 어쩔 수 없이 구경하지 못하는 것을 아쉬워했는데, 아침나절에 조금 보는 것만으로 그냥 만족해야만 했다.

"자, 오늘도 최선을 다하자. 뇌려타곤~"

표영이 기운찬 함성으로 뇌려타곤을 외치는 것으로 하루를 열었다. 그 말에 새벽부터 나와 기다리고 있던 마을 사람들이 큰 소리로 따라 외쳤다.

"뇌려타곤~"

우렁차게 퍼지는 소리에 일행은 구르기를 시작했다. 과연 언제쯤 이 험난한 구르기가 끝날 것인가. 마음에 절망이 퍼졌다. 그들은 차라리 1단계 과정인 영약 복용이 훨씬 좋았었다고 생각할 지경에 이르렀다.

생각해 보라. 하루에 동네 20바퀴를 구른다는 것. 그것은 말 그대로 처절함이었다. 하지만 늘 괴로운 나날들만 있는 것은 아니었다. 사흘째 되던 날부터 밤마다 동네 아이들이 찾아왔는데 두 손 가득 먹을 것을 가져와 건네주기도 했던 것이다. 나흘째 되던 날도 온 동네를 쏘다니며 구르기를 마쳤을 때 아이들이 찾아왔다.

"이거 좀 드세요, 거지님들."

"엄마가 거지님들 수고하신다고 가져다 드리래요."

각기 음식을 받아 들었고 일행 중 제일 마음이 여린 교청인이 눈물을 흘렸다.

"여자 거지님, 어디 아프세요? 왜 울어요? 의원님을 모셔올까요?"

"응? 아, 아니야… 눈에 먼지가 들어가서 그래."

눈물을 훔치는 교청인의 모습은 안타까움 그 자체였다. 이제 열 살이 조금 넘은 남자 아이 유청이 표영에게 쪼르르 달려가 말했다.

"거지 대장님! 저기 여자 거지님은 아픈가 봐요. 내일부터는 좀 쉬도록 해주세요. 대신 제가 내일부터 뇌려타곤을 할게요. 솔직히 저도 무척 하고 싶거든요."

그러자 다른 아이들도 우르르 표영에게 몰려와 한마디씩 사정했다.

"그렇게 해주세요, 대장님. 얼마나 힘들겠어요."

"대장님은 마음이 넓으셔서 그렇게 해주실 거야."

"여기 우리 모두 내일부터 뇌려타곤을 할 게요."

그런 아이들의 말로 인해 교청인의 눈에선 눈물이 더욱더 많이 흘러내렸다. 뜻밖에 아이들이 이런 부탁을 하자 표영은 난처했다. 눈에 넣어도 아프지 않을 만큼 귀여운 아이들이 한마디씩 입을 삐죽거리며 하는 말은 거절하기 쉽지 않았다.

"음, 좋다. 대신 너희들이 뇌려타곤을 하는 것은 허락할 수 없어. 만약 너희가 뇌려타곤을 흉내 내면 너희들이 좋아하는 거지 누나가 고생하게 될 거야. 알겠니?"

아이들은 일제히 환호성을 질렀다.

"와아~ 잘됐다."

아이들 덕에 교청인이 뇌려타곤에서 빠지게 되자 만첨과 노각은 정신이 퍼뜩 들었다.

'오호… 이런이런, 의외로 방주님은 아이들에게 약하시구나. 무슨 일에도 끄떡 없으실 것 같더니 이런 약점이 있을 줄이야. 그럼 나도 한번 해볼까?'

잔머리를 사정없이 굴린 둘은 슬픈 표정을 지으며 흐느끼기 시작했다.

"흑흑흑… 어무이~"

"흑흑…….."

갑작스런 울음에 모두의 시선이 향했다. 표영의 얼굴이 일그러졌고 다른 사람들도 마찬가지였다.

'저 새끼들 보게나.'

'아주 꼴값을 떨어라, 떨어.'

아이들도 눈을 돌려 만첨과 노각을 바라보았다. 아이들의 얼굴엔 금세 안됐다는 표정이 나타났다. 그때였다.

"오복아~ 오복아~"

멀리서 들려오는 소리에 아이 중 하나가 외쳤다.

"앗! 엄마 목소리다. 엄마한테 말하지 않고 왔는데 찾으러 오셨나 봐. 어떡하지. 애들아, 난 그만 가봐야겠어. 거지님들도 안녕히 주무세요."

오복은 빠르게 말한 후 소리난 쪽을 향해 다시 외쳤다.

"엄마, 저 여기 있어요!"

오복이 인사를 마치고 엄마를 부르며 달려가 버리자 다른 아이들도 집 생각이 났는지 인사를 하고는 일제히 썰물 빠지듯 빠져나갔다. 황당함에 빠진 것은 만첨과 노각이었다. 이렇게 재수가 없을 수가 있단 말인가. 아이들이 떠나자마자 표영이 만첨과 노각을 째려봤다.

"음, 그러니까… 너희들이 지금 수련에 불만을 품고 있는 것이다 이거렷다?"

"아, 아닙니다. 저희들은 그, 그저…….."

두 손을 마구 흔드는 두 사람을 보며 표영이 말했다.

"음, 이번만은 그냥 넘어가마. 난 잠깐 산책을 하고 올 테니 다들 쉬고 있어라."

두들겨 팰 줄 알았던 방주가 갑자기 산책을 간다고 하자 만첨과 노각은 마음이 놓였다.

'웬일이지? 방주님의 마음이 저리도 넓어지시다니…….'

표영은 도저히 산책하러 가는 사람답지 않게 후다닥 신법을 전개해 사라져 버렸다. 이제 됐다 싶어 만첨과 노각이 휴~ 하고 한숨을 내쉬는데 눈앞에 시커먼 그림자 네 개가 드리워졌다.

'이건 뭐지?'

그림자는 바로 능파와 능혼, 그리고 손패와 제갈호였다.

"왜, 왜들 그러세요?"

"방주님께서 형제들끼리는 싸우지 말라고 하셨는… 으아악……!"

그때부터 집단 구타가 시작됐다.

퍼퍼퍼퍽— 퍼퍼퍼퍽—

"감히 아이들을 이용해서 잔머리를 굴려! 이용할 게 따로 있지. 그 어린것들을… 이 자식아, 죽어라, 죽어~"

"너희 둘이 빠지겠다 이거렷! 그런 꼴은 못 본다, 못 봐, 이 새끼들아!"

"네놈들 때문에 단체로 야밤에 뇌려타곤할 뻔했다는 걸 알기나 하냐, 이 썩을 놈들아!"

"으아악~ 살려주세요. 잘못했어요~"

"다시는 안 그럴게요~ 한 번만 봐주세요~"

"그래, 오냐. 봐주마. 네놈의 아구통을 봐줄 테니 염려하지 말아라."

"으아악! 내 턱이야~"
표영은 멀리감치 떨어져서 들려오는 비명 소리를 흥겹게 들으며 고개를 끄덕였다.
'좋아, 좋아… 역시 눈치는 빠른 놈들이라니까. 흐흐흐……'

뇌려타곤 이레째.
"드디어 오늘로 뇌려타곤이 끝을 맺게 되었다."
표영의 말에 모두의 얼굴이 환해졌다.
"그래서 이 시간은 뇌려타곤을 통해 얼마만큼 호신강기가 쌓였는지 최종 점검하는 시간을 갖겠다. 그동안 과연 게으름을 피웠는지, 아니면 열심을 다했는지 이 시간에 판가름날 것이다."
이 말에는 모두의 얼굴이 어리둥절해졌다. 언제 호신강기를 익혔단 말인가. 대체 무슨 소리를 하는지 모르겠다는 표정에 표영이 일갈했다.
"모두 일렬로 선 후 팔뚝을 걷어라."
뭔지는 모르지만 모두는 잽싸게 일렬 횡대로 늘어서서 소매를 걷어 붙이고 팔뚝을 드러냈다.
"우리의 목표는 무엇이더냐? 진정한 개방으로 나아가는 것이 아니더냐. 개방을 타도하고자 하는 우리로선 항상 마음속에 새기고 가다듬어야 할 말이 있으니 그건 바로 '나는 지금 거지로서 어디까지 이르렀는가' 하는 것이다. 늘 가슴속에 이 말을 새기면서 우리의 부족한 점을 되돌아보아야 한다. 자, 그런 의미에서 호신강기가 얼마만큼 쌓였는지 내 직접 살펴겠노라."
장엄하게 뿜어내는 말속에서 호신강기의 내막에 대해 모두는 어느 정도 감을 잡을 수 있었다.

호신강기가 얼마나 쌓였는지.

일제히 모두의 이마에서 식은땀이 솟구쳤다. 표영은 수하들이 식은땀을 흘리든 말든 제일 가장자리에 있는 능파부터 점검에 들어갔다. 손을 뻗어 팔뚝을 쭉 잡아뜯었다.

와드득—

마치 석고를 떼어낸 것으로 착각할 만큼의 때가 한 움큼 떨어졌다. 표영의 눈이 반짝 하고 빛났다.

"능파!"

"부르셨습니까, 방주님."

약간 쫄은 기색으로 능파가 대답하자 표영이 흡족하다는 듯 고개를 끄덕이며 말했다.

"매우 훌륭하다. 대단한 호신강기가 아닐 수가 없구나. 넌 통과다."

"감사합니다, 감사합니다."

"그동안 고생이 많았다."

"이 모든 게 다 방주님의 은덕입니다."

뭐가 감사하고 뭐가 은덕인지도 모르지만 능파는 연신 허리를 숙였다. 이제야 호신강기의 실체에 대해 확실히 감을 잡은 다른 이들은 슬슬 걱정되기 시작했다. 대체 어느 정도까지 되어야 방주의 마음에 흡족할 수준인지 몰랐기 때문이다. 다음은 능혼 차례였다. 표영이 손을 뻗어 팔뚝을 매만지자 역시나 대단한 때가 형성되어 있었던지 한 움큼 떨어져 나왔다. 표영의 고개가 끄덕여졌다.

"너도 고생이 많았다. 통과."

"감사합니다."

세 번째는 교청인이었다. 표영은 교청인의 팔뚝을 한번 바라보더니 실망한 기색을 역력히 드러냈다.

"쯧쯧, 이것도 거지라고… 널 데리고 다닐 생각을 하니 앞이 캄캄하구나."

시커멓게 변해 버린 팔뚝이었지만 표영은 한눈에 보기에도 그저 살짝 때가 덮여 있는 것뿐이라는 것을 알 수 있었다. 그녀는 뇌려타곤을 나흘째에서 멈춘 탓도 있겠지만 뭔가 절실한 노력이 부족해 보였다.

"내 이번만은 그냥 넘어가도록 하겠다. 다 아이들 덕분인 줄 알아라. 하지만 시간나는 대로 호신강기가 쌓이도록 힘을 기울여야 할 것이다. 알겠느냐?"

교청인은 능파와 능혼의 때를 보고 잔뜩 겁을 먹고 있었는데 의외로 쉽게 넘어가자 안도의 한숨을 내쉬었다.

"감사합니다, 방주님."

"시끄러. 저리 비키기나 해."

표영은 듣기도 싫다는 듯이 옆으로 이동했다. 다음은 제갈호였다. 손을 뻗어 팔뚝을 만지자 때가 어느 정도 배어 있긴 했지만 능파와 능혼에 비하자면 턱없이 모자랐다.

"이건 뭐냐, 대체. 수련을 한 거냐 만 거냐?"

제갈호의 안색이 핼쑥해진 것은 말할 것도 없었다.

"저, 저는 열심히 한다고 했습니다만……."

"넌 불합격이다. 이렇게 게으름을 피우다니."

제갈호는 자신이 봐도 믿어지지 않을 정도의 호신강기(?)를 쌓았다고 생각했다. 그런데 어째서 불합격이란 말인가. 하지만 이미 표영은 다음 차례인 손패의 팔뚝을 점검하고 있었다. 표영이 혀를 찼다.

"쯧쯧쯧……."

그 다음 만첨과 노각도 마찬가지였다. 마음에 들지 않은 것이다.

"이런 녀석들을 봤나. 내가 그토록 게으름을 피우지 말라고 했건만 이렇게 게으를 수가 있단 말이냐."

만약 이 말을 표영의 부모 표만석과 화연실이 들었다면 얼마나 기뻐했을까. 세상천지에서 가장 게으른 만성지체의 아들이 이젠 다른 사람을 게으르다고 꾸짖고 있으니 말이다. 어쨌든 표영은 한바탕 호통을 친 후 불합격한 네 사람에게 말했다.

"가서 능파와 능혼의 팔뚝을 보고 배우도록 해라. 어떻게 젊은 놈들이 겨우 이 정도까지밖에 되지 않는 거냐."

제갈호 등은 대체 능파와 능혼의 호신강기(?)가 얼마나 대단하길래 저러나 하고 직접 눈으로 확인해 봤다.

뜨악~

비교할 수가 없을 정도였고 절로 고개가 숙여졌다. 말 그대로 호신강기라고 불러도 손색이 없을 것 같았다. 제갈호와 만첨, 그리고 노각이 절실히 부족함을 느끼고 돌아설 때 손패는 이건 불공정한 일이라 생각했다. 하지만 결코 그 말을 입 밖으로 낼 순 없었다.

불합격한 이들을 바라보는 능파와 능혼의 얼굴에도 미안함이 떠올랐다. 두 사람의 몸에 쌓인 것은 장장 200년 동안을 지내면서 쌓인 때였던 것이다. 대법이 풀리면서 많이 떨어져 나갔다곤 해도 남은 것만도 대단한 것이었다. 거기에 뇌려타곤까지 똑같이 수행했으니 제갈호 등과 비교한다는 것 자체가 무리였다. 하지만 깜박 그 사실을 망각한 표영은 불합격한 네 사람을 다시 오 일 간 뇌려타곤을 수련토록 명령했다.
"뇌려타곤~"

12장
귀식대법

귀식대법

 마을 공터에는 마치 죽은 듯이 일곱 명이 나란히 누워 있었다. 지금 상황은 귀식대법을 익히고 있는 것이었다. 근본 귀식대법이라 함은 심장의 박동까지 정지시키고 체온을 하강시킴으로써 인기척을 없애는 수법으로 주로 적에게 동정을 들키지 않고 잠복할 때 쓰인다.
 무공을 익힌 사람들은 다른 사람의 종적을 주로 호흡 소리를 통해 아는데 내공이 높을수록 그 호흡의 간격이 길고 고르기 때문에 호흡이 끊어지거나 이어지는 것을 확인할 수 없어 쉽게 발견되지 않는다. 그러나 절정고수에게는 그 방법만으로는 통하지 않기 때문에 이 귀식대법을 익히는 것이다.
 귀식대법을 시전할 때 초기 단계에서는 이를 시전하는 동안 오관의 활동이 완전히 멈춰 정말로 시체와 다름이 없어진다. 그리고 스스로의 공력 정도에 따라 깨어나는 시간만 조절할 수 있을 뿐이다. 그러나 경지에 오르게 되면 오관의 활동을 자유자재로 조절하여 겉보기에는 시체처럼 보이더라도 시전자는 주위의 동정을 듣거나 보아 알 수 있게 되는 것이다.

하지만 지금 이들이 펼치고 있는 것은 실제 귀식대법이 아니었다. 그저 생으로 누워 있는 것뿐. 그 주위에는 변함없이 동네 노인들과 어린아이들이 구경에 여념이 없었다. 그리고 그 노인들 옆에는 표영이 오후의 햇살을 받으며 편안한 자세로 앉아 있었다.

"저거 혹시 죽은 거 아니지?"

노인 중 한 명이 묻자 표영이 웃으며 답했다.

"하하, 죽기는요. 그냥 쉬고 있는 거죠."

"그래도 어째 꼼짝도 하지 않는 게 영 불안하구먼."

"그러게 말여. 아침부터 지켜봤는데 도통 움직이질 않네. 숨이라도 쉴라치면 가슴이 솟았다가 내려앉을 텐데 그런 것도 아니고 말여."

그건 능파를 비롯한 모두가 무공을 익힌 터라 일반인들처럼 호흡하는 것이 드러날 정도로 표가 나지 않는 까닭이었다. 하지만 노인들은 아직 이들이 모두 무림고수라는 사실을 알지 못했기에 염려스러움을 감추지 못했다.

"내가 한번 확인해 봐야겠어."

"나도 감세."

몇몇 노인들이 궁금한지 호기심 섞인 목소리로 말한 후 누워 있는 일행에게 다가갔다. 그들은 눈을 까뒤집어 보기도 하고 코에 손을 가져다 대보기도 하면서 생존 여부를 확인했다.

"살아 있긴 하구먼."

"혹시 어디 아픈 것은 아니겠지? 요 며칠 계속 온 동네를 구르더니 끝내 탈이 난 모양이야."

"내 그럴 줄 알았지. 그러게 내 작작 좀 돌아다니라고 얼마나 말했었나. 늙은이 말 들어서 손해 볼 것 없다니까."

그런 노인들의 말에 죽은 듯이 누워 있는 모두는 울지도 웃지도 못했다. 귀식대법은 총 5일 간 계속될 터였다. 그동안은 눈을 떠서도 안 되고 말도 해서는 안 되며 조금이라도 움직여서는 안 되는 것이다. 그러니 식사를 못하는 것은 당연했고 물도 마실 수 없었다.

남들이 보기엔 잠이라도 자면 아무 힘도 들지 않지 않냐고 생각할지는 모르지만 그건 몰라서 하는 소리나 다름이 없었다. 잠을 자게 되면 몸을 뒤척이게 될 테고 그렇게 되면 그동안의 것은 다 무효가 되고 다시 처음부터 시작해야 하는 것이다. 그러니 누워 있더라도 결코 편한 시간이 아니었다. 노인들이 눈을 까뒤집어도 그냥 꿋꿋이 견디내야만 했다.

노인들은 다시 자리를 잡고 앉아 잡담을 나누기 시작했다. 그중 한 노인이 표영을 보고 물었다.

"이보게. 자네가 두목 맞지?"

표영이 멋쩍은 듯 머리를 긁었다.

"아하하… 그렇긴 하죠."

"쟤네들 언제까지 저렇게 있을지 알고 있나?"

"글쎄요. 쟤들이 고집이 보통 센 것이 아니라서 저도 잘 모르겠는걸요."

누워서 그 말을 듣는 모두는 순간 머리가 돌아버리는 것 같았다. 귀식대법을 펼치라고 한 사람이 누군데 저런 말을 태연히 할 수 있단 말인가.

"자네 말을 듣고 보니 정말 희한한 놈들이군."

옆에 있던 다른 노인이 좋은 생각이 난 듯 무릎을 치고 말했다.

"우리 내기하는 게 어떻겠나? 저렇게 언제까지 있을지 알아맞히기 하는 거 어때?"

"그거 재밌겠네."

"좋아. 밥 세 끼 내기 하세나."

"그래, 부담도 없고 좋지."

"나는 오늘 밤 자정까지로 하지."

"자네 너무 거지 떼들을 무시하는 거 아닌가. 저놈들이 보통 놈으로 보이냔 말일세. 개밥을 주식으로 삼고 뇌려타곤을 외치며 7일 간을 구른 놈들이야. 난 내일 모레 정오까지로 하겠네."

"그럼 난 삼 일로 하지."

온갖 추측들 속에 흥미진진하게 내기가 진행됐다. 그때 가만히 있던 표영이 끼어들었다.

"언제 일어나느냐를 가지고 내기를 하시는 것도 좋습니다만 제 생각에는 한 오륙 일 간은 일어나질 않을 것 같으니 차라리 여러 가지 방법으로 움직이게 하는 것이 어떨까요? 그래서 제일 먼저 저놈들을 움직이게 하는 분이 이기는 것으로 말이죠."

노인들은 모두 하나같이 좋아했다.

"그게 더 재밌겠는걸."

"그래, 그렇게 하자구."

노인들이 좋아한 것에 반해 능혼 등은 등줄기로 식은땀을 흘렸다. 귀식대법을 익히라며 꼼짝 말라고 할 때는 언제고 이제 와서는 깨어나게 하는 시합을 시키다니! 각자는 속으로 한마디씩 내뱉었다.

능파.
'지존께서는 우리가 얼마나 충성스럽게 말씀에 따르는지 보려 하심이다. 난 결코 지존을 실망시켜서는 안 된다. 그래, 능파. 넌 할 수 있어.'

능혼.
'교주께서는 어쩌자구 저러시나. 과연 이렇게 해서 언제 천하를 제패할꼬. 아, 심히 걱정이로구나.'

손패.
'지존의 말씀 속에는 내가 깨닫지 못한 깊은 뜻이 숨겨져 있을 것이다. 그것이 무엇인지는 모르지만 난 견뎌내고 말리라.'

제갈호.
'아, 씨파… 이거 해도 해도 너무하는 거 아냐. 내가 어쩌다 저런 놈한테 걸려서 이 고생을 하는지 모르겠구나. 이제 또 무슨 곤욕을 치를까.'

교청인.
'잘한다, 잘해. 아주 괴롭혀 죽일 생각이로구나. 그래, 날 죽여라, 죽여! 이놈아!'

만첩과 노각.

'어떻게 인간이 저리도 태연히 저런 말을 할 수 있을까. 인간이 아냐, 인간이 아니라구.'

그들이 각기 상념에 잠겨 다짐하고 혹은 괴로워할 때 노인들은 벌써 움직이기 시작했다. 한 노인이 제갈호에게 달라붙어 손가락으로 겨드랑이 사이를 간지럽혔다.
"헤헤, 이 방법에는 견딜 사람이 없는 법이지."
제갈호는 겨드랑이로부터 온몸으로 간지러움이 퍼지자 미칠 것만 같았다. 하지만 이대로 깨어날 수는 없는 노릇이다. 그는 주먹을 움켜쥐고 이를 악물어야만 했다. 한동안 제갈호를 간지럼 태우던 노인은 그가 아무런 반응도 보이지 않자 고개를 갸우뚱거리며 다른 방법을 생각하느라 머리를 굴렸다.
제갈호는 그래도 좀 나은 편이었다. 만첨과 노각에게는 성질 급한 두 노인이 달라붙었는데, 그들은 처음엔 흔들어보다가 점점 강도가 세지더니 이젠 아예 발로 걷어차고 있었다.
"어라? 이것 봐라? 꿈쩍도 하지 않네."
퍽퍽. 퍼퍼퍽.
발로 걷어차는 바람에 몸이 옆으로 틀어졌지만 만첨과 노각은 전혀 미동도 없었다. 물론 속으로는 온갖 욕을 다 퍼붓고 있었지만 말이다. 한편 능파에게 달라붙은 노인은 물을 한 동이 길어와서 얼굴에 부었고 능혼을 깨우려는 노인은 집에서 닭 털을 하나 뽑아와 콧구멍 속에 넣고 재채기가 나오게 하려 했다. 또한 손패의 경우엔 상황이 별로 좋지 못했는데 한 노인이 언제 가지고 왔는지 고춧가루를 탄 물을 가져와 콧구멍에 흘려넣고 있었기 때문이다. 거의 최악의 상황이라고 할 만했지만 손패는 불굴의 의지를 발휘하며 참아냈다. 하지만…….

주르륵.

그렇다. 참긴 했지만 눈물이 흐르는 것만은 막을 수 없었던 것이다. 손패는 마치 슬픈 사연이라도 간직한 사람처럼 누운 채 눈물을 눈가로 흘렸다.

그런 와중에도 형편이 가장 나은 쪽은 교청인이었다. 그녀는 그래도 여자 거지라는 이유만으로 보호를 받고 있는 식이었다. 그렇다고 교청인에게 아무런 일도 벌어지지 않은 것은 아니었다. 한 노인이 자신의 신발을 벗고서 교청인의 코에 대고 냄새를 풍겨대고 있었기 때문이다. 이렇듯 각자 참을 수 없는 고문을 당하는 가운데 제갈호는 더 이상 참고 있을 수 없었다.

'방주라는 놈을 내 죽여 버리고 말겠다!'

그는 인간으로서 받을 수 없는 온갖 괴롭힘에 항거하여 벌떡 몸을 일으켜 표영에게 달려갔다. 그리곤 놀란 눈으로 바라보는 표영에게 주먹을 날려 턱을 명중시켰다. 표영은 정통으로 얻어맞아 바닥을 나뒹굴었고 그렇게 넘어진 표영을 제갈호는 무지막지하게 짓밟았다.

―죽어라, 이놈아! 죽어!! 네가 그러고도 사람이라고 하고 다니느냐! 그동안 당한 것에 배로 갚아주마!

얼마나 후려 팼을까. 아예 쫙 뻗어버리고 심지어 꿈틀대지도 않게 되었을 즈음 주먹을 거둔 제갈호가 다른 일행들을 바라보았다. 모두들 놀란 눈으로 바라보다가 일제히 감탄을 토하며 무릎을 꿇었다.

―새로운 방주님이시다. 모두 엎드려 경배하자.

―제갈 방주님을 뵈옵습니다.

─영명하신 제갈 방주님, 천세 만세 누리소서.

한결같이 존경하는 눈빛으로 바라보자 제갈호가 손을 들어 답례했다.

─모두들 일어나라. 하하하! 이제부터 본 방은 나의 뜻을 따라 거지를 벗어나…….

그때였다. 제갈호의 귀로 어디선가 낯익은 목소리가 들렸다.

"어르신들, 어때요. 꿈쩍도 하지 않죠? 하하하, 그놈들 원래 대단한 놈들이라니까요."

그건 표영이 손가락으로 수하들을 가리키며 노인들에게 말을 건네는 소리였다.

그렇다. 벌떡 일어나 표영을 팬 일은 그저 제갈호의 상상일 뿐이었던 것이다. 단지 그렇게 되었으면 좋겠다는 그의 상상… 그리고 다시금 제갈호는 머리카락을 쥐어뜯는 노인에게 걸려 대머리가 될 위기에 놓이게 되었다.

귀식대법 나흘째.

귀식대법을 연마(?)한 지 벌써 나흘이 지났다. 여기에서 벌써라는 말은 순전히 관망하는 표영과 동네 노인들, 그리고 아이들의 입장에서일 뿐 능혼 등에게 있어서는 벌써가 아닌 겨우, 혹은 이제야 나흘이 지난 것뿐이었다. 총 닷새 간 익히게 되는 터라 장장 하루가 더 남게 되었으니 그 세월은 수년을 기다려야 하는 것보다 더한 기다림이요, 인내가 요구되는 시간이랄 수 있었다.

게다가 이들은 모두 나흘이 지나는 동안 물조차 마시지 못하고 온

갓 시달림을 당하느라 잠도 제대로 이루지 못한 상태였다. 그리고 지금은 나무에 거꾸로 매달린 상태라 피가 머리가 몰려 아무 잡념도 일어나지 않았다. 커다란 고목나무는 열매를 내는 유실수가 아님에도 불구하고 커다란 일곱 개의 열매를 달고 있었다. 헌데 특이한 것은 그 나무에서 맺힌 열매라는 게 거지들이라는 것이었다.

이들이 이렇게 매달리게 된 데는 노인들이 수작을 부린 것 때문은 아니었다. 노인들은 사흘째가 지나면서 아무도 움직이는 사람이 없자 질려 버려 내기를 포기하고 그저 관망하려고 했었다. 그때 표영이 말하길 '이번에는 나무에다 한번 매달아보는 게 어떨까요?' 라는 말을 꺼냈고, 노인들이 마지못해 고개를 끄덕이자 나흘째 되는 이날 아침부터 인간 열매가 된 것이었다.

여러 노인들 가운데 한 노인이 나무 위에 바라보며 표영에게 말을 건넸다.

"자넨 정말 대단한 부하들을 두었군. 여태까지 아무도 움직이는 사람이 없다니 너무 훌륭하지 않은가. 근데 말일세, 아무 뜻도 없이 저렇게 꼼짝 않고 있는 것은 아닐 텐데 특별한 목적이라도 있는 것일까?"

그 말에 다른 노인들도 혹시 무슨 재미난 말이라도 들을까 싶어 표영을 바라봤다.

"그러게 말이에요. 모두 제 부하들이지만 참으로 대단한 놈들이라고 생각하고 있답니다. 음… 그런데 어떤 목적이라… 글쎄요."

표영은 한 손으로 턱을 어루만지고 이맛살을 찌푸리며 애써 고민하는 표정을 짓다가 뭔가 생각난 듯 무릎을 세게 쳤다.

"아하! 그러고 보니 전에 이런 말을 들은 적이 있군요."

"뭔데?"

"뭐야?"

"뜸 들이지 말고 어서 말해 보게."

"그러니까 꽤나 전에 했던 이야기 같은데 지네들끼리 뭐라고 뭐라고 떠들면서 얼핏 들리는 소리에 무슨 철면피 신공을 익혀야 한다고 그러지 뭐겠습니까. 정말 웃기지 않습니까? 철면피 신공이라니……. 또 이런 말도 하더라구요. 어떤 상황에서도 부끄러워하거나 어색해하지 않는 경지에 올라야 한다고 마구 열변을 토하지 뭐겠어요. 정녕 저 놈들은 분명 거지로 대성할 수 있을 겁니다."

표영의 말에 노인들의 입에서 탄성이 터졌다.

"오호~ 철면피 신공이라… 거참, 대단하구먼."

"강호에는 무공이 뛰어난 사람들이 무슨무슨 신공을 익힌다고 하더니만 저놈들은 아주 특이한 놈들일세."

"근데 생각해 보니 그럴듯하군. 고춧가루를 코에 붓고 닭 털로 코를 간지럽혀도 재채기 한번 하지 않는 놈들이 아닌가 말이야. 그저께 주 영감이 저기 제일 끝에 있는 놈의 머리를 잡아당겼어도 꿈쩍도 하지 않았지 않은가. 그러니 세상천지에 무슨 날벼락이 떨어지고 부끄러운 일이 벌어져도 눈빛 하나 변하지 않을 거야."

"암, 그렇구 말구."

또 다른 노인은 표영을 걱정하기도 했다.

"이보게. 자네가 두목으로 있지만 늘 조심해야 하네. 저런 놈들이 한번 고집을 피우면 감당하기 힘든 법이야."

표영이 고개를 끄덕였다. 그 모습은 진지하기 그지없었다.

"그래야죠. 늘 조심하겠습니다."

실제 이런 노인들과 표영의 대화는 매달려 있는 능파 등에게 고스란히, 그리고 또렷이 들렸다. 듣지 않으려면 귀를 막아야 하나 손을 움직일 수도 없는 노릇이 아닌가. 하지만 이제 이들 모두는 황당해하거나 혹은 분노가 일지도 않았다. 그저 인생이 다 끝나기라도 한 것처럼 마냥 두 팔을 축 늘어뜨린 채 바람이 일면 조금씩 흔들릴 뿐이었다.
　그리고 그 아래로는 여전히 표영과 노인들이 재잘거리며 이야기를 나누고 아이들은 술래잡기를 하며 뛰어다니느라 정신이 없었다.

13장
금강불괴

금강불괴

"야, 이 거지새끼들아! 니들이 인간이냐, 뭐냐! 어? 그렇게 밥만 축내고 그게 사람이 할 짓이냐? 정녕 죽고 싶은 거냐?"

신합 마을의 촌장 성산봉은 얼굴에 핏대를 세우고 표영을 향해 욕을 퍼부었다. 촌장의 뒤쪽에는 마을 아저씨들이 여러 명이 자리하고 있었는데 하나같이 심상치 않은 표정을 짓고 있는 것이 당장에라도 욕을 뱉어낼 기세였다. 촌장으로부터 한바탕 욕을 뒤집어쓴 표영은 마치 큰 죄를 지은 사람마냥 뺄쭘하게 서서 어쩔 줄 몰라 했다. 그런 표영을 향해 다시 성산봉이 핏대를 세웠다.

"이 거지새끼들아! 젊은 놈이나 늙은 놈들이나 어쨌든 밥값은 하고 살아야 할 것 아니냐! 이 썩을 놈들 같으니라구!"

죽일 듯이 외쳐 대는 성산봉의 말은 사나운 기세가 역력했지만 그 말에는 지금 상황과 도무지 맞지 않는 모순된 부분이 있었다. 지금 그

앞에는 표영 혼자만 서 있을 뿐이건만 그는 말끝마다 '거지들아' 라고 복수형으로 말하고 있는 것이다.

성산봉은 급기야 옆에 놓인 몽둥이를 집어 들고 표영의 머리를 내려쳤다. 그때 표영이 손을 번쩍 들고 화사한 미소를 지으며 소리쳤다. 방금 전과는 하늘과 땅 차이가 있는 얼굴이 아닐 수 없었다.

"여기까지입니다. 아주 잘하셨어요."

게다가 어찌 된 일인지 촌장 성산봉도 언제 화를 냈었냐는 듯 멋쩍게 웃으며 머리를 긁었다.

"괜찮았나? 하하하… 이거 난 아무리 해도 어색하기만 하네."

뒤쪽에 있던 마을 아저씨들도 굳은 표정을 풀고 일제히 박수를 쳤다.

"훌륭합니다, 촌장님. 아주 실감나는걸요."

표영도 연신 엄지손가락을 치켜세우며 칭찬을 아끼지 않았다.

"이렇게 짧은 시간에 능숙한 연기를 펼치시다니 본 거지로서는 그저 감탄스러울 따름입니다."

하지만 곧바로 안색을 신중하게 한 후 주의를 주는 것을 잊지 않았다.

"촌장님, 지금은 연습이니까 몽둥이질을 하지 않으셨지만 실전에서는 진짜로 휘두르셔야 합니다. 몽둥이질 연습은 잘하고 계시겠죠?"

그 말에 성산봉이 슬그머니 몽둥이를 내려놓으며 말했다.

"그게 말이야… 이제껏 누굴 때려본 적이 없어서 여간 힘든 게 아니라네."

"어허, 그렇게 약한 마음을 품으셔야 되겠습니까. 자꾸 그렇게 약한 마음을 가지시면 해적들을 소탕하는 계획은 취소해 버릴 겁니다."

지금 표영이 꾸미고 있는 일은 수하들에게 금강불괴를 익히게 하기 위해 촌장으로부터 시작해서 마을 주민들을 교육시키고 있는 중이었다. 워낙에 이곳 신합 지역의 사람들이 선량하고 따스한 마음을 가진 이들이라 화를 내는 것과 후려 패는 연습을 시켜야만 했던 것이다.

또한 해적들에 대한 이야기는 무엇인가 하면 해적들이 부정기적으로 찾아와 재물과 곡식을 뜯어간다는 말을 표영이 듣고서 그동안 얻어먹은 것들에 대한 보답으로 해적들을 소탕해 준다고 말한 내용이었다. 하지만 정작 촌장 성산봉은 극구 말리고 있는 입장이었다.

"근데 말이네, 자네가 말한 해적 소탕 말일세. 그건 아무래도 너무 무리하는 것이 아닐까?"

표영은 촌장이 하는 말이 무슨 뜻인지 잘 알고 있었다. 괜스레 풀을 건드려 뱀을 놀라게 하는 것처럼 해적들을 격동시켜 더 큰 보복을 받을 것이 두려운 것이다. 또한 촌장은 아무 죄도 없이 거지들이 해적들에게 죽게 될 것도 염려스러웠다.

"염려 마세요. 해적들을 만나도 마을 이야기는 하지 않을 테니까요. 그리고 실제 그 녀석들 정도는 한주먹거리도 되지 않아요. 하하하하!"

표영은 크게 웃었지만 촌장을 비롯한 마을 사람들은 심히 걱정스러웠다. 이제 어느 정도 정이 들었는데 무슨 생각으로 해적들에게 간다고 하는지 도통 알 수가 없었던 것이다. 표영이 웃음을 멈추고 다음 차례를 불렀다.

"자, 그 다음은 고 씨 아저씨 나오세요. 한번 멋지게 화를 내보시길 바래요."

40대 장년 고욱이 멋쩍은 미소를 지으며 자리에서 일어났다. 그의 입이 어눌하게 열렸다.
"자, 잘해야 할 텐데… 부족해도 너그럽게 봐주게."
"아무렴요."
표영이 환히 웃어준 것에 용기를 얻은 고욱이 크게 소리쳤다.
"이 거지새끼야! 어디 와서 빌어먹겠다는 것이냐! 내 손에 죽고 싶은 거냐!"
고욱도 촌장이 그리했던 것처럼 침을 튀기며 분노를 발했다. 그렇게 능파를 비롯한 수하들에게 금강불괴를 수련케 하고자 애쓰는 표영의 준비 작업은 열심히 진행되었다.

금강불괴 첫째 날.
표영은 촌장의 집 앞에 이르러 수하들에게 말했다.
"자, 오늘부터는 본격적으로 금강불괴를 익히도록 하겠다. 우리의 금강불괴는 진개방 특유의 것으로 소림사의 것과는 차원을 달리하는 것이다."
차원을 달리한다는 말을 유달리 강조하는 바람에 교청인의 얼굴이 울상으로 변했다.
'이번에는 또 무슨 수작을 부리려고 저리도 거창하게 떠드는 걸까. 며칠 전부터 어디를 싸돌아다니더니 무슨 음모를 꾸미고 있는 것도 같은데… 대체 무엇이 기다리고 있으려나.'
그녀는 참혹한 귀식대법 수련이 끝난 후 만천화우를 익혔던 시간들을 떠올렸다. 사실 그녀로서는 다시는 기억하고 싶지 않은 것이었지만 사람이란 게 잊으려 하면 더욱 떠오르지 않던가.
만천화우가 대체 뭘 의미하는 것일까 궁금해하던 그녀에게 떨어진

지상 명령은 머리의 비듬을 움켜쥐고 날리는 수련이었다. 이로 인해 그녀가 깨달은 것은 무공 이름이 거창한 것일수록 수련의 처참함은 말로 하기 힘들다는 점이었다. 예전의 그녀라면 어찌 비듬을 암기처럼 날린다는 것을 상상이라도 했겠는가. 하지만 그녀는 눈물을 뿌리며 오 일 간에 걸쳐 밤낮으로 비듬을 날려야만 했다.

'그래… 교청인아, 이번 금강불괴만 통과하면 수련이 마쳐지니 조금만 더 인내를 갖도록 하자. 영약 복용에 뇌려타곤까지 이룬 내가 뭘 못하겠느냐.'

그녀는 거의 체념의 수준까지 이른 상태였다. 그녀의 짧은 상념은 표영의 말에 의해서 깨어졌다.

"…너희는 금강불괴를 연마하는 과정에서는 어떤 험악한 일이 벌어진다고 해도 절대 내공을 운용해서는 안 된다. 오로지 호신강기를 펼침에 있어서는 몸의 비축한 때의 두께에 의존해야만 할 것이다. 알겠느냐?"

"네! 명심하겠습니다!"

뭔지는 모르지만 모두들 대답 소리만큼은 우렁찼다. 표영은 고개를 끄덕이고 흡족한 미소를 머금고 안으로 들여보냈다.

"자, 가라. 그리고 꼭 밥을 얻어서 나오도록 해라."

능혼 등의 눈이 휘둥그레지며 서로를 마주 봤다. 이건 너무도 의외였던 것이다. 금강불괴라고 해서 특이한 것이 기다리고 있을 줄 알았건만 거지 본연의 구걸을 하는 것이라니……. 이 정도는 식은 죽 먹기나 다름이 없었다.

'지존께서는 마지막이라고 조금 수월한 것을 준비하셨구나.'

'후후, 이 마을 사람들은 한결같이 마음씨가 좋으니 구걸이야 무슨

문제가 있겠는가. 우리가 영약 복용을 할 때도 왜 굳이 개밥을 먹느냐며 밥을 싸주곤 했지 않던가.'

'휴~ 한시름 났다.'

각자 안도의 한숨을 내쉬며 문을 열고 안으로 들어갔다. 가장 수련에 적극적이면서 또한 제일 나이가 많은 능파가 큰 소리로 외쳤다.

"계시오~ 밥 좀 얻으러 왔소이다만!"

능파의 소리를 들으며 모두는 은은한 미소를 머금었다.

'촌장님이 환한 미소를 지으며 반기시겠지? 아무렴. 촌장님이 어떤 분이신데… 후후후.'

하지만 안에서 들려오는 소리는 기대를 산산이 부숴 버리는 말이었다.

"어떤 새끼들이냐? 어디 할 짓이 없어서 거지 짓을 하고 다니는 것이냐!"

"커억~"

경악성을 지르면서 모두는 각자의 귀를 의심했다.

'이, 이게 아닌데…….'

기대와는 달리 촌장 성산봉은 거세게 문을 박차듯이 열고 한 손에는 몽둥이를 든 채 달려들었다.

"이 거지새끼들이 완전히 돌아버렸구나. 오늘 본때를 보여주마!"

그는 인정사정없이 몽둥이를 휘두르며 누구 가릴 것 없이 패버렸다. 이미 촌장은 표영으로부터 수많은 훈련을 받은 터라 손에 사정을 두지 않았다. 능파 등은 표영으로부터 혹시 맞더라도 절대 내공을 사용하거나 손을 쓰지 말도록 이야기를 들은 터라 속절없이 몽둥이 세례를 받을 수밖에 없었다. 하지만 능파를 비롯한 모두는 맞으면서도 도무지 이 상황을 이해할 수가 없었다. 어찌 이 순하디순한 사람들이 이렇게 변할 수가 있단 말인가. 그때 촌장 성산봉이 안쪽을 향해 외쳤다.

"다들 나오게! 여기 거지새끼들이 왔네! 나 좀 도와줘야겠어!"

교청인이 손으로 머리를 감싼 채 주저앉아 있다가 이건 또 뭔 소린가 하고 안쪽을 바라보았다.

'또 누가 있었나? 그저 한두 명 정도 더 있겠지.'

안을 바라보던 그녀의 동공이 방울만하게 커졌다.

"으게게켁!"

그녀의 입에서 해괴한 비명이 터져 나왔다. 집 안에서 약 십여 명의 마을 주민들이 우르르 몰려나온 것이다.

'뭐, 뭐 이런 경우가 다 있어?!'

그때부터 마당에서는 몽둥이가 사방을 날았다. 촌장 혼자서 몽둥이를 휘두를 때는 그런대로 맞을 만했지만 이젠 장난이 아니었다. 마당 중앙으로 몰린 채로 머리를 감싸 쥐고 주저앉아 맞느라 정신이 없었다.

수없이 날아드는 몽둥이들 중에서 제갈호와 교청인의 눈가에 어디서 자주 본 듯한 몽둥이가 보였다. 그 몽둥이는 다른 것에 비해 한 번씩 몸을 때릴 때마다 유달리 아프게 했다. 맞는 가운데서도 눈을 힐끔 들어 바라보니 거기엔 표영이 신바람을 내며 타구봉을 휘두르고 있는 것이 아닌가. 둘의 얼굴이 처참하게 일그러졌다.

'아, 씨발… 저것이 두목이라고……. 에라, 이 방주 개자식아!'

'나쁜 놈, 개새끼, 방주 이 더러운 놈!'

둘은 속으로 온갖 욕을 해대며 표영을 씹었다. 결국 이 모든 변화는 방주의 음모였던 것이다.

　수많은 몽둥이질 속에 금강불괴 수련은 이어졌고 장장 오 일 동안 마을을 돌며 계속됐다.

14장
창룡방

창룡방

 약 두 달여 동안의 거지 수련이 마쳐진 후 드디어 해적을 소탕하는 시간이 되었다. 해적 토벌을 외치며 바닷가에 이른 표영 일행들 앞에는 신합 마을의 촌장으로부터 마을 유지들, 그리고 촌민들이 전송코자 나와 있었다.
 그들의 표정은 아쉬움과 안타까움으로 가득 차 있었고 개중엔 상복(喪服)을 입고 나온 사람도 있었다. 누가 죽은 사람도 없는 마당에 굳이 상복을 입고 나온 이유는 정든 거지들이 해적들을 만나면 살아날 가망성이 없을 것이고 그 시체도 찾을 수 없을 것이라 생각했기 때문이었다. 그렇기에 모두는 한결같이 초상을 치르는 마음으로 표영을 바라보고 있는 것이다.
 하지만 표영은 사람들의 걱정 어린 눈동자는 무시하고 아무렇지도 않다는 듯 손을 흔들며 말했다.

"걱정들 마시고 어서들 집에 들어가세요. 곧바로 돌아오겠습니다. 하하하!"

표영의 말은 매우 활기가 넘치고 모습은 정감 어린 것이었지만 마을 사람들의 눈에는 마지막 작별 인사로 비춰졌다.

"흑흑… 그래도 그동안 정들었었는데……."

"잘 가, 거지들아. 이제 가면 언제 올까……."

"왜 저렇게 죽으려고 하는 걸까?"

"우리가 뭐 잘 못해준 거라도 있었나?"

마을 사람들은 거지들이 타고 있는 배 주위에 이미 하늘로부터 저승사자들이 도착해 있을 것이라 생각했다. 그 가운데 아이들은 울먹이며 각자 부모에게 매달렸다.

"엄마, 엄마, 거지님들이 왜 나쁜 해적들에게 가는 거야? 가지 말라고 해봐… 응? 어서, 엄마."

"거지님들~ 부디 죽어서는 좋은 곳으로 가세요~"

배에 올라탄 일행 중 무공이 얕은 이가 없었기에 그 말들은 속속들이 귓가로 파고들었다. 표영도 그렇고 모두는 웃음이 터져 나오려는 것을 억지로 참아야만 했다. 나중에 해적들을 잡아오면 과연 어떤 표정을 지을지가 벌써부터 궁금해졌다.

일행이 탄 배가 서서히 육지에서 멀어져 가자 마을 사람들은 배를 향해 일제히 세 번 절을 올렸다. 본격적으로 초상을 치르고 있는 것이다.

"하하하, 사람들이 정이 너무 많아도 문제군. 이젠 아예 우릴 죽은 사람 취급하고 있구나."

표영이 너털웃음을 터뜨리자 모두가 따라 웃었다. 모두의 기분은 상당히 좋은 상태였다. 영원히 끝나지 않을 것 같은 거지 훈련도 마쳐진 데다 오랜만에 몸을 풀 기회가 주어졌으니 어찌 좋지 않을 수 있겠는가. 마을 사람들의 걱정과는 정반대로 일행들은 기분이 들떠 어서 빨리 해적들이 나타나기만을 손꼽아 기다렸다.

'해적이든 산적이든 뭐든지 빨리 나타나기만 해라. 썅!'

표영이 배에 기대앉은 채 발로 손패를 툭툭 건드리며 물었다.

"얼마나 남았느냐?"

손패가 머리를 조아린 후 해적 근거지의 위치를 가늠해 보고 답했다.

"이제 약 반 시진(1시간) 정도면 창룡방의 거점 중 최전방에 위치한 선참도에 도착하게 됩니다."

손패가 알고 있기로 창룡방은 세 개의 섬을 근거지로 활용하고 있었다. 그중 육지에서 가장 가까운 선참도는 육지 약탈에 힘을 쏟는 거점이었다. 표영은 이 정도면 주의를 줘야 할 시점이라 여기고 모두를 향해 입을 열었다.

"이제부터 내가 하는 말을 잘 들어라. 이번 창룡방을 접수하는 건 말 그대로 접수일 뿐이다. 연약한 해적들을 상대함에 있어 죽이거나 다치게 하는 일을 저지르는 놈은 앞으로 내 얼굴을 다시는 못 보게 될 줄 알아라. 알겠느냐?"

"네!"

모두가 일제히 한 목소리로 답했다. 하지만 그것으로 답변이 끝난 것은 아니었다. 능파가 손을 번쩍 들었다.

"방주님! 드릴 말씀이 있습니다!"

"뭐냐?"

표영이 발을 까딱거리면서 물었다.

"아무래도 해적 놈들이라면 질이 좋지 않을 테니 교육을 목적으로라도 다리 한 짝씩은 부러뜨려야… 네?"

능파의 말은 끝을 맺지 못했다. 표영이 검지손가락을 입에 대고 쉿 하고 말을 끊었기 때문이다.

"오호라… 어라어라… 능파! 말이 제법 많아졌구나. 네가 감히 내 말에 토를 달겠다는 것이냐?"

표영은 이 마두들을 풀어놓으면 얼마나 포악하게 될지 모르는지라 도착하기 전에 확실히 해두어야겠다고 생각했다. 어느 정도 시각적인 효과나 경고성으로 뭔가를 보여줄 필요가 있는 것이다. 능파는 어쩔 줄 몰라 하며 허리를 숙이고 진땀을 흘렸다.

"아하하… 제가 어찌……."

당황함이 역력한 능파가 수염을 흔들릴 정도로 머리를 조아렸지만 이미 때는 늦은 지 오래였다.

"능파, 네놈은 힘이 남아도는가 보니 배에서 내려 직접 헤엄쳐 쫓아오도록 해라."

"네?! 조, 존명."

누구 말이라고 거부하겠는가. 능파가 풍덩 하고 바다에 몸을 던졌다. 표영이 쓰윽 돌아보고 손패에게 명했다.

"손패, 속력을 더 내라. 이래서야 언제 가겠다는 거냐. 어서어서 가자."

능혼은 얼굴이 핼쑥하게 변했다. 능파의 머리는 바다에 잠겨 보이지도 않았다.

'형님은 전혀 자맥질을 못하는데…….'

물론 그렇다고 초절정고수가 익사할 리는 만무한 일이었다. 단지 조금 고생할 뿐 조금만 지나면 익숙해질 것이리라. 배는 속도를 더해 앞으로 나아갔고 능파는 손을 휘저으며 가라앉았다 솟아올랐다 하면서 헤매고 있었다.

"어라어라? 능파, 좀 더 힘을 내라. 늦게 오면 네놈은 앞으로 데리고 다니지 않겠다."

내공을 실어 날린 말에 능파는 더욱 마음이 급했다. 이렇게 허우적거릴 수만은 없었다. 깊이 잠수하고 몸을 쭉 뻗어 앞으로 나가고 다시 솟아올라 호흡을 채우고 다시 잠수하여 뻗어 나가는 방법으로 배를 뒤쫓아갔다.

조금 지나자 능파의 형체는 보이지도 않았다. 그리고 다시 반 시진이 채 되지 않았을 때 배는 선참도를 눈앞에 두게 되었다. 거기엔 한 척의 큰 배와 대여섯 척의 작은 배들이 정박하고 있었는데 그중 두 척의 작은 배가 쏜살같이 표영 일행에게로 다가왔다.

"하하하, 우리 진개방의 새로운 거지들이 마중 나오는구나."

표영이 기분 좋게 웃어 젖힐 때 어느새 배가 이르렀다. 각 배에는 다섯 명씩 합이 열 명의 산적들이 있었는데, 그들의 잔뜩 기대하던 얼굴이 삽시간에 험악하게 변해 버렸다. 좋은 건수는커녕 떨거지들이 앉아 있으니 기분이 좋을 리가 없었던 것이다. 그들 중 한 명이 인상을 구긴 채 소리쳤다.

"거지새끼들이 간덩이가 배 밖으로 튀어나왔나 보구나! 감히 이곳이 어디인 줄 알고 찾아온 것이냐!"

그 말에 표영이 두 팔을 활짝 벌리고 환하게 웃었다.

"하하하! 반갑구나, 부하들아. 그동안 고생이 많았나 보구나. 모두들 얼굴들이 많이 상했는걸?"

표영의 말이 신호라도 되는 듯 능혼과 제갈호, 그리고 교청인과 만첨과 노각이 일제히 신형을 날려 해적들의 배에 착지했다.

휘휘휙―

몇 번 신형이 왔다 갔다 한 사이에 이미 열 명의 해적들은 혈이 제압당해 곧바로 배에 드러눕고 말았다.

"이, 이건 뭐, 뭐냐……. 네놈… 아니, 당신들은 누구요?"

어떻게 제압당했는지도 파악하지 못한 채 쓰러진 것이라 해적들의 놀람은 극에 달했다. 그들도 칼질이라면 웬만큼 자신있는 분야가 아니던가. 하지만 지금의 적들은 격이 달랐다. 그렇기에 네놈이라고 하려던 말을 급히 바꿔 당신들이라고 말하게 된 것이다.

"우리? 우리는 해적 잡는 거지들이다. 하하하! 어서 가자."

표영의 너스레에 해적들은 저마다 황당한 표정을 지으며 할 말을 잃어버렸다. 곧바로 손패가 기존에 타고 온 배에 오르고 해적들이 타고 온 배는 해적들 중 두 명을 풀어주어 선참도로 향하게 했다.

그때 선참도에 있던 해적들은 당연히 포획해 오는 것으로 생각하고 아예 관심조차 갖지 않고 느긋하게 기다리고 있었다. 하지만 일 다경(약15분) 정도가 지나기도 전에 선참도에는 있던 오십여 명 정도의 해적들은 넓은 공터에 무릎을 꿇고 앉는 신세가 되고 말았다. 그들로서는 마른하늘에 날벼락이 아닐 수 없었다. 그들의 앞에는 표영이 팔짱을 끼고 모두를 내려다보았고 능파 등이 좌우로 시립했다.

"에~"

표영이 길게 말꼬리를 늘이며 연설을 준비했고 해적들의 시선이 집중됐다.

"세상에는 많은 사람들이 있고 또 많은 일들이 있다. 하지만 그것들 중에는 해야 할 일들이 있고 해서는 안 되는 일들이 있음을 알아야 한다. 네놈들은 해적 짓이 마땅히 해야 할 일이라고 생각하느냐?"

조용~

해적들은 아직까지 무슨 의도로 하는 말인지 감을 못 잡은 터라 아무도 대답하는 이가 없었다. 그러자 표영의 옆에 있던 능혼이 손을 날려 근처에 있던 바위를 쳤다.

푸스스―

주먹을 받은 바위가 가루가 되어 부서져 내렸고 해적들의 눈이 휘둥그레졌다. 그리고 그때부터 사태를 파악한 해적들이 일제히 고함치듯 대답하기 시작했다.

"해적 짓을 해서는 안 됩니다! 그건 죽일 놈들이나 할 짓입니다!"
"부모님께서 어렸을 때부터 착하게 살라고 했습니다!"
"저희 부모님도 마찬가지입니다! 아버지는 도둑이셨는데 저에게만은 바르게 살라고 하셨습니다!"
"해적들은 모두 나쁜 놈들입니다!"
"아주 그런 놈들은 쳐 죽여야 합니다!"
"전 원래 착했는데 잡혀와 어쩔 수 없이 이곳에서 해적 짓을 하고 있었을 뿐입니다. 믿어주십시오!"
"해적만 빼고 앞으로는 뭐든지 하겠습니다!"
"거지가 최곱니다! 만세 만세! 거지님들, 만세!"
"나도 만세~!"

한바탕 난리 소동이 벌어졌다. 그전까지 해오던 해적 짓에 대한 온갖 비난이 쏟아졌다. 능혼의 주먹질의 효과는 그만큼 확실했다. 표영이 손을 들어 조용히 하라는 신호를 보냈기에 망정이지 그렇지 않았다면 하루 내내 해적에 대한 불만과 그에 따른 폐해를 부르짖었을지도 몰랐다. 장내가 고요해지자 표영이 입을 열었다.

"이곳에 책임자가 누구냐?"

그 말이 떨어지기 무섭게 모두의 시선이 중앙에 있는 한 사람에게 쏠렸다. 시선을 받은 광포묵이 멋쩍은 미소를 지었다. 머리에 붉은 띠를 두르고 왼쪽 뺨에 긴 검상을 간직한 얼굴의 광포묵이 지어낸 미소는 보는 이로 하여금 안타까움을 느끼게 하기에 충분했다. 그가 언제 이런 간지러운 미소를 지어봤겠는가.

"헤에~ 접니다만……."

표영이 제갈호에게 손을 내밀어 어느새 긁어낸 때덩어리를 넘겨주었다. 제갈호로서는 이미 자신이 섭취했던 것인지라 또 독약이라 생각했다.

"제갈호, 저놈에게 먹여라."

"네."

광포묵은 불안감에 사색이 되었다.

"저 말 잘 듣겠습니다! 제발… 살려주세요!"

하지만 이미 제갈호에 의해 광포묵의 입은 벌어지고 때독이 들어갔다. 광포묵은 퀴퀴한 냄새가 풍기는 가운데 꾸역꾸역 삼켰다. 제갈호가 친절하게 광포묵의 귓가에 속삭였다.

"너도 짐작했겠지만 이건 독이거든. 음… 해독은 1년 동안 어떻게 하는가를 봐서 방주께서 허락을 생각해 보실 것이다."

광포묵은 몸에 힘이 축 빠져 그 자리에 바로 주저앉았다.

'씨발, 이게 대체 뭐람… 어째 이렇게 재수가 없는 거냐.'

그때 표영이 씨익 웃으면서 말했다.

"광포묵, 너는 일단 이곳에서 수하들이 이탈하지 않도록 관리하고 있어라. 한 놈이라도 이탈자가 생기면… 흐흐흐, 어떻게 되는지 알겠지?"

"그럼요, 그럼요… 이 한목숨 다해 명을 따르겠습니다!"

선참도를 가볍게 점령한 뒤 다시 배를 타고 다음 장소로 출발하려는데 어디선가 다급한 외침이 들렸다.

"방주님, 이제 용서해 주세요. 저도 데려가 주셔야죠."

능파였다. 죽을힘을 다해 헤엄쳐 결국 상황이 다 끝난 후 섬에 이른 것이었다. 표영이 반갑게 손을 흔들었다.

"오호, 능파~ 어서 힘을 내라. 너무 느리구나. 하하하!"

그리고 다시 눈을 돌려 손패를 바라보고 말했다.

"손패, 전속력으로 항진하라."

다시금 배는 능파를 버려두고 다음 장소인 중해도를 향해 나아갔다.

"능파, 어서 와라. 너무 느리구나. 하하하!"

다시금 능파는 거품을 물지 않을 수 없었다.

"크아악~ 지존이시여~!"

해적들의 두 번째 근거지인 중해도의 상황도 선참도와 크게 다를 바 없었다. 그곳의 책임자인 부방주 오결은 회선혼을 먹고 넋을 잃고 주저앉고 말았다. 그리고 그는 어린아이마냥 울어 젖혔다.

"으아앙~ 내 팔자야~"

중해도에 머물고 있는 해적들의 수효는 대략 100여 명가량이었는데 아무래도 수효가 수효다 보니 이곳에는 만첨과 노각을 두고 떠났다.

"애들 심하게 다루지 말고 잘 지켜보고 있도록 해라."

그렇게 대수롭지 않게 중해도를 점령한 후 다시 배를 출항시켰다.

능혼은 형님이 걱정돼 어디쯤 왔나 보려고 바다에 눈길을 주니 멀리 물이 출렁이는 것이 분명 형님일 것 같았다. 능혼은 차마 '방주님, 이제 용서해 주시면 안 되겠습니까?'라는 말을 내뱉지 못하고 그저 물끄러미 표영을 바라보았다. 표영은 무슨 뜻으로 바라보는지 충분히 짐작하고서 고개를 끄덕였다.

'아, 이제 지존께서 용서하시려는가 보구나.'

표영이 입을 열었다.

"자, 다시 전속력으로 달려가자."

능혼의 눈에 체념이 스쳤다.

'그럼 그렇지, 지존께서 쉽게 마음을 돌리시겠는가.'

배는 다시금 능파를 떼놓고 해적들의 본거지인 해왕도로 빠른 속도로 달려갔다.

"뭐냐, 이거… 아무도 없잖아."

표영이 해왕도에 도착한 후 주위를 두리번거리며 황당하다는 듯 손패를 향해 물었다. 손패는 괜히 송구스러움에 젖어 머리를 조아렸다.

"방주님, 이곳은 해왕도가 틀림없습니다만… 아마도 모두 작업을 나갔나 봅니다."

표영이 고개를 끄덕이고 능혼을 불렀다.

"음… 능혼!"

"하명하십시오, 방주님."

"자갈과 청인과 함께 섬을 샅샅이 뒤져 혹시 남은 자가 있는지 찾아와라."

"명을 받들겠습니다."

잠시 후 능혼 등은 네 명의 해적을 잡아왔다. 능혼과 교청인이 한 명씩 들고 제갈호가 두 명을 들쳐 메고 달려와 내려놓았다. 표영이 바닥에 누워 있는 해적 중 하나에게 물었다.

"창룡방주는 어디에 있느냐?"

"나는 모른다, 이놈들아. 차라리 날 죽여라!"

역시 본거지라서 그런지 앞서 선참도와 중해도에서 보아온 해적들과는 상태가 달랐다. 표영이 고개를 끄덕였다.

"오호~ 의리가 깊구나. 사나이는 의리가 있어야 하는 법이지. 좋다."

말을 한 해적은 욕을 하고 의리가 있다는 칭찬을 받자 괜히 우쭐해졌다. 영웅은 영웅을 알아보고 의리가 있는 자는 의리를 아는 자를 아끼는 법이다. 그는 죽지는 않겠다는 생각이 들었다. 표영의 말이 이어졌다.

"그래… 넌 의리가 있으니 그냥 죽어라. 자자, 그 옆에 있는 해적에게 물어볼까?"

"커억!"

처음 강하게 말했던 해적의 심장이 배 밖으로 튀어나왔다가 다시 안으로 들어갔다. 대수롭지 않게 죽이겠다고 하자 괜히 세게 나갔다는 생각이 들며 후회가 밀려들었다.

"아까 한 말 취소입니다요. 저 의리없는 놈입니다. 제발 저에게 기회를 주십시오."
 정신이 없을 정도로 자신은 의리가 없다는 것을 강조했다. 그러자 두 번째 지목된 해적이 반발했다.
 "야, 새끼야! 왜 한 입으로 두말하는 거냐! 내가 말할 테다!"
 둘은 옥신각신하며 서로 말하겠다고 난리를 떨었다. 혈이 제압당한 채 바닥에 꼼짝 않고 누워 말싸움하는 모습은 참으로 가관이었다.
 "아주 꼴값을 떨어라, 꼴값을 떨어."
 표영이 타구봉을 꺼내 둘의 머리를 갈긴 후 물었다.
 "어디로 갔는지 빨리 말해."
 "방주께선 전 수하를 이끌고서 야유회를 떠나셨습니다."
 "음… 그래. 우리도 그곳으로 간다."
 표영은 그들 중 한 명을 데리고 창룡방주를 찾아 나섰다. 배는 타고 온 것을 두고 해적들의 배 중 큰 배를 타기로 했다. 조금은 속도를 더 높이기 위함이었다. 얼마나 갔을까. 대략 밥 한 끼 할 시간이 지나 멀리 커다란 범선이 눈에 띄었다.
 "저 배입니다."
 "가까이 붙여라."
 가까이 근접한 가운데 해적선의 면모가 드러났다. 전면에는 큰 해골 모양을 달고 있었는데 배 위에서 흥청망청 해적들이 술판을 벌이고 있어 배가 가까이 다가가도 크게 주의를 기울이지 않았다. 같은 동료들이 온 것이라 생각했기 때문이다. 두 배가 약 5장(17미터) 가까이 붙게 되었을 때 표영과 그 일행의 신형이 해왕선으로 날았다.
 그때서야 비로소 해적들은 웬 떨거지들이 왔냐는 표정으로 동작을 멈추고 바라보았다. 배 중앙에는 큼직한 의자에 창룡방주로 짐작되는 이가 자리하고 있었는데 그는 좌우로 여인들을 껴안고 껄껄껄 웃음을 터뜨리고 있었다. 그의 이름은 공염으로 용모를 살펴보자면 두목답게 장대한 기골을 갖추었고 특이하게도 눈이 붕어처럼 불쑥 튀어나와 있었다.

"거기, 붕어 눈. 네가 두목이냐?"

표영의 말에 창룡방주 공염이 붕어눈을 더욱 부라리며 노려봤다.

"뭐 하는 미친놈들이냐?"

그는 특이하게도 전음으로 되물었다. 그 전음은 조금 특이했는데 그건 대게 전음이 일 대 일로 의사 소통이 이루어지는 데 비해 표영 일행에게 모두 들리게 했다는 점이었다. 이것은 아무나 할 수 있는 것이 아니었다. 절정의 고수들 중에서도 어려운 능력이라 할 수 있었다. 표영 등은 자신에게만 이야기가 들리는 줄 알고 각자 답했다.

"보면 모르냐? 우린 거지다."

"알 것 없어, 자식아."

"진개방이다."

"후후후."

"누굴 보고 미친놈이라고 하는 게냐!"

일제히 답한 후 표영을 포함한 다섯은 서로를 돌아보고 고개를 갸우뚱거렸다.

"어라? 전음이 다 들린 건가?"

표영의 말에 여유를 갖고 있던 능혼도 긴장하는 눈빛으로 변한 채 답했다.

"그런 것 같습니다."

"역시 두목답게 한가락 하는군."

다시 공염의 전음이 귓가에 파고들었다.

"거지면 거지답게 놀 것이지 죽고 싶어 안달이 난 게로구나."

공염이 수하들을 향해 눈짓을 보냈다. 그러자 일제히 해적들이 함성을 내지르며 표영 일행에게로 달려들었다. 대략 200여 명 정도가 되는 해적들이 모두 칼을 뽑아 들고 개미 떼처럼 몰려들었지만 대부분 손이 뻗어가는 대로 칼 한번 휘둘러 보지 못하고 바닥에 드러눕는 상황이 펼쳐졌다.

공염의 얼굴이 삽시간에 흙빛으로 변했다. 그의 머리는 빠르게 회전했다. 과연 이들을 이런 방법으로 물리칠 수 있을 것인지 아닌지를 계산하는 것이다. 하지만 아무리 이리저리 머리를 굴려봐도 이 정도의 고수들을 물리칠 수는 없다는 결론에 도달했다.

'어디서 이런 괴물 같은 놈들이 찾아왔단 말이냐! 음… 이들과 정면으로 승부해서는 결코 득 될 것이 없겠구나.'

공염은 길게 휘파람을 불었다. 그것은 창룡방에서 통하는 암호 같은 것으로 어떤 적이냐에 따라 대처하는 방법들을 나타냈다. 길게 휘파람이 이어지는 것은 최후의 수단을 펼침을 의미했다. 모든 해적들은 안 그래도 불나방처럼 상대에게 다가가 쓰러지고 있던 차에 모두들 몸을 빼 뒤로 물러섰다.

표영은 이것들이 이제 항복하려나 보다 생각했다. 다시 공염의 손이 올라갔다. 그러자 청의를 걸치고 있는 10여 명이 품속에 손을 집어넣더니 일행 주변에 주먹만한 검은 덩어리를 던졌다. 그리고 그와 동시에 공염을 비롯한 모두가 일제히 바다에 뛰어들었다.

'이건 또 뭐야?'

항복도 아니고 냅다 도망치다니… 이해할 수 없는 일이었다. 하지만 잠시 후 그들이 왜 그런 행동을 보였는지 충분히 이해할 수 있었다. 주먹만한 덩어리가 엄청난 굉음을 내며 폭발해 버렸기 때문이다.

쾅—!

배가 산산조각나듯이 부서지고 무너져 내리면서 뿌연 연기가 피어올랐다. 다행히 표영 등이 몸을 날려 폭발에 휩싸이지 않았지만 바다에 빠지는 것만은 면하기 힘들었다. 해적 두목 공염이 택한 방법은 수중전이었던 것이다. 그는 육지라면 몰라도 바다 속이라면 고수라도 다양한 방법으로 대적할 자신이 있는 터였다.

표영은 여지껏 근본 물과는 거리가 먼 생활을 했던 터라 물에 빠지자 순간 당황했다. 몸을 떠올려야겠다고 생각했지만 마음과는 반대로 몸이 자꾸만 가라앉았다.

'침착해야 한다, 표영. 생각하자, 생각……'

마음을 가다듬으며 일단 몸을 물에 맡겼다. 몸이 쭈욱 내려가는 가운데 눈을 감고 어떻게 대처해야 할지 생각했다.

'음… 그렇게 심각하게 생각할 것까진 없구나.'

물에 들어가 있었지만 호흡이 가쁘지 않자 일단 마음이 놓였다. 내력이 충만하고 한 모금의 호흡만으로도 숨을 쉬지 않아도 크게 문제 될 것이 없었던 것이다. 눈을 뜨고 바다 안에서 몸을 움직여 보았다. 다리를 젓자 몸이 쭈욱 뻗어갔다. 표영이 어느 정도 물에 적응하게 되었을 때 해적들의 수중 공격이 가해졌다. 유달리 많은 해적들이 표영에게 달라붙었는데 그건 바로 건곤패 때문이었다. 건곤패는 물에 닿으면 청광을 발하는데, 빛이 번지는 것을 보고 달려든 것이다. 다리를 저으며 손을 위로 뻗고 수면 위로 올라가려 할 때 옆구리 쪽으로 물의 파동이 느껴졌다. 눈을 돌려보니 어느새 뾰족한 창 같은 것이 막 찔러 들어오고 있는 형국이었다.

'이크.'

표영은 급하게 손을 들어 작살을 잡았다. 작살은 아슬아슬하게 옆구리에 닿기 직전에 잡혔다. 안도의 한숨을 내쉬기도 전에 이번에는 사방에서 10여 개의 작살이 뻗어왔다.

'이런!'

마땅히 피할 방향이 없었다. 그 순간 한 가지 방법이 머리를 스쳤다. 표영은 피하려 하지 않고 그 자리에 머문 채 전신의 기를 운용해 호신강기를 일으켰다. 몸에서 뻗어 나간 호신강기는 유형의 막을 형성하며 타원형으로 물을 밀어냈고, 작살은 타원형의 공간을 뚫지 못하고 맥없이 힘을 잃고 떨어졌다. 그 광경은 실로 신비할 지경이어서 작살을 날린 해적들은 놀라지 않는 자가 없었다. 표영은 계속 이렇게 물속에 있다가는 결코 좋지 못한 일이 있으리라 생각했다.

'먼저 두목 녀석을 잡아야겠다.'

해적들은 어느새 근처에 이르지 않고 어디론가 사라져 버렸다. 표영은 몸을 수직이 되게 하고 손을 위로 쭉 뻗어 수면 위로 올라가려 했다. 그때였다. 갑자기 위쪽에서 뭔가가 덮쳐 오는 것이 아닌가. 표영은 얼른 손을 들어 걷어내려 했지만 그것은 넓게 퍼져 몸을 감싸듯이 휘감아 버렸다.

'이크! 이거 뭐야?'

그것은 그물이었다. 해적들은 수중전에 탁월한 재주를 지녔는데 강한 고수를 만났을 때 대적하기 위해 특수하게 만든 연환망이었다. 연환망은 총 세 겹으로 이루어져 있고 고래 힘줄로 만들어진 것이라 쉽게 끊어낼 수 있는 것이 아니었다.

표영은 급한 마음에 사방으로 장력을 발출해 보았지만 물보라만 일으킬 뿐 그물을 어찌할 순 없었다. 게다가 손으로 잡고 뜯어내려 해도 물속이라 크게 힘이 작용하지 못했다. 오히려 심하게 돈부림친 결과 그물만 촘촘히 몸에 감겨 버리고 말았다. 게다가 엎친 데 덮친 격으로 지나치게 호신강기를 일으키고 그물을 끊어내려 힘을 쏟다 보니 이젠 호흡이 가빠져 숨까지 막혔다.

'으읍… 읍… 아… 이게 아닌데…….'

더 이상 숨이 남아 있지 못하게 되자 코로 물이 들어왔다.

꼬르륵―

"으읍… 아아압……."

작게 벌린 입이었지만 그 사이에 물이 거침없이 밀려들었고 식도를 타고 몸에 가득 들어찼다. 잠시 후 표영은 물을 가득 먹고 바다 속에서 그물에 갇힌 채 부영초처럼 맴돌았다.

해적들은 이미 표영의 숨이 다한 상태인 것을 보았음에도 여전히 물에서 건지지 않았다. 워낙에 초절정의 무공을 소유한 것을 보았기에 확실하게 목숨을 끊어놔야 한다고 생각한 것이다. 그들은 약 한 식경 정도를 지켜본 후 그제야 그물을 끌어 올렸다.

창룡방주 공염과 그의 부하들은 표영이 타고 온 배에 올라와 있었다. 배 한가운데에는 표영과 능혼 등이 숨도 쉬지 않은 채 아직까지 그물에 뒤덮여진 상태로 놓여졌다. 공염이 낄낄낄 웃으면서 전음으로 옆에 있는 수하에게 명했다.

"저놈들의 팔다리를 잘라 고기밥이 되게 해주어라. 호호호……."

'녀석들, 감히 여기가 어디라고 까부는 것이냐. 제아무리 무림고수라 해도 이곳은 바다가 아니더냐. 감히 바다의 왕인 이 공염 앞에서 재주를 부리다니.'

명령을 받은 수하들이 재밌겠다는 듯 팔다리를 끊어버리려 그물가에 이르렀다. 그리고 그들이 칼을 들어 몸을 썰어버리려 할 때였다.

"방주님! 어디 계십니까?"

뒤쪽에서 큰 외침이 들렸다. 그 목소리의 주인은 능파였다. 능파는 해왕도까지 헤엄쳐 도착한 후 거기 있는 해적 잔당을 족쳐 함께 배를 타고 일행이 간 곳으로 쫓아온 것이었다. 참으로 대단한 집념이 아닐 수 없었다.

능파는 두 척의 배가 보이는 가운데 커다란 배 한 척이 거의 머리 부분만 남겨두고 바다에 잠긴 것을 보고 혹시나 무슨 일이 있나 싶어 아직 가까이 이르기도 전에 큰 소리로 물어본 것이었다. 해적 두목 공염과 그 수하들이 일제히 다가오는 배로 시선을 돌렸다.

"거기 누구냐? 너는 창룡방의 형제냐?"

들려오는 말에 능파의 간이 철렁 내려앉았다.

'어떻게 저놈들이… 그럼 지존께서는 어찌 되신 것이란 말이냐!'

능파는 마음이 다급해져 배의 갑판을 장력을 날려 뜯어낸 후 바다에 띄웠다. 한달음으로 배에 옮겨 타기엔 거리가 먼지라 나무판자들을 밟고 배로 이동할 생각을 한 것이다. 우지끈 소리와 함께 세 조각의 판자를 뜯어낸 능파는 삼 등분해 배와 배 사이로 판자를 날렸다. 그리고 지체할 것 없이 신형을 날렸다.

몸이 포물선을 그리며 솟구쳐 오르다가 힘이 다해 떨어졌는데, 그

지점엔 정확히 나무판자가 놓여 있었다. 능파는 발로 판자를 밟고 판자가 물에 쑥 하니 들어가는 순간 다시 그 힘으로 튕겨 몸을 솟구쳤다. 그러길 두 차례를 반복한 후에 번개같이 배에 올라섰다.

이 광경은 실로 해적들의 눈으로는 보고도 믿을 수 없는 광경이라 그들 중 어느 누구도 말을 하는 이가 없었다. 표영과 일행의 팔과 다리를 자르려고 했던 이들도 모조리 얼이 나가 구경하기 바빴고, 능파가 배에 올라선 후에도 모두 믿을 수 없다는 표정으로 바라볼 뿐이었다. 능파의 시선이 배 한가운데에 꽂혔고 그와 동시에 그의 입에서 형용하기 힘든 괴성이 터져 나왔다.

"크아악~!"

보이는 게 없었다. 능파는 허겁지겁 달려가 그물 안에 갇힌 지존을 살폈다. 몸이 싸늘하게 굳어진 것이 숨도 쉬지 않았다. 능파의 몸이 부들부들 떨렸다. 그리고 해적들을 바라보면서 악귀처럼 부르짖었다.

"이런… 개 같은 새끼들을 봤나! 모조리 다 죽여 버리겠다!!"

능파의 눈이 혈광으로 물들며 몸에서 짙은 살기가 뿜어져 나왔다. 그 와중에도 능파는 한 가닥 희망을 떠올렸다.

"여기 두목이 누구냐? 누구냔 말이다!!"

능파의 눈이 공염에게 꽂혔다. 두목임을 알아본 것이다. 살기를 동반한 채 신형을 날릴 때 나름대로 무공에 자신있다는 해적들이 칼을 들고 능파를 공격했다. 하지만 그것은 이 상황에서는 가히 자살 행위나 다름이 없었다.

퍼펑— 퍼펑—

능파는 칼을 쳐다보거나 피하지도 않고 손을 쭉 뻗어 해적들의 머리통을 장력으로 날려 버렸다. 두 명의 해적의 머리가 목 위에서 형체를 잃은 채 사라져 버렸다. 머리가 날아가는 통에 미처 비명조차 지르지 못했다. 두 명의 해적이 순식간에 죽자 더 이상 다른 이들은 달려들 엄두를 못 냈다.

어느덧 공염 앞에 이른 능파가 그의 심장에 손을 얹었다. 공염은 이미 전의를 상실한 지 오래였는데 심장에 손이 닿자 싸늘한 고통이 온몸에 퍼짐을 느꼈다. 그의 귓가로 다시 능파의 말이 들렸다.

"너희들의 목숨을 부지하려면 저기 모두를 살려내라. 만약에 단 한 사람이라도 살려내지 못한다면 너희 모두의 몸을 산 채로 씹어 먹어 버리겠다!"

악귀와 같은 모습과 함께 살기 어린 목소리에 해적들은 덜덜 떨며 분주히 움직였다. 그들은 급히 그물을 제거하고 서둘러 응급조치를 취했다. 불행 중 다행이라면 이들은 모두 이런 구조 방법에 능통하다는 점이었다. 잠시 후 물을 토해내는 소리가 연신 들리며 하나둘 숨이 돌아왔다.

이들 중 제일 먼저 깨어난 것은 능혼이었고 다음으로 표영, 그리고 제갈호와 교청인과 손패가 거의 동시에 정신을 차렸다. 하지만 자리에서 일어난 뒤에도 기도에 물이 가득 찼던 까닭에 모두는 연신 토악질을 해대며 힘들어했다.

깨어나는 모습을 보며 능파는 길게 안도의 한숨을 내쉬었지만 그것도 잠시, 지존께서 힘들어하시는 모습을 보자 열이 솟구쳐 견딜 수 없었다. 다시 능파의 주먹이 공염의 배에 꽂혔다.

퍽.

"크악! 살려뚜세요!"

어찌나 통증이 심했던지 이제껏 전음으로만 이야기하던 공염의 입이 처음으로 열렸다. 벙어리는 아니었던 것이다. 하지만 능파는 '살려주세요'가 아니라 괴상하게도 '살려뚜세요' 라고 하는 말에 다시금 열이 뻗쳤다.

"네 녀석이 이 판국에 장난을 하겠다는 것이냐!"

능파는 화가 치밀어 이번에는 공염의 오른손을 잡고 다섯 손가락을 모두 부러뜨려 버렸다.

뚜드득.

섬뜩한 소리와 함께 뼈가 부러지고 공염은 다시 처참한 비명을 토했다.

"으아악! 당난하는 것 아닙니다! 살려뚜세요!"

이번에도 어눌하게 혀 짧은 소리를 내지르는 공염이었다. 그런 말투는 지켜보는 해적들도 처음 듣는 것이라 방주가 왜 저렇게 말하는지 다들 이해할 수가 없었다. 능파의 눈썹이 다시 갈매기를 그렸다.

"아직도 정신을 못 차렸구나."

뚜드득.

"으아악! 데 말투가 원래 이렇습니다. 데발 그만 하떼요… 그만 하떼요!"

"뭐야? 이게 정말… 뼈가 가루가 되어야 정신을 차리겠다는 것이냐!"

능파가 손에 힘을 주고 진짜로 뼈를 바스러뜨려 버리려 했다. 그때였다.

"그만 해라."

어느 정도 정신을 차린 표영의 음성이었다. 표영은 실제로 능파라면 뼈를 가루로 만들어 버리고도 남을 것이라 여겨 동작을 멈추게 한 것이다. 굳이 손을 아예 못 쓰도록 만들 필요까진 없다고 여긴 것이다. 표영은 공염 앞으로 뚜벅뚜벅 걸어가 물끄러미 그를 바라보다가 주먹을 날렸다.

퍽~

"으윽."

공염이 턱을 얻어맞고 바닥에 쓰러지자 표영이 퉤 하고 침을 뱉으며 말했다.

"이 자식아, 이건 해도 해도 너무하잖아. 아직 명도 못 채우고 하늘로 갈 뻔했지 않느냐."

표영은 이번에는 능파를 향해 고개를 돌리고 환히 웃었다.

"제때에 잘 와줬구나."

순간 능파의 눈에 눈물이 고였다. 그리고 털썩 무릎을 꿇고 울먹였다.

"속하, 지존을 보호하지 못하였습니다. 죽여주소서."

"하하, 일어나라. 모든 것이 잘되지 않았느냐."

표영이 다시 흘러내린 머리카락을 손으로 쓸어 넘겼다.

이때 정신을 차리고 표영을 주시하고 있던 교청인의 눈에 이채가 띠었다.

'이, 이럴 수가… 방주의 얼굴이……!'

교청인은 이제까지 때에 뒤덮인 표영의 얼굴만 보다가 물속에서 발버둥치고 건져지면서 어느 정도 씻겨진 표영의 얼굴을 보고는 놀라지 않을 수 없었다. 표영의 얼굴은 원래의 뽀얀 살결까지는 아니어도 어느 정도 하얗게 드러났고 얼굴은 이목구비가 뚜렷하면서도 선이 부드럽게 이어져 귀여움 그 자체였다. 거지대왕이라고는 믿어지지 않는 얼굴에 듬뿍 정이 가는 모습이었다. 교청인의 충격은 의외로 컸다. 그건 아마도 그녀가 전혀 예상치 못하였던 것이라 더욱 그러했으리라.

'방주는 사실 아주 곱게 자란 사람이었나 보군. 그런데 어쩌다 이렇게 험한 거지의 길을 가게 되었을까? 게다가 무공은 또 어떻게 익혔을까?'

그녀는 그저 새삼스럽기만 했다. 그러다 다시 누군가를 많이 닮았다는 것에 생각이 미쳤다.

'누굴까? 누구를 많이 닮은 것 같은데……'

그녀가 닮았다고 생각한 이는 칠옥삼봉 중 일옥검수라 불리우는 표숙이었지만 그녀는 정확히 기억해 내지 못했다.

교청인의 상념은 표영의 말에 의해 깨졌다.

"능혼을 비롯한 너희에게 마음껏 주먹을 휘두를 기회를 주겠다. 시간은 일 다경(15분) 동안이다. 내력을 사용하지 말고 죽지 않도록만 두들겨 패라."

이 기회가 아니면 언제 패겠는가. 능혼과 제갈호, 그리고 교청인과 손패가 일제히 답했다.

"감사합니다!"

그리고 그때부터 온몸을 날리며 주먹과 발길질로 해적들을 후려 팼다. 사방에서 비명 소리가 들리고 한마디로 난리가 아니었다.

"으아악~!"

"이 자식들, 네놈들이 감히 우릴 죽이겠다 이거렷다! 네놈들이 죽어봐라!"

"감히 내게 물을 먹여!"

"죽어라, 이 자식들아!"

표영과 능파도 그저 구경만 하고 있는 건 아니었다. 둘은 발로 공염을 발로 걷어차고 뭉개느라 정신이 없었다.
"이놈아, 어디서 폭탄을 구해서 함부로 사용하는 거냐!"
"나쁜 놈의 시키!"
공염은 한번 말을 하기 시작해서인지 이제 전음을 구사하는 것을 포기하고 비명을 질러댔다.
"으아악! 그만… 그만 하떼요~!"
공염은 혀 짧은 소리를 내며 애걸했다.
퍼퍽— 퍼퍼퍼퍽—
"으아악! 사람 딸려! 사람 딸려!"
퍼퍽퍼퍽—
"달못했떠요… 대땅님~ 용서해 뚜세요~ 으으윽~"
그렇게 약속한 일 다경이 지난 후 배 위에는 서 있는 해적들은 한 명도 없었고 모두들 바닥에 드러누워 신음을 토해내거나 고통에 몸부림쳤다.

상황을 수습하고 해적들의 본거지인 해왕도에 오른 표영은 공염과 열 명의 해적단주들에게 회선환을 먹이고 진개방의 수하로 받아들였다. 모두의 충성 맹세가 끝난 후 표영이 공염을 불러놓고 물었다.
"한 가지 물어볼 게 있는데 말이야."
"말씀하십띠오, 방뚜님."
어느새 독약(?)을 복용한 공염의 말투는 매우 공손하게 변해 있었다.
"허허, 거참… 흠흠, 너는 그동안 왜 전음을 사용했느냐?"

"그, 그게……."

공염은 머리를 긁고서 어렵사리 지난 이야기를 꺼냈다. 그가 말한 사연은 이러했다.

공염은 태어나면서부터 혀 짧은 소리를 냈다고 한다. 그의 부모는 이런 증상이 증조할아버지 때로부터 시작되었다고 했다. 그 증조할아버지의 이름은 공영해라 하는데, 과거 장강수로채의 총채주였다고 한다.

그때 증조부 되는 공영해가 괴이한 고수들과 내기를 했는데 그 내기라는 것이 가관이었다. 뭐고 하면, 간지러움을 태워 웃지 않는 사람이 이기기로 했다는 것이다. 그러던 중 공영해는 억지로 웃음을 참으려고 혀를 깨물어 혀가 조금 잘려 나간 나머지 발음이 새기 시작했다는 것이다. 그런데 더욱 놀라운 것은 그때부터 그 후손들이 모두 혀 짧은 소리를 내게 되었다는 것이다. 그로 인해 집안에서는 전음에 대한 연구가 집중적으로 이루어져 주로 전음으로 말하게 된 것이다.

공영해는 말년에 장강수로채를 떠나 이곳 해왕도에 이르러 창룡방을 세우고 해적 두목이 되었고 대대로 이곳에서 해적 짓을 하게 되었다고 한다.

"여기까디입니다요."

표영은 우습기도 하고 한편으로는 이해가 되지 않는 점도 있었다.

"증조할아버지가 혀가 짧아진 것이 어떻게 후손에까지 영향이 미칠 수 있는 거냐. 거참, 이해할 수가 없네."

공염 스스로도 잘 알지 못하는 내용이라 그도 확실한 것은 사실 모르는 터였다.

"대땅님, 아마도 데 생각에는 어릴 덕부터 그렇게 듣고 다라서 그런 것은 아닐까요?"

"하하하, 그럴 수도 있겠구나. 너는 앞으로는 절대 전음을 사용하지 말고 정상적으로 말하도록 노력해 보거라. 알겠느냐?"

"네, 대땅님."

"근데 도대체 얼마나 웃겼으면 자기 혀를 깨물었을까. 어떻게 웃겼길래 그 정도까지 됐을까?"

그 말에 능혼이 생각나는 게 있는지 끼어들었다.

"제 소견으로는 그건 아마도 무한소소공이 아닐까 싶습니다."

"무한소소공? 그런 무공도 있어?"

"네, 약 300년 전에 등장한 만선문주 양정이라는 분이 사용했다고 합니다. 더 자세한 것은 신비에 가려져서 잘 알지 못합니다만, 무한소소공은 워낙에 지독한 고문법으로 한번 걸리면 풀어주기 전까진 죽을 때까지 웃어야 한다고 합니다. 거기에 한 번이라도 당해본 사람들은 평생 동안 다시 한 번 무한소소공에 당할까 봐 두려움에 떤다고 합니다."

"야~ 신기하구나. 그런 게 다 있었냐. 하하, 그런 건 나도 좀 배워두면 좋을 것을. 하하하하."

표영은 환히 웃으며 가만히 속으로 생각했다.

'무한소소공이라… 하하. 거참, 아무리 생각해도 신기하네.'

신합 마을 사람들은 자신들이 지금 꿈을 꾸고 있는 것이라 생각했다. 그렇기에 지금 자신들이 바라보고 있는 것은 당연히 꿈이기 때문에 가능한 것이라고 여겼다. 그들은 허벅지를 꼬집어보기도 하고 고개를 도리질해 보기도 하며 꿈에서 깨어나려고 했지만 꿈속의 모습은 변하질 않았다.

'그래, 이건 꿈이야… 꿈. 있을 수 없는 일이라구.'
'말도 안 되지. 암, 그렇구 말구.'

그들이 굳이 꿈일 것이라고 생각한 이유는 그들의 눈에 보인 모습이 도무지 현세에서는 일어날 수 없는 일이었기 때문이다.

그건 바로 두 가지.

거지들이 살아서 돌아왔다는 것과 거지들이 떠날 때 했던 말과 같이 해적들을 모두 잡아왔다는 것이다. 놀랍게도 약 400여 명에 이르는 해적들이 고개를 푹 숙이고 거지들을 따라 육지에 내린 것이다. 그들이 모두 이건 꿈이 아니라 현실이라고 믿게 된 것은 표영이 환하게 웃으며 말을 한 후였다.

"자, 오래 기다리셨습니다. 이놈들은 새로 받아들인 거지 부하들입니다. 앞으로 이 마을을 지켜줄 겁니다. 아하하하!"

"……!!"

마을 사람들은 아무 말도 못하고 그저 입만 쩍 벌렸다.

표영의 말에 따라 해적들은 이때부터 마을을 지키는 파수꾼이 되었다. 표영은 이제 거지무공에 대한 수련도 마치고 불귀도, 아니, 걸인도에 대한 기본적인 운영 방향도 이루어놓았기에 강호에 나가야 할 때가 되었다고 생각했다.

예정했던 대로 만첨과 노각은 걸인도에서 교육을 담당하기 위해 남겨두기로 했고 손패도 걸인도까지 인도하는 역할을 하기 위해 남게 되었다. 함께하는 이는 능파와 능혼, 그리고 제갈호와 교청인이었다.
"첫 번째 목적지는 사천당가다."
표영은 밝은 표정을 지으며 눈길을 북쪽으로 향했다.

15장
당가

당가

"저 거지새끼들이 왜 이곳으로 지나가지?"

당가의 동쪽 외벽 쪽 첫 관문의 수비를 맡고 있는 둔언이 동료인 주화랑에게 전음을 날렸다. 주화랑도 이미 눈으로 거지들을 확인한 터였다. 그도 언짢은 기색을 드러내며 전음으로 답했다.

"요즘 거지들은 정말 앞뒤 구분 못하는군. 여기가 감히 어디라고……."

동쪽 외벽을 따라가는 길은 외길이라 곧바로 진행하면 당가에 이르는 길이었다. 이곳에 진입함은 당가가 확실한 목적지임을 의미했고 그렇기에 수비를 맡은 입장에서는 아무나 함부로 지나도록 할 수 없는 곳이기도 했다. 그렇기에 당가에서는 길머리에 팻말을 꽂아두어 꼭 방문이 필요한 사람들만 들어오도록 유도했다.

팻말의 글귀는 이러했다.

당가에 초대받지 않는 자는 돌아가도록 하라.

문언과 주화랑은 거지들을 상대할 걸 생각하자 귀찮기 그지없었지만 그렇다고 그냥 내버려 둘 수는 없는 노릇이었다.
"쯧쯧, 어디가 부러진 후에야 정신을 차리는 놈들이 꼭 있게 마련이지."
"좋게 생각하자구. 심심하던 차에 몸이나 풀도록 하세."
둘은 전음을 교환한 후 은신처에서 몸을 솟구쳐 모습을 드러냈다.
"웬 놈들이냐?"
이미 거지 떼들이라는 것은 확인했지만 느닷없이 나타날 때는 이 정도의 말은 해주어야 폼도 나고 좋은 것이다. 문언과 주화랑은 공중에서 두 바퀴 반을 돌며 바닥에 착지했다. 그 모습은 가히 박수를 쳐줄 만한 것이었다. 모습을 드러낼 때 실제로는 이렇게 멋진 신법을 발휘할 필요까진 없었다. 하지만 그들은 늘 이런 식으로 공중제비를 돌며 모습을 드러냈는데, 그 이유는 두 가지였다.
첫째는 신법을 과시함으로 인해 상대의 기를 꺾어놓자는 의도였다. 이렇게 하면 복잡하게 여러 말을 하지 않아도 알아서 굽신거리게 되는 것이다. 둘째로는 늘 하는 일 없이 몸을 숨기고 매복을 하고 있는 터이기에 이런 때라도 한번 몸을 풀어주어야겠다고 생각한 까닭이다. 거지 떼들이 멈춰 서자 문언이 크게 호통 쳤다.
"눈깔은 멋으로 달고 다니는 것이냐! 분명 오는 도중에 팻말을 보았을 터, 무슨 배짱으로 이곳까지 온 것이더냐!"
문언과 주화랑이 냉랭하게 노려보았지만 거지들은 별것도 아니라는 듯 시큰둥한 얼굴들을 하고 있었다. 좀 심하게 표현하자면 어디서 개가 짖냐는 그런 식이었다.

이 거지들은 과연 누구인가. 다름 아닌 당가를 접수하겠다고 나선 표영 일행이었다. 그들 중 문언의 호통에 모두 태연한 것만은 아니었다. 그들 중에는 열혈순수의 정신을 소유한 능파가 있지 않던가. 능파는 감히 지존께 함부로 지껄이는 녀석들을 용납할 수 없었다. 불귀도에서나, 그리고 오는 동안 내내 충동적으로 행동해선 안 된다고 주의를 받았지만 모두 그때뿐이었다.
 "이것들이 왜 보자마자 시비를 거는 거야! 모두 땅속에 들어가고 싶은 거냐!"
 당장에라도 모가지를 분질러뜨릴 기세로 눈을 부릅뜨자 문언과 주화랑은 어이가 없었다. 여기가 어디라고 큰소리를 친단 말인가. 그들이 막 한소리 쏘아붙이려 할 때 능파의 머리에서 타격음이 울렸다.
 탁.
 표영이 뒤통수를 갈긴 것이다.
 "능파, 가만히 있지 못해. 왜 또 참견이냐. 응? 죽고 싶냐?"
 누구의 분부라고 능파가 거역할 수 있겠는가. 능파는 바로 깨갱 하고 목을 움츠렸다. 그 모습에 문언과 주화랑이 화를 내려다가 같잖다는 듯이 서로 마주 보며 웃었다.
 "하하하, 젊은 거지놈이 우두머린가 보군."
 "클클… 말하는 꼬락서니 하고는. 정말 웃긴 놈들일세. 저기 봐, 저기. 처녀 거지도 있군."
 처녀 거지란 다름 아닌 교청인을 가리키는 것이었다. 아마 표영을 만나기 전의 교청인이었다면 당장에 검을 뽑아 모가지를 쳐버렸을 것이다. 하지만 지금의 그녀는 상당 수준 거지답게 변해 있었고 수없이 처녀 거지라는 소리를 들었던 터라 이 정도는 참아 넘길 만한 마음 자

당가 233

새가 되어 있었다. 거기에 표영이 교청인을 바라보고 딴지를 걸었다.

"이런이런… 교청인, 넌 아직 수련이 부족해. 알겠니? 대번에 네가 처녀라는 것을 알아보잖아. 이래서야 분타주로서 역할을 다할 수 있겠느냐?"

그나마 처녀 거지라는 말에 위안을 삼고 있던 교청인이 울컥하고 화를 냈다.

"열심히 하고 있잖아요! 여기서 더 얼마나 열심히 하라는 거예요!"

사나운 고양이처럼 쏘아붙이자 되려 표영이 입을 삐쭉 내밀고 어깨를 으쓱였다.

"아니, 그냥 뭐 그렇다는 거지……."

당가의 문언과 주화랑은 질문에 답은 하지 않고 엉뚱한 소리들만 늘어놓는 거지들이 어이가 없었다.

"보자보자 하니까 이것들이 너무 싸가지가 없구나. 오늘 내 너희들의 안목이 부족함을 고쳐 주기 위해 눈에 시퍼런 표식을 남겨주겠다."

시퍼런 표식이란 눈을 주먹으로 갈겨주겠다는 말이었다.

"잠깐!"

표영이 손을 쑥 쳐들고 외쳤다. 느닷없이 큰 소리로 외친 탓에 문언과 주화랑이 달려들려다가 화들짝 놀라 버렸다.

"뭐냐, 이 거지 놈아? 봐주라고 하는 것이라면 이미 늦었다."

표영은 여유롭게 뒷짐을 지고 먼 산을 바라보며 말했다.

"흠… 나는 진개방의 방주의 자격으로 당가의 가주와 독으로 겨뤄보기 위해 왔소이다."

그 말에 문언과 주화랑의 얼굴은 거의 울상이 되다시피 변해 버렸다. 상당히 웃긴 이야기였지만 어찌 된 게 너무 기가 막혀 웃음조차 나오지 않은 것이다.

　실제로 표영은 어촌 마을을 떠나 당가로 오는 내내 어떤 식으로 당가를 손에 넣을지에 대해 많은 고민을 했다. 능파와 능혼이 있기에 정면 대결을 펼친다 해도 크게 문제될 것은 없겠지만, 또한 능파와 능혼이 있기에 많은 살상이 날 것은 불을 보듯 뻔한 일이었다.

　표영은 비록 당가의 가주와 장로들에 대해 큰 원한이 있어 이처럼 달려오긴 했지만 복수를 위해 다시 피를 불러서는 안 된다고 생각했다. 그런 상황에서 표영의 고민을 덜어준 것은 제갈호였다. 당가에 대해 이런저런 이야기를 하던 중 제갈호가 독으로 겨루어 당가를 손에 넣을 수 있는 방법을 말한 것이다. 그리고 그 말은 표영의 마음에 딱 들어맞는 것이었다.

　"뭣이라?! 진개방?!"

　"가주님을 뵙고 독으로 겨루겠노라고?!"

　문언과 주화랑의 어처구니없다는 식의 말에 표영이 답했다.

　"그렇다. 나는 독공의 고수로 당가의 가주와 독으로 겨뤄볼까 한다. 음하하하!"

　표영은 독공의 고수라고 말하는 부분에서는 자신의 엄지손가락까지 치켜세웠다. 그러자 능씨 형제와 제갈호와 교청인도 당연하다는 듯이 동시에 고개를 끄덕이며 엄지손가락을 치켜세웠다.

　문언과 주화랑은 졸도할 지경이었다. 천하에 독과 암기에 있어서 당가를 대적할 자는 없다. 단언하건대 중원제일고수인 천선부주 오비원이라 해도 무공이 아닌 독만으로 겨룬다면 백 번이면 백 번 모두 고꾸라질 것이다.

　"허허… 참……."

문언이 마른하늘을 바라보며 너털웃음을 터뜨렸고 주화랑은 땅이 꺼져라 탄식했다.
"정말 세상 더럽게 변해가는군. 이거 너무하는 거 아냐."
두 사람이 어이없어만 할 뿐 당장에 쫓아내지 못한 것은 당가에서 내세운 하나의 규칙 때문이었다. 그 내용은 매우 파격적이었고 또한 유혹적이었다.

―독으로 맞서려는 자는 언제든지 다섯 관문에 도전하기 위해 찾아와도 좋다.
―다섯 관문을 넘어서는 자, 사천당가를 얻을 것이다.

하지만 사천당가의 주인이 될 수 있다고 쳐도 말이 그렇지 누가 미쳤다고 극독을 먹겠다고 나서겠는가. 물론 간혹 독에 자신있다는 이들이 찾아오긴 했지만 이제껏 어느 누구도 살아 돌아간 사람은 없었다. 그럼에도 불구하고 찾아오는 이들이 아주 끊어지지 않는 이유는 다섯 관문의 독을 통과하면 당가의 주인이 될 수 있다는 유혹이 너무도 컸기 때문이었다.
아무리 그래도 문언과 주화랑이 생각하기엔 이렇듯 거지들이 찾아온 것은 조금 너무한 듯싶었다. 찾아오는 이들은 어느 정도 강호에 명성을 날리는 무사들이었지 대책없는 거지 떼들이 자살하기 위해 달려들어서는 안 되는 것이다. 자칫 이것이 소문이라도 나면 자살하려는 이들이 모두 몰려들지도 모르는 일이었다. 문언과 주화랑은 찜찜함을 금할 수 없었다.
'이번 기회에 아무래도 가주님께 말씀드려서 규칙을 변경토록 해

야 되겠다. 이대로 두었다간 나중에 떼거리로 달려드는 자살하려는 녀석들의 시체를 어떻게 처리한단 말인가.'

문언은 일 년 전 객기를 부리며 찾아온 수라도객 마환을 떠올렸다. 그가 처음 당가에 찾아올 때까지만 해도 얼마나 기세등등했던가. 하지만 마환은 가주까지 이르는 데 필요한 다섯 관문 중 두 번째 관문에 이르러 한 줌의 혈수로 변해 버리고 말았다. 그 이후 이름 꽤나 알려진 마환이 죽고 난 다음에는 귀찮게 하는 이가 없었는데 이번에 느닷없이 거지 떼들이 찾아온 것이다.

"휴우~"

한숨이 절로 새어 나왔다.

"거지들아, 좋다. 내 이번에는 그냥 곱게 보내줄 테니 택도 없는 소리일랑 집어치우고 어서 돌아가도록 해라. 아, 나 정말 사람 많이 좋아졌네."

그 말에 표영이 '네, 감사합니다. 그럼 이만 안녕히들 계십시오' 하고 물러설 리가 없었다. 표영의 허리춤에서 타구봉이 빠져나오더니 번개를 방불할 정도의 속도로 문언과 주화랑의 마혈을 찍어버렸다.

파팟.

둘은 눈을 깜박일 정도의 짧은 시간에 온몸이 마비되자 뒤통수를 한 대 얻어맞은 듯 충격에 휩싸였다. 뭐가 지나가긴 한 것 같은데 어느새 혈도가 찍힌 것이다. 그들은 방금 스쳐 지나간 것이 무엇인가를 살피다가 표영의 손에 들린 검은 막대기를 보았다.

'저것이 지나간 것인가? 보, 보지도 못했다!'

'어떻게 이런 일이……!'

표영의 곁에 있던 능파 등은 뭐 당연하다는 듯 놀라는 기색도 없었다. 표영이 가만히 입을 열었다.
"자, 어때? 이 정도면 독공을 겨루어도 되겠지?"
문언과 주화랑은 눈을 붕어처럼 크게 뜨고 고개를 끄덕였다. 다시금 표영의 타구봉이 날았다. 문언과 주화랑은 몸에 미세하게 뭐가 지나간 듯한 느낌을 받은 후 혈이 풀렸다는 것을 알았다. 만약에 마혈이 아닌 사혈이 찍혔다면 어떻게 죽는지도 모르고 비명횡사했을지도 모를 일이었다. 이제껏 자신들이 봐주고 있었던 것이 아니었다. 이들이 속으로 얼마나 가소롭게 여겼을 것인가. 둘은 등골이 서늘해졌다.
"내가 다녀오겠네."
문언이 주화랑을 보고 무거운 어조로 말했다. 주화랑도 달리 무슨 할 말이 있겠는가.
"그렇게 하게나."
"조, 좋소이다. 나를 따라오시오."
아까까지 동네 개에게 말하듯 내뱉던 말투가 싹 달라졌다. 그들이 아까 말하려고 했던 '그렇게도 빨리 죽고 싶은 거냐? 관은 미리 짜놓은 것이겠지?', '미련한 놈들, 태어나는 것도 스스로 좋아서 태어난 것이 아닌 만큼 죽는 것도 하늘의 명을 따라야 하건만 알아서들 땅속으로 기어 들어가려 하다니…' 라는 말들은 머리에서 사라진 지 오래였다. 표영은 이제야 말이 통하자 부하들을 향해 어깨를 으쓱해 보였다.
"하하하, 가자."
능혼은 뒤를 따르며 섬뜩한 기운을 느꼈다. 교주님이 하는 일들은 너무도 부드럽게 일을 처리하고 있는 것이다. 그가 알고 있는 마교는 원래 이런 방식으로 일을 풀지 않는다. 원래대로 하자면 닥치는 대로

부수고 죽여 처절한 맛을 보여줘야 하는 것이다. 하지만 그렇게 하지 않고 계신 것이 그에겐 더욱 두려움으로 다가왔다.

'지존은 모든 인간 중 가장 잔인함을 타고났다는 천마지체가 아니시던가. 이렇게까지 심기를 드러내지 않으시고 웅크리시다니……. 과연 나중에 그 살심이 폭발하면 어떻게 될까.'

철썩같이 표영을 천마지체를 타고난 지존으로 믿고 있는 능혼으로서는 도리어 이런 표영의 모습에 공경과 두려움이 동시에 일었다. 극도의 자제력, 자신마저 속이는 철저함… 생각만 해도 숨이 막히는 것만 같았다.

그에 비해 제갈호와 교청인은 그런대로 표영을 잘 이해하고 있었다. 아니, 잘 이해한다기보다는 그저 있는 그대로를 본다고 해야 할 것이다. 이제까지 겪어본 방주는 하는 일마다 말도 안 되는 것들을 한다고 덤벼들었지만 그때마다 뜻대로 되지 않은 것이 없었다. 도무지 씨도 안 먹힐 것 같은 일들이 방주에게 이르면 요상하게 들어맞거나 이루어지는 것이다.

'어떻게 되겠지. 나도 모르겠다.'

'당가도 불쌍하지… 어쩌다 방주와 원수를 맺었느.'

각자 이런저런 생각으로 걸음을 옮기다 보니 어느새 당가의 정문에 이르게 되었다. 대문 위로는 큰 편액이 걸려 있었는데 거기에 용이 승천하는 듯한 필치로 새겨진 글귀가 눈에 띄었다.

천하제일가(天下第一家) 독중지왕(毒中之王) 암전신화(暗箭神話).

그 필체 속에는 독과 암기에 있어서 천하제일가라는 자부심마저 새겨 넣은 듯 예리한 기상이 뿜어져 나오고 있었다. 그걸 바라보는 제갈호와 교청인의 얼굴이 조금은 무거워졌다. 암기에 대해서는 대충 넘어간다고 해도 독에 관한 한 현재 강호에서 당가는 오독문과 쌍벽을 이루고 있는 터다. 괜히 독으로 천하제일가라 하는 것만은 아닌 것이다.

'잘되겠지. 암, 또 잘되어야만 하지.'

모두가 정문에서 9장(약 30미터) 정도에 이르렀을 때 문언이 일행을 돌아보며 말했다.

"여기에서 잠시 기다리시오."

정문으로 걸어간 문언은 중앙 수비대의 수장이랄 수 있는 구충에게 다가갔다. 옷 중앙에 독사의 형상을 그려 넣은 황색 무복을 입은 구충이 먼저 말을 걸었다.

"문언, 무슨 일인가?"

그의 말뜻은 웬 떨거지들을 데려왔느냐는 질문이었다. 문언은 심각한 표정을 감추지 않고 아까 있었던 일을 설명했다. 이야기를 다 들은 구충의 얼굴이 벌겋게 달아올랐다. 그리고 고함을 치기 시작했다.

"뭐라고? 이 거지들이 대단한 고수라고? 지금 나하고 장난하자는 거지? 어떻게 저런 놈들에게 독을 사용한단 말이야! 자넨 독이 남아도는 줄 아나?!"

구충의 역할은 정문의 수비를 담당함과 동시에 독의 다섯 관문 중 첫 번째 관문을 담당하는 것이었다. 아무리 문언과 친분이 깊다 해도 그로선 말을 다 믿을 수 없었다. 표영 일행의 꼬락서니를 보아서는 어느 누구도 구충과 다름이 없으리라. 현재 구충은 거지들의 목숨보다 독을 낭비하게 될 것이 더 걱정이었다.

"일장에 쳐 죽여 가만히 야산에 묻어버리면 될 것 가지고 굳이 이렇게까지 해서야 되겠는가 말일세!"

"이보게, 구충! 보통내기들이 아니라니까. 내가 지금 할 일이 없어서 이런 소리를 한다고 생각하나?"

이렇게까지 말하는 문언의 말에 구충도 더 빼고만 있을 수는 없었다.

"허허, 참……."

문언은 구충의 표정을 살피고 이제 됐음을 알았다.

"그럼 그렇게 알고 나는 이만 가보겠네."

문언은 어떤 결과가 나올 것인지 자못 궁금해 지켜보고 싶었지만 자신이 맡은 임무가 있기에 돌아갈 수밖에 없었다. 그의 머리에서 어쩌면 의외의 결과가 나올지도 모른다는 생각에 고개를 쳐들었다. 그때 매복 장소로 돌아가는 그의 귓가로 구충의 고함 소리가 들렸다.

"야, 문언! 이번뿐이다! 다음번에 또 이상한 놈들 데려오면 넌 내 손에 초상 치를 줄 알어! 알겠어?!"

구충은 방방 뛰며 고함치다가 거지들에게 눈길을 돌렸다. 뻘쭘하게 서 있던 표영은 구충이 쳐다보자 손을 흔들어주었다.

"어이!"

구충은 느닷없는 반응에 십 년 전에 먹은 만둣국이 넘어올 것만 같았다.

'환장하겠네. 참나… 어쩔 수 없지. 정말 오랜만에 송장 치르게 생겼구나.'

"야, 거지새끼들! 이리로 와라!"

구충은 아까 문언이 대단한 고수라고 말했지만 아직도 그 말을 믿을 수 없었다. 거지 중의 고수라면 개방을 가리킴인데 지금의 개방은 저런 몰골을 하고 다니지 않으니까 말이다. 강호의 고수들 중 추잡하고 더럽게 다닌다는 사람은 결단코 들어본 적이 없었다. 표영 일행이 정문 앞에 이르러 안으로 들어가려 하자 구충이 팔을 쭉 뻗어 가로막았다.

"아무나 마음대로 들어갈 수 있는 곳이 아니다. 네놈들이 첫 번째 관문을 통과하면 그때서야 안으로 들어갈 수 있을 것이다."

구충이 가소롭다는 듯한 미소를 머금고 말할 때 어느샌가 그 주위로 당가의 여러 호위 무사들이 모여들었다. 그들의 얼굴엔 따분한 가운데 좋은 구경거리를 발견했다는 표정이 다분했다. 구충이 품을 뒤져 작은 보자기에서 손톱 크기만한 독약 하나를 집어냈다.

"네놈들 중 누가 도전하겠느냐?"

"내가 먹겠다."

"흥, 좋다. 먹기 전에 어떤 독약인지 알고나 먹고 죽어라. 이 독약은 흑모환이라는 것으로 흑모사의 이빨에서 뽑아낸 것인데… 어엇!"

구충이 놀란 건 말이 끝나기도 전에 표영이 손으로 낚아채 흑모환을 입에 집어넣어 버린 까닭이었다. 표영으로서는 귀찮게 이것저것 설명을 들을 필요까진 없다고 생각한 것이다. 구충과 주변에 모인 무사들이 혀를 끌끌 찼다.

"쯧쯧, 아주 죽지 못해 안달이 났구나. 송장은 함께 온 네놈들이 치워야 해. 알겠어?"

"완전히 미친놈이로군."

"요즘 거지들 문제야, 문제."

구충을 비롯한 호위 무사들은 거만하게 떠들면서 곧 이어 거지 한

마리가 땅바닥을 뒹굴 것이라 상상했다.

'어라?'

구충이 입을 쭉 내밀었다. 이제나저제나 나자빠질 것을 기다렸지만 죽어야 할 만한 시간이 되었는데도 아무런 변화가 없는 것이다. 구충이 삿대질을 하며 소리쳤다.

"야! 어서 죽어! 이젠 죽어야 하는 거야! 원래 이것 먹고 나면 죽어야 한다니까! 자자, 귀찮게 하지 말고 얼른 죽으란 말야!"

하지만 여전히 표영은 눈만 멀뚱멀뚱 뜨고 있을 뿐이었다. 그제야 구충과 호위 무사들의 표정은 서서히 떨떠름하게 변해갔다. 이건 뭐가 잘못돼도 한참 잘못된 것이다.

"구 나리, 혹시 독이 변질된 것 아닙니까?"

"혹시 해독약을 건넨 건 아닌지요?"

실제 독이 변질되었다거나 해독제를 잘못 알고 건넸을 리는 만무했다. 함께 보자기에 쌓아두고 거기에서 하나를 끄집어낸 것이지 않던가. 하지만 문제가 생긴 것만은 사실인 것 같았다. 그때 표영이 한마디 던졌다.

"입에 쓴 것이 몸에도 좋다고 하더니만 몸이 아주 개운해지는걸."

구충이 머리를 갸웃거렸다. 그로선 표영이 만독불침이라는 사실을 전혀 알지 못했고 보잘것없는 거지가 독을 이겨낼 수 있다고는 생각지 않았다. 그는 자신이 독약을 잘못 주었거나, 혹은 제조하는 과정에서 불량이 났을 리는 만무했지만 억지로 그런 것일 거라고 스스로에게 최면을 걸었다.

'그래, 이건 뭔가 잘못된 거야. 이 보자기 안에 든 것은 흑모환이 아니거나 잘못된 걸 것이다. 이럴 리가 없어. 암, 그렇구 말구.'

구충은 급기야 자신이 직접 시험해 봐야겠다고 생각하고 품에서 흑모환 한 알을 꺼내 입에 넣고 오물거렸다. 아무래도 약의 효능상 문제가 생긴 것이라 단정 지은 것이다. 하지만 그는 곧 엄청난 후회 속에 빠져들었다. 독기가 싸하니 몸으로 퍼졌고 몸이 부들부들 떨려온 것이다.

'허걱! 씨발… 이거 진짜잖아!'

그는 덜덜 떨며 양손으로 모가지를 움켜쥐었다.

"크헉… 으억……."

온몸의 피가 차갑게 식어지는 것 같았다. 옆에 있던 호위 무사들이 기겁하며 달려들었다.

"무슨 일입니까?! 정신 차리세요!"

"독에 당하신 겁니까?"

구충은 대답할 여력도 없었다. 그의 눈은 붉게 충혈되었고 두 무릎을 바닥에 꿇은 채 꼴사나운 모습을 보이고 있었다. 함께하던 호위 무사들로서는 이 긴박한 상황에 어떻게 해야 좋을지 모르고 우왕좌왕거렸다. 해독제는 구충만이 가지고 있었기에 구충의 품을 뒤져야 했지만, 구충이 자신의 한 손으로는 목을 움켜쥐고 다른 한 손은 사정없이 흔들어대는 통에 가까이 가기도 힘들었다.

급기야 구충은 목을 움켜쥐던 손을 힘겹게 움직여 가슴을 뒤져 품에서 해독약을 꺼냈다. 하지만 꺼냈다고 다 해결된 것은 아니었다. 바로 눈앞에 해독약이 있었지만 손이 점점 마비되어 가는지라 입으로 넣는 것이 또한 큰 곤욕이었다. 그는 부들부들 떨며 해독약을 입으로 가져갔다. 이제껏 수없이 많은 음식들을 먹어봤지만 이번만큼 오래 걸려 입에 넣어본 적은 없는 것 같았다. 다행히 아직 죽을 때가 아닌지 끝내 구충은 입 안에 해독약을 넣을 수 있었다. 효과는 당장에 나타났다. 독이 중화되는지 마비된 몸이 서서히 풀리고 있었던 것이다.
"헥헥헥……!"
구충은 거칠게 숨을 몰아쉬며 그 자리에 가부좌를 틀고 앉았다. 가늘게 실눈을 뜬 그의 시야에 여러 사람들이 보였다. 당황스런 표정으로 바라보는 수하들, 그리고 그 앞으로 다섯 명의 거지들이 퀭한 얼굴로 쳐다보고 있었다. 그 표정은 이렇게 말하고 있는 것만 같았다.

―대낮부터 지랄하네, 미친놈.

낯짝을 들기 힘들 만큼 창피했지만 지금 입장에서는 살고 봐야 하는지라 그런 생각은 사치였다. 일 다경(15분) 정도가 지나 구충은 해독제가 온몸에 퍼지고 독기가 사라진 것을 감지한 후에 자리를 털고 일어섰다. 아마 조금만 늦었더라도 비명횡사했을 것이 분명했다. 그는 체면이 구겨질 대로 구겨져 거지들의 눈을 똑바로 바라볼 용기가 나지 않았다.
'젊은 거지는 마치 간식 먹듯이 흑모환을 먹었건만 내 이 무슨 꼴이람.'
더불어 그의 눈엔 젊은 거지와 그 일행들이 새롭게 보이기 시작했다. 아까 문언이 숨은 고수들이라고 말한 것을 믿지 않은 것이 이제야 후회됐다. 그는 겸연쩍은 표정으로 일행을 바라보고 연신 헛기침을 해댔다.
"험험험… 허허허험~ 카캬~"
과도하게 헛기침을 하는 바람에 가래가 끌어올라 목이 턱 막혀 또 다시 꼴불건을 연출했다.
"한심한 놈, 아주 지랄을 하는구먼, 지랄을 해."
능파였다. 아까부터 한마디 하고 싶었는데 참고 있다가 이번에 목이 막혀 캑캑거리는 것을 보고 한소리 쏘아붙인 것이다. 옆에서 듣던 표영이 손을 치켜들었다. 능파는 '아, 또 한 대 맞겠구나'라고 생각했지만 의외로 표영의 손은 부드럽게 내려와 능파의 어깨를 두드려 주었다.
"하하, 능파. 이번에는 아주 적절한 말이었다. 아주 좋았어."
"감사합니다, 교, 아니, 방주님."
아직까지도 방주라는 말에 길들여지지 않은 능파가 기쁜 나머지 교주님이라고 할 뻔하다가 말을 얼른 바꿨다. 구충은 비록 조롱 섞인 말을 들었지만 실제로 자기가 생각해도 어이가 없는 행동이었던지라 사납게 대항할 마음이 생기지 않았다.
"험험험… 음, 첫 관문은 요행히 통과했구려. 하지만 두 번째부터는 그리 녹녹치 않을 것이오."
구충의 말투도 문언이나 주화랑이 그랬던 것처럼 어느새 진지해져 있었다. 그것은 독공의 고수에 대한 예우이기도 했다. 구충은 일행을 정문 안으로 들였다. 첫 관문을 통과하고 당가에 들어선 일행은 사방을 둘러보았다. 이리저리 작은 통로들과 여러 전각들이 규모있게 자리하고 있었다. 또 어디에선가는 약을 달이는 듯한 냄새가 전해왔다. 정문에서 그리 멀지 않은 곳에 자리한 독접각이란 현판이 붙은 곳에 구충이 일행을 인도하고 고개를 살짝 숙였다.
"이곳에서 기다리고 있으시오. 곧 두 번째 관문을 시험할 분이 오실 것이오."

독접각 내전의 풍경은 단출했다. 특이한 것이라곤 좌우 벽면에 온갖 독물들의 그림이 그려져 있다는 것이었다. 거기엔 뱀부터 시작해서 전갈이며 지네, 그리고 무엇인지 모를 독충들의 모습들이 세밀한 화법으로 벽화를 형성하고 있었다.

"세상천지에 독물들이 이렇게 많았나?"

표영이 신기하다는 듯 바라보고 중앙에 놓인 탁자로 향해 그중 한 의자에 앉았다. 탁자 주위로 의자는 단 세 개밖에 없었기에 표영만이 의자에 앉았고 나머지는 모두 뒤쪽에 시립했다. 제갈호는 흑모환을 대수롭지 않게 집어 삼키는 방주의 모습을 보고 신기해하면서도 한편으로는 앞으로 나오게 될 독들을 과연 이겨낼 수 있을지 걱정스럽기도 했다.

"방주님, 괜찮으십니까?"

그 말에 표영이 '이까짓쯤이야'라고 말하려 할 때 능파가 제갈호의 복부에 주먹을 먹였다.

퍽~

"네가 감히 지존을 무시하는 것이냐?"

고작 흑모환으로 지존에게 염려의 말을 전한다는 것은 지존을 무시해도 한참 무시한 것이라 능파는 생각한 것이다. 급작스럽게 일격을 맞은 제갈호가 허리를 숙이고 아픈 배를 어루만졌다.

'아, 씨팔… 툭하면 주먹질이야.'

하지만 능파라고 무사할 순 없었다. 바로 자리에서 일어선 표영의 주먹이 능파의 턱을 갈겨 버린 것이다.

"어디서 함부로 주먹을 날리는 것이냐!"

바닥에 고꾸라진 능파가 번개같이 튕겨 일어섰다. 그 모습은 말 그대로 번개였다. 그는 어쩔 줄 몰라 머리를 조아렸다.
"속하 죽을죄를 지었습니다. 그만 방주님을 무시하는 발언을 듣다 보니……."

그런 물고 물리는 모습을 보고 교청인은 고소를 머금었다. 해적들을 물리치는 과정에서 처음 보게 된 방주의 해맑은 얼굴이 그녀의 머리에 교차되어 떠올랐다. 하는 짓이 좀 괴이하긴 해도 은근히 정이 가는 방주였다. 게다가 험악하기 이를 데 없고 무공이 어느 정도인지 짐작도 안 가는 두 늙은이들을 애 다루듯이 하는 방주가 웃기기도 하고 한편으로는 자랑스럽기까지 했다.

'어쩔 수 없이 다니기는 하지만 방주는 은근히 멋지단 말이야.'

그러다가 풋, 하고 소리 죽여 웃었다. 그녀는 스스로 생각해도 이런 자신의 변화가 우스웠던 것이다. 그리고 어쩌면 자신이 지금에 이르러선 방주와 함께 다니는 것을 즐기고 있는 건지도 모른다는 생각이 들었다. 그렇기도 한 것이, 전 사파를 거지로 만들겠다니 그런 걸 누가 생각이라도 하겠는가. 그런 발상 자체가 그녀에겐 신선하기만 했던 것이다. 그렇게 티격태격하는 새에 독접각의 내전 문이 열리며 구충이 새로운 인물을 데리고 왔다.

"이 사람들입니다."

구충의 말에 당통이 힐끔 쳐다보고 표영의 맞은편 의자에 앉았다. 당통은 당가의 가주 당문천의 사촌동생으로 사천독의라는 별호를 지니고 있는 자였다. 그의 독에 대한 자부심은 대단한 것이었다. 그렇기에 비록 구충에게 말을 듣긴 했어도 표영을 하룻강아지 정도로 여길 뿐이었다.

"나는 당통이라고 한다. 흑모환을 통과했다니 예삿놈은 아니로구나."
 능파와 능혼의 눈에 불꽃이 일었다.
 '지존께 예삿놈이라니… 그래, 네놈의 이름이 당통이라 이거렸다. 네 이름을 기억해 두마!'
 당통은 표영의 진면목을 모르니 아직까진 ~놈에 불과했다. 당통이 말을 이었다.
 "…흑모환 정도는 마음만 먹으면 어느 정도 억제할 수 있지. 고작 흑모환을 통과했다고 좋아할 것까진 없다. 음… 어쩌면 네놈은 흑모환에 죽지 못한 것을 애석하게 생각하게 될지도 모른다. 이번 독은 비참하게 죽음을 맞이하게 하는 특징이 있거든. 칠공에서 피를 서서히 흘리다가 삼 일 후에 숨이 끊어지게 되니까 말이다."
 당통은 이 말을 뱉은 후 느긋한 표정으로 맞은편을 바라보았다. 전례를 보건대 대개 이 정도 이야길 하면 누구나 긴장하는 낯빛이 되지 않았던가. 하지만 그의 생각은 아주 큰 오산이었다.
 "자자, 시간 끌지 말고 어서어서 합시다."
 표영이 귀찮다는 듯이 손을 내저은 것이다. 당통의 얼굴이 찌그러졌다.
 '이런 개새끼를 봤나.'
 당통은 속으로 씨부렁대며 들고 온 작은 상자를 탁자 위에 올려놓았다.
 "이 상자 안에는 독왕사가 들어 있다. 이번 관문은 바로 독왕사에 직접 물리는 것이다."
 그 말에 표영의 뒤쪽에 있던 일행들의 입에서 각기 침음성과 경악성이 터져 나왔다.

"음……."
 "헉!"
 침음성은 능파와 능혼에게서 나왔고 경악성은 제갈호와 교청인에게서 나왔다. 독왕사는 흑모사와는 비교할 수 없는 독을 지닌 뱀이었다. 뱀이 많기로 이름난 남만 지역에서 가장 지독한 놈이 바로 독왕사였다. 독왕사라는 이름은 어지간히 강호를 활보하는 사람이라면 익히 그 무서움을 아는 것이었다. 당통은 중인들의 놀람에 가득한 소리에 만족스런 미소를 지었다.

 '크크크, 녀석들… 놀라긴.'

 그때 표영이 가만히 소매를 걷어붙였다. 난 아무렇지도 않으니 여길 물게 하라는 뜻이었다. 소매가 걷어지자 때에 잔뜩 전 팔뚝이 모습을 드러냈다.

 "커억!"

 당통이 토해낸 소리였다. 그는 자신의 눈을 의심했다. 분명 옷을 걷어붙인 것을 보았건만 어찌 된 게 옷 색깔이나 피부 색깔이 전혀 다를 바가 없었던 것이다. 이게 정녕 사람의 팔뚝이란 말인가.

 '내 살다 살다 이런 추접한 놈은 처음이다. 끙.'

 원래 그는 소매를 걷는 것을 보고 고개를 가로저으려 했었다. 독이 빠르게 퍼지도록 가슴을 풀어헤치고 심장에 뱀의 이빨을 꽂아 넣을 생각이었던 것이다. 하지만 팔뚝을 본 후 차마 가슴을 열어보라고 말할 엄두가 나지 않았다. 그는 인상을 구긴 후 갈대 상자를 열어 독왕사의 머리를 빠르게 잡아챘다. 머리를 잡힌 독왕사가 사악한 눈을 번뜩였다. 긴장되는 순간, 뒤쪽에 있던 교청인은 자신도 모르게 양손을 맞잡고 침을 삼켰다.

꿀꺽.

긴장감이 팽팽히 도는 상황이라 교청인의 침 삼키는 소리가 크게 울렸다. 그 소리에 표영은 고개를 돌려 교청인을 바라보고 씨익 웃음을 날려주었다. 그건 마치 '염려 마'라고 말하는 것 같았다. 교청인이 속으로 중얼거렸다.

'이것이 방주의 마지막이 아니길……'

능파와 능혼도 긴장하긴 마찬가지였다. 그럴 리는 없겠지만 혹시나 일이 잘못되면 해독약을 빼앗을 생각으로 양손 가득 기를 응집했다.

'만약 지존의 몸에 이상이 생기면 오늘로 당가에서 목숨을 부지할 사람은 없을 줄 알아라!'

당통이 독왕사의 머리를 표영의 팔뚝에 가져가 살짝 잡고 있던 손에 힘을 뺐다. 그러자 기다렸다는 듯이 독왕사의 사나운 이빨이 표영의 팔에 꽂혔다. 순식간에 위아래 네 개의 이빨이 절반이 넘게 박혀 버렸다.

"흐흐흐흐……"

당통이 표영을 바라보며 음침한 미소를 흘렸다. 표영도 마주 보며 덩달아 웃음으로 답했다.

"하하하하."

"어때? 견딜 만하냐?"

표영은 대답 대신 이빨을 박고 있는 독왕사의 머리를 가만히 쓰다듬는 척하며 살짝 손가락 끝으로 독왕사의 입가에 독을 발출했다. 지금 발출한 것이 무엇이던가. 독 중 제일 오극전갈의 독이 아닌가. 천하의 독왕사도 오극전갈의 독 앞에는 그저 어린애 놀음에 불과한 것이다. 독왕사는 비록 표영의 몸에 독을 주입하긴 했지만 곧바로 이빨을 빼고 고통에 겨워 쉬식거리며 몸부림쳤다. 당통은 독왕사가 이런 행동을 보이는 걸 본 적이 없었다.

'이거이 미쳤나. 왜 갑자기 난리야? 이 녀석도 너무 더러워서 괴로운 건가?'

독왕사는 사방으로 온몸을 비틀다가 당통의 손에서 끝내 최후를 맞고 말았다. 당통의 눈이 평소의 세 배로 확대된 것은 말할 것도 없었다.

"이, 이게 어떻게……!"

그는 눈으로 보고도 도저히 믿을 수가 없었다. 그는 독왕사와 표영의 팔뚝을 번갈아 쳐다보면서 경악에 찬 표정을 지었다. 뒤쪽에 시립해 있던 능파와 능혼은 비로소 안도의 숨을 쉬며 잔뜩 끌어 모았던 기를 이완시켰고 제갈호와 교청인도 한숨을 돌렸다.

당통은 그제야 보통 놈이 아니라는 것을 인식했다. 처음 흑모환의 관문을 통과한 것은 요행히 있을 수 있겠지만 독왕사의 독을 이겨낸 것은 요행으로 설명될 수 있는 것이 아니었다. 아직까지 팔뚝에는 독왕사의 이빨 자국이 선명했고 붉은 선혈이 점점이 맺혀나고 있었으니 말이다. 게다가 더 놀라운 사실은 한번 쓰다듬는 것으로 독왕사가 즉사해 버렸다는 점이다. 겉보기엔 그저 보잘것없는 거지처럼 보이나 실로 대단한 독공의 고수임이 분명했다.

"안목을 높이는 계기가 되었소이다."

짧은 시간에 그의 말투도 달라졌다. 역시 당가인들은 독에 대해 자부심을 갖는 만큼 독공을 익힌 자에 대한 예우도 갖출 줄 알았다. 당통은 창백해진 안색으로 물러났다.

"잠시 이곳에서 기다리시길 바라오."

표영이 소매를 내린 후 수하들을 향해 너스레를 떨었다.
"잘 보았겠지? 너희들은 무언가 느껴지는 게 없느냐?"
즉시 능파와 능혼은 감동에 젖어 눈물을 글썽거리며 누가 먼저랄 것도 없이 칭송을 아끼지 않았다.
"참으로 훌륭하신 독공입니다. 방주님의 영명하신 능력에 속하 감탄을 금치 못했습니다."
"어찌 위대하신 방주님 앞에 독왕사 따위가 위험을 즐 수 있겠습니까."
하지만 표영의 입에서는 전혀 엉뚱한 말이 튀어나왔다.
"잔소리 집어치워라. 너희들도 봤겠지만 말이야, 독사에게 물릴 땐 우리 몸에 지닌 때가 얼마나 소중한지 알게 되는 법이다. 그놈 참, 이빨을 얼마나 박아대던지 때가 많지 않았다면 더욱 깊이 박혀 훨씬 따가웠을 것이다. 너희도 더욱 수련에 힘써 때를 많이 쌓아 이런 경우에 대비하도록 하여라."
능파와 능혼의 얼굴이 돌 씹은 표정으로 변했다. 뭔가 그럴싸한 말을 기대했던 그들이었다. 능파와 능혼은 식은땀을 흘렸고 제갈호와 교청인은 터져 나오려는 웃음을 가까스로 참아야 했다.
약 일 식경이 지났을 때 이번에는 한눈에 보기에도 거물급으로 보이는 두 노인이 모습을 드러냈다. 그들이 들어서자마자 표영의 동공이 확대되었다. 과거 사부와 함께 있을 때 당가의 가주와 함께 온 장로들이었던 것이다.
'저놈들은······!'
표영은 과거의 기억이 떠오르며 분노가 끓어올랐다. 사부에게 치명적인 상처를 안기고 자신을 죽이려 했던 장면들이 스치듯 지나갔다.

"머저리 같은 놈아! 오극전갈을 어서 내려놓지 못해!"
"이런 거지 같은 놈들!"
"찢어 죽일 놈 같으니라구, 감히 우리 일을 방해하다니!"
"저놈은 독에 당했으니 내버려 두어라. 지금 목숨을 끊어놓으면 편안히 죽음을 인도하는 것뿐이잖느냐. 오랫동안 독에 고통스러워하다가 칠공에서 피를 뿌리고 죽도록 두는 편이 낫다."
"저 미친 영감은 어떻게 처리하는 것이 좋겠습니까?"
"클클클, 미친 영감탱이도 저대로 두어라. 미친놈이 무얼 하겠느냐. 오히려 동료가 죽은 것을 보고 더욱 미치게 만들어주자꾸나. 클클클. 이만 가자."

머리에서 그 당시 지껄이던 당가인들의 말이 윙윙거렸다. 생각 같아서는 당장에 주먹을 날리고 싶은 마음이 간절했지만 이를 악물고 참았다.
'복수는 이렇게 해선 안 된다! 진정한 복수를 위한다면 참아야 해!'
사부의 음성도 들렸다.

"개방의 법도는 오직 하나 의를 숭상하라임을 잊지 말아라."

이곳까지 오는 동안 절대 사사로이 힘을 쓰지 않겠다고 몇 번이고 다짐했던 터였다. 하지만 지금 이 순간 표영에겐 여간 힘든 것이 아니었다. 얼굴을 보기 전에는 충분히 뛰어넘을 수 있을 것 같았건만 얼굴을 본 후로는 마음이 달라진 것이다. 머릿가에서 자꾸만 유혹의 목소리가 들렸다.

"다 죽여 버려. 마음에 내키는 대로 하는 거야. 그들이 했던 것처럼 똑같이 해주는 거야. 이건 잘못된 것이 아니잖아. 그럴 만한 힘도 갖추고 있지 않느냐."

얼굴이 시뻘겋게 달아올랐다. 이미 뒤쪽에 있던 능파 등이 괜찮으시냐며 여러 차례 말을 했지만 표영의 귀에는 아무것도 들리지 않았다. 지금 표영은 순간적으로 매우 위험한 상황에 처하고 말았다. 분노를 갈무리하지 못하면 당가인들과의 대혈전이 벌어질 것이고 마음을 극복하지 못한다면 심마에 빠질 수도 있었다. 또 다른 목소리가 머리 속에서 들려왔다.

"비록 이들이 악행을 저질렀다고는 하나 그들을 바라보고 살아가는 사람들을 생각해 봐야 한다. 최선의 길은 마음을 돌이키게 하는 것이다. 사부님께서 이곳에 계셨다면 분명 참으셨을 것이다."

사부님의 천진난만하게 웃던 얼굴이 떠올랐다. 그러자 이윽고 표영의 마음도 서서히 가라앉았다.
"후우~"
가만히 탁기를 내뱉자 진기가 유유히 흐르고 정신이 맑아졌다. 그제야 주변의 소리가 귓가에 들렸다.
"방주님! 방주님!"
"정신 차리십시오."

"독에 중독되신 겁니까?"

"아무 말이나 해봐요."

모두들 걱정스런 목소리였다. 한편에선 당가의 두 장로 당추와 당경이 탁자에 앉아 기이한 듯 서로 이야기를 나누고 있었다.

"독왕사의 독이 이제야 나타난 것인가?"

"그건 아닌 것 같은데… 증상이 아니잖는가. 내가 보기엔 이분은 겁에 질린 듯허이."

"하하, 그럴 수도 있겠군."

당추와 당경은 까닥 잘못했으면 목이 날아갈 뻔했다는 것도 모른 채 여유를 부렸다. 표영이 수하들을 안심시켰다.

"난 괜찮다. 갑자기 속이 더부룩해서 말야. 하하하."

쾌활한 말투에 모두는 마음을 놓았다. 하지만 그들 중 누구도 그 말을 곧이곧대로 믿는 사람은 없었다. 절정의 고수가 속이 좋지 않다고 심각해지는 법은 없으니까 말이다. 그렇다고 당장 무슨 일이냐고 물어볼 수도 없는 노릇이라 모두는 일단 마음에 묻어두었다.

표영이 마음의 싸움을 끝낸 후에 고개를 들었기에 장로 당추와 당경은 비로소 얼굴을 자세히 들여다볼 수 있었다. 둘의 눈썹이 거의 동시에 꿈틀하고 움직였다.

'낯설지 않은 얼굴인데……'

'거지라… 어디서 본 것일까?'

둘은 명확히 기억해 내지 못했다. 그들은 과거 오극전갈을 얻기 위해 몹쓸 짓을 한 것에 대해 그리 신중하게 생각지 않았기 때문이다. 성정이 온전치 못한 이들은 원수의 얼굴은 잊지 않아도 은혜를 받은 자의 얼굴은 쉽게 잊는 법이다. 그들에겐 오극전갈에 대한 아쉬움은 가득했을지 몰라도 당시 볼품없게 보인 거지의 모습은 기억 저편에 아스라이 흐려진 상태였다. 물어보는 것이 빠르겠다 싶어 당추가 말을 건넸다. 거기엔 거만함이 가득 섞여 있었다.

"어디서 본 듯한데 혹시 만난 적이 있소이까?"

표영이 똑바로 쳐다보며 냉담하게 뇌까렸다.

"잔말 말고 어서 독이나 내놔봐라."

박력이 철철 넘치는 말이었다. 그 말에 제일 좋아한 것은 능파와 능혼이었다. 이제까지 들어보지 못한 싸늘한 말투에 둘은 괜히 어깨에 힘이 들어갔다. 지존다운 면모가 물씬 풍겨나는 한마디가 아닐 수 없었다. 갑작스런 반응에 '웬 거만이냐'는 투로 노려보는 당추와 당경에게 능파가 한마디를 거들었다.

"아야, 귀가 먹었어? 방주님의 말씀을 허투루 듣는 것이냐? 어린놈들이 싸가지없기는."

능파가 어린놈이라고 말한 것은 크게 틀린 말은 아니었다. 이제까지 세월을 따지자면 거의 300년에 육박하는 나이이니 말이다. 당추가 콧방귀를 날렸다.

"흥, 독왕사의 독을 아무렇지도 않게 받아냈다고 기고만장해진 것이더냐? 좋다."

오는 말이 험하니 가는 말도 고울 리가 없었다. 당추가 품에서 주먹만한 옥합을 꺼냈다.

"흐흐… 놀라지 말아라. 이 안에는 들어 있는 것은 묘강뇌신충이라 하는 것이다."

하지만 놀란다고 하는 것은 어느 정도 뭘 알아야 놀라는 법이다. 표영으로서는 뇌신충이 뭔지 알 리가 없었기에 당연히 놀라고 싶어도 놀랄 수 없는 노릇이었다.

묘강뇌신충이라는 말에 어떤 표정을 지을 것인지 느긋하게 바라보던 당추와 당경은 상대가 여전히 꼬나보기만 하자 웃음을 싹 지웠다.

'전혀 미동도 없지 않은가.'

'대체 저놈의 정체가 뭐길래…….'

아무리 담대한 자라 할지라도 그 표정을 숨기려 할 때는 미세하나마 흔들림이 포착되는 법이건만 당추와 당경이 보기엔 거지 녀석은 전혀 아무런 격동도 없었다. 당가의 두 장로는 그나마 뒤쪽에 있던 네 명의 거지들이 경악한 표정을 짓는 것으로 만족해야만 했다.

실제로 묘강뇌신충이라는 말은 놀랄 만할 가치가 충분했다. 그건 마치 심장을 바깥으로 꺼냈다가 다시 도로 집어넣을 정도의 놀라움이라 할 수 있었다. 묘강뇌신충이 무엇이길래 당추와 당경이 자신만만한 것일까?

묘강뇌신충은 번데기같이 생긴 작은 벌레다. 하지만 작은 벌레라고 일반적으로 볼 수 있는 배추벌레 수준으로 생각하는 건 미련한 생각일 뿐이다. 일단 묘강뇌신충이 몸 안에 들어가게 되면 곧바로 머리 쪽으로 이동해 뇌를 갉아 먹는다. 결국 복용한 자의 뇌는 충에 의해 서서히 파먹히며 모든 신경이 마비되고 끝내는 처참한 죽음을 맞이하게 되는 것이다. 사실 이것은 구하기가 매우 힘들어 당가에서도 소중히 여기는 독물이라 할 수 있었다. 당가에 독으로 도전하는 자들 중 태반이 세 번째 관문에서 목숨을 잃었으며 그중 일부는 스스로 부족함을 느끼고 중도 포기하기도 한 과정이었다.

당추가 옥합을 열자 비단에 감싸인 시리도록 흰빛을 발하는 벌레가 모습을 드러냈다. 크기는 매우 작아 새끼손가락 한쪽 마디에 불과할 정도였다.

"흐흐흐… 정녕 원치 않는다면 지금 포기해도 좋다."

당추는 음흉한 미소를 지으며 말을 이었다.

"하지만 만일 그만두겠다면 팔 하나 정도는 떼놓고 가는 성의는 보여야 할 것이다."

이 말은 괜히 하는 말만은 아니었다. 실제로 도전자 중엔 묘강뇌신충을 접하고 포기한 자가 상당수였기 때문이다. 강호무림인들 중 외팔이가 있다면 어쩌면 그는 당가에 독으로 도전했다가 뇌신충의 관문에서 포기한 자는 아닌지 생각해 봐야 할 문제다. 하지만 표영은 전혀 개의치 않았다. 조금 특이하게 생겼구나 하는 생각이 들 뿐 두려움 따윈 없었다.

"허허, 벌레 한 마리로 내게 겁을 주겠다는 것이냐?"

"훙, 벌레 한 마리가 너의 머리통을 집어삼키고 나서도 그런 말을 할 수 있을지 두고 보겠다."

이때 능파와 능혼, 그리고 제갈호와 교청인은 솔직한 심정으로 말리고 싶었다. 그렇다고 팔을 하나 떼놓고 가겠다는 것은 아니었다. 다 때려부수고 나오면 그만인 것이다. 하지만 어느 누구도 여기에서 그만 하자는 말은 꺼내지 못했다. 그들은 모두 방주가 말린다고 들을 사람이 아님을 잘 알고 있었기 때문이다. 표영이 손을 뻗어 묘강뇌신충을 집어 들려 하자 중도에 당경이 손으로 막았다.

"내가 직접 넣어주겠다."

당경이 이렇게 한 데는 자칫 손으로 집는 과정에서 묘강뇌신충을 눌러 죽인 이후 먹을 것을 우려함이었다. 표영이 입을 벌리자 당경이 충을 조심스럽게 잡고 입 안으로 쏙 집어넣었다.

묘강뇌신충은 입에 닿기가 무섭게 미끄러지듯이 목을 타고 넘어가 버렸다. 표영은 가만히 눈을 감았다. 겉으로 큰소리를 치긴 했지만 과연 이 뇌신충이라는 것이 어떤 작용을 할지 아무것도 모르는 상태가 아니라. 오극전갈의 영향으로 만독불침이 되었다는 사부님의 말씀은 확실할 터이지만 그 효능이 독충을 제어할 수 있을지는 알 수 없는 노릇이었다. 이미 주사위는 던져졌다. 표영은 모든 것을 하늘에 맡기고 조용히 몸 안의 반응을 살폈다.

퍼펑— 퍼펑—

내부에서 작은 요동이 느껴졌다. 그건 표영만이 느끼고 들을 수 있는 것이었다. 그 충돌은 오극전갈의 독과 천년하수오, 그리고 묵각혈망의 내단의 기운이 한데 연합되어 묘강뇌신충과 부딪치고 있음이었다. 표영의 몸이 작게 떨렸다. 그 모습은 마치 갑자기 추운 곳에 나오게 된 사람을 보는 것 같았다. 당추와 당경이 속으로 쾌재를 불렀다.

'옳거니! 걸렸구나! 클클클.'

'그러면 그렇지!'

둘은 몸을 떠는 이유가 충이 뇌를 갉아 먹고 있기에 신경이 마비되어 가는 중이라 생각한 것이었다.

'흐흐흐, 이제 곧 귀와 코와 입, 그리고 눈 주위에서 피가 흐르며 처참한 최후를 맞겠지.'

'자, 그럼 이제 남은 거지들을 처리해야겠지?'

당추와 당경이 속으로 뇌신충을 열심히 응원하며 승리를 확신하고 있을 때 표영의 몸 안에서는 묘강뇌신충이 녹아내린 지 옛날이었다. 단지 지금 상태는 묘강뇌신충이 지니고 있는 독의 정화를 흡수하느라 시간을 지체하고 있을 뿐이었다.

이건 매우 특이한 현상이라 할 만했다. 대개 독을 다루는 이들이 주로 힘쓰는 것은 그 독을 어떻게 해독하느냐에 대한 것이다. 하지만 현재 표영 같은 경우는 해독 개념이 본질적으로 달랐다. 굳이 해독이라고 할 수도 없었다. 쉽게 말해 독의 정화를 본신진력으로 흡수해 버리고 있는 것이다. 이것이 가능케 된 것은 오극전갈의 최고의 독과 영약 중의 영약이라는 천년하수오, 그리고 묵각혈망의 내단이 한데 어우러져 기묘한 힘을 형성한 까닭이었다.

즉, 표영에겐 어떤 독이라도 몸에 들어오면 그 독의 정화를 받아 내력이 상승하게 된다는 뜻이다. 지금 몸을 부르르 떨고 있는 것도 그 힘을 흡수하고 있기 때문이었다. 그럼 왜 아까 흑모환과 독왕사의 경우 때는 아무런 일이 없었을까. 사실 아무 일이 없었던 것이 아니라 둘 다 독이 대단치 않았기에 빠르게 힘을 흡수해 버려 몸 밖으로 드러나지 않은 것뿐이었다.

표영의 몸이 서서히 아무 일도 없다는 듯 잦아들었다. 이윽고 번쩍하고 표영이 눈을 뜨자 신광이 한차례 발하다가 사라졌다. 표영은 온몸에 감도는 상쾌한 느낌에 마치 깊은 잠을 자고 개운하게 일어난 것만 같았다. 몸 안에 힘이 회오리쳤다.

"이거 독충이 아니라 보약이로구먼. 하하하하!"

표영의 입가에 매달린 웃음에 당추와 당경은 표정을 어떻게 지어야 할지 몰랐고, 능파와 능혼, 그리고 제갈호와 교청인 등은 먹구름이 걷히고 하늘이 맑게 갠 것 같았다.

'지존께서는 가히 독의 신이라고 불려도 손색이 없으시겠구나. 아, 천마지체의 위대함인가.'

능혼은 마교가 무림을 제패하는 모습이 눈에 보이는 듯했다.

당가 261

삐이익~

긴 호각 소리가 당가 전체에 울려 퍼졌다. 소리는 길게 퍼져 나가 모든 당가인들의 마음을 뒤흔들어 놓았다. 호각 소리에는 여러 의미가 담겨 있었다. 지금 당가인들이 놀란 것은 그 호각 소리 중 가장 위급함을 알리는 신호가 들려왔기 때문이었다.

호각 소리는 어떤 식으로 부느냐에 따라 경고와 비상, 혹은 대수롭지 않은 집합 등 각기 다른 의미를 나타냈다. 지금 울리는 비상 호각은 몇 년 만에 듣는 것인지 모를 정도로 오랜만에 듣는 최고 수준의 비상 상황을 뜻했다.

"무슨 일이라도 난 건가?"

"글쎄, 독으로 도전하러 왔다는 사람 때문이 아닐까?"

"설마… 그런 일이 있을 수 있단 말인가?"

"가보면 알겠지."

당가인들은 저마다 의문을 품고 대전 앞쪽으로 모여들었다. 앞쪽에 놓인 단상에 장로 당추가 올라가 무리를 쭈욱 둘러본 후 입을 열었다.

"모두는 들어라. 아직 적이 침입한 것은 아니다."

이 말은 즉, 곧 적이 쳐들어올 것이라는 말도 되었고 다른 한편으로 생각해 보자면 찾아온 이가 곧 적으로 둔갑할지도 모른다는 뜻으로도 해석할 수 있는 부분이었다. 당추의 말이 이어졌다.

"현재 뜻밖의 방문자는 다섯 관문 중 세 번째까지 통과했다."

그 말에 탄성이 터져 나오며 여기저기 웅성대기 시작했다.

"어찌 그런 일이……."

"이제껏 묘강뇌신충을 억제한 사람이 누가 있었던가."

"그럼 이번이 최초가 되나?"

"그렇다고 봐야겠지."

"그 사람이 적으로 돌변하면 무서운 일이 벌어지겠군."

당추가 손을 높이 쳐들었지만 서로 놀라 수군거리는 당가인들을 멈추게 하진 못했다. 그만큼 이 일은 당가인들에게 뜻밖이었고 놀라운 일이었던 것이다. 당추가 큰 소리로 외쳤다.

"조용! 조용하라!"

그때서야 모두들 입을 다물었다.

"모두 놀라지 말고 앞으로 일이 어찌 될지 모르니 긴장을 유지한 채 대기하도록 하라. 이건 실제 상황이다."

당추는 솔직히 불안함을 느꼈다. 그 불안함은 상대가 세 번째 독관문을 통과했다는 것 때문이 아니었다. 정확하게 불안의 실체에 대해 말하자면 세 번째 관문에 이르기까지 그동안의 독들이 상대에게 어떤 타격도 주지 못했다는 바로 그 점이었다.

'당가의 일생일대의 위기로구나.'

비상 소집을 발한 장본인은 당연 당가의 가주 당문천이었다. 그는 아까까지만 해도 식객으로 머물고 있는 갈조혁과 도란도란 담소를 나누고 있었다. 그런데 느닷없이 당경이 뛰어들며 소식을 전해온 것이다. 아직도 귓가에 음성이 메아리치는 듯했다.

"가주님, 묘강뇌신충이 깨졌습니다! 세 번째 관문이 뚫린 겁니다!"

처음 당문천은 그 말을 농담으로 여겼었다. 그는 여유롭게 웃음 지으며 '이봐! 농담도 좀 그럴싸한 것으로 골라서 해야 놀라기라도 할 것 아냐'라고 말하기까지 했었다. 하지만 당경은 눈을 시퍼렇게 뜨고 불을 뿜듯이 말을 내뱉지 않았던가. 한가로이 차를 마시고 있을 수 없었다. 당경의 말을 듣고 당문천이 놀란 것은 단지 세 번째 관문을 통과했다는 것 때문만은 아니었다. 그보다 정작 중요한 것은 어떻게 통과했느냐 하는 점이었다. 적어도 지금 버티고 있다 해도 상대는 치명적인 몸 상태가 되어야 정상인 것이다. 그리고 그런 몸으로는 당연히 네 번째 관문에서 죽음을 맞이하게 되는 것이고 마땅히 그렇게 되어야만 했다.

당가에서 강호에 다섯 관문을 두고 독으로 도전하도록 하고 모두 통과한 자에게 당가의 주인이 되게 하겠다고 한 데는 그만한 자신이 있었기 때문이다. 거기엔 매우 치밀한 계산이 깔려 있었고 거의 완벽할 정도의 승산이 갖춰져 있었다. 그 핵심은 독의 특성을 이용함이었다.

첫 번째 관문인 흑모환과 두 번째 관문인 독왕사는 모두 뱀의 독으로 성질이 모두 음의 기운을 갖추었다. 허나 흑모환은 음한 가운데 양의 성질을 지녔고 독왕사는 음한 가운데 더욱 음한 성질을 지닌 터였다. 그렇기에 도전자가 비록 흑모환을 버텨냈다고 해도 둘째 관문인 독왕사 때에는 해독할 수 있다 해도 이미 음한 가운데서 몸의 균형이 무너져 죽음을 맞게 되는 것이다.

아주 특이한 경우로 둘째 관문까지 통과했다 하더라도 도전자는 세 번째 관문에서 더 큰 함정에 빠지게 된다. 세 번째 관문인 묘강뇌신충이 앞서 펼쳐진 흑모환과 독왕사의 독에 영향을 받고 더욱 광분하며 몸속을 헤집고 다니기 때문이다. 실로 묘강뇌신충은 당가의 가주인 당문천으로서도 어찌해 볼 수 없는 무서운 독충이라 할 수 있다.
 묘강뇌신충은 내가진력을 이용해 태워 없앨 수 있는 것도 아닌지라 내공이 신화경이 이르렀다 해도 가히 속수무책이라 할 수 있는 것이다. 당문천이 알고 있기로 뇌신충을 제어할 수 있는 방법은 유일하게 음공을 익힌 고수나 뇌신충을 잘 다루는 이가 있어 피리나 악기를 통해 몸 밖으로 유인하는 방법뿐이었다. 그런데 이런 최악의 관문들을 통과한 자가 거뜬히 아무런 이상도 없이 버티고 있다는 것이다. 그러니 어찌 당문천의 등골이 오싹해지지 않을 수 있겠는가.
 "음……"
 깊은 침음성을 발하는 당문천에게 식객으로 거주하고 있는 갈조혁이 위로의 말을 던졌다.
 "설마 하니 그자가 네 번째 관문을 통과할 수 있겠습니까? 가주께서는 크게 걱정하지 마시구려."
 정말 힘든 상황에서는 작은 위로의 말이 얼마나 큰 힘이 되는지 모른다. 게다가 위로를 하는 사람이 고명한 자이거나 신뢰할 만한 자라면 더욱 위안이 클 수밖에 없을 것이다. 그런 의미에서 갈조혁은 당문천의 마음에 위로를 한껏 던져 줄 만한 위치에 있다 할 수 있었다. 현재 그는 식객의 위치에 있긴 하나 당가에서 새롭게 장로로서 그 직분을 부여받기 직전이었다. 이 사실은 당가의 지도급 인사들도 잘 알고 있는 부분이었다. 하지만 지금의 당문천은 예민하기 그지없었다.
 "혼자 있고 싶소이다. 갈 형은 잠시 처소로 돌아가 계시는 것이 어떻겠소."
 말은 곱게 했지만 분위기가 좋지 않은 만큼 갈조혁이 어물쩡 우스갯소리를 할 상황이 아니었다.

"그럼 저는 잠깐 들어가 좋은 소식을 기다리고 있겠습니다."

갈조혁이 나간 후 당문천은 애써 스스로를 위로했다.

'그래… 무형지독을 뛰어넘을 순 없을 것이다. 만약 그렇다면 그는 독존이라고 불리울 만하지 않겠는가.'

당문천의 자신감은 그저 마음을 위로하려는 것만은 아니었다. 무형지독은 그럴 만한 가치가 있었다. 무형지독이라 함은 얼핏 보면 물처럼 보이는 것으로 맛도 느낄 수 없고 향도 없으며 투명체로 이루어져 있다. 제조법은 약 오천여 종의 독초를 혼합해 액을 내고 그 액을 펄펄 끓여 떠오르는 증기를 모아 만들어내게 된다. 그 가운데 배합이 조금만 빗나가면 탁한 기운이 끼고 무색이 아닌 누리끼리한 색으로 변해 버리기에 만들기가 여간 어려운 것이 아니었다.

하지만 한번 만들어지면 단 한 방울만으로도 순식간에 온 혈맥에 퍼져 전신 혈도를 파괴하고 신경을 죽이며 끝내는 산화 작용을 일으켜 뼈와 살을 녹여내는 파괴력을 지녔다.

소를 예로 들자면 한 방울만으로도 소 10마리 정도는 눈 한 번 깜박이는 사이에 죽일 수 있을 정도라 할 수 있었다. 실제로 당문천도 무형지독을 만드는 비법을 알고는 있었지만 이제껏 단 한 번도 성공한 적이 없었다. 지금 보유하고 있는 무형지독은 당문천의 증조부가 되는 당항이 추출해 낸 것이었다. 만드는 방법이 까다로운 만큼 그 위력은 상상을 초월하는 것이다. 현재 보유한 양은 수정으로 이루어진 병에 절반 정도가 있을 뿐이었다. 이 무형지독이야말로 당가에 있어서 가장 진귀한 보물이랄 수 있었다.

'만일…….'

당문천의 이마에서 작은 땀방울이 맺혔다.

'만일… 무형지독에도 전혀 피해를 입지 않는다면 그땐 어떻게 해야 하나. 과연 그를 죽일 수 있을까? 그런 자라면 손짓 한 번에 독기를 수증기처럼 발출해 십수 장에 떨어져 있는 사람까지 살상할 수 있을 텐데… 이대로 가문이 넘어가야 한단 말인가? 아니야… 아니야… 그런 사람은 이 세상에 있을 수 없다. 절대 그런 일은 일어날 수 없어. 아무렴, 절대로!'

당문천은 앞을 보고 있었지만 그의 눈은 아무런 사물도 볼 수 없었다. 그가 정신을 차린 것은 장로 당경이 연이어 네 번을 부른 다음이었다.

"가주님!"

"어? 어… 무슨 일이냐?"

당경이 대답 대신 당황하는 표정을 짓자 그제야 자신의 실언을 깨달은 당문천이 황급히 몸을 일으켰다. 그는 밀실로 들어가 조심스럽게 수정병을 들고 나왔다.

"나는 가지 않겠다. 확실히 끝내도록 하여라."

"명을 받들겠습니다."

대답을 한 당경은 가주의 모습 속에서 당가의 불안한 미래를 보는 듯해 마음이 답답했다. 사실 당경 스스로도 얼마나 불안한지 몰랐다.

'그럴 리는 없겠지만 네 번째 관문을 뛰어넘는다면 다음은 가주님의 차례가 아닌가.'

그것이 문제였다. 원래 마지막 다섯 번째 관문은 당가의 가주가 상대와 마주 앉아 서로의 몸에 지닌 독기를 서로에게 복용토록 하는 것이었다. 하지만 무형지독까지 대수롭지 않게 생각하는 이라면 그런 경지에 이른 자와 어찌 대적할 수 있겠는가. 그런 상황에 이르면 좋게 당가를 넘기는 것이 현명한 처사라 할 수 있었다. 거기까지 생각하던 당경은 당문천이 그랬던 것처럼 곧바로 고개를 가로저었다.

'내가 무슨 생각을 하고 있는 것인가. 최고의 보물인 무형지독을 앞에 두고서 말이야. 그 누가 있어 벗어날 수 있겠느냐. 그건 꿈에서나 가능한 일이지.'

당경은 무형지독을 들고 독접각 안으로 들어갔다. 그가 자리에 앉자 팽팽한 긴장감이 내전을 휩쓸었다. 잠시 후 침묵이 감돌았다. 잠깐 동안이었지만 그 시간을 마치 억겁의 시간처럼 느끼는 건 비단 당경뿐만은 아니었다. 당경이 입을 열었다.

"네 번째 관문이오. 규칙대로 어떤 독인지에 대해서는 설명해 주겠소이다. 이 독은 무형지독으로 본가의 최고의 독이라 할 만하와다. 귀하의 능력이 얼마나 고명한 것인지 판가름해 줄 것이오."

당경의 목소리는 평소와 달랐다. 일직선으로 뻗어가지 못하고 틈틈이 갈라지며 떨리고 있었던 것이다. 그는 마음을 다그치며 똑바로 말하려고 노력했지만 생각대로 되지 않았다.

표영은 당경이 내려놓은 수정병을 바라보고 안색이 미세하게 굳어졌다. 묘강뇌신충을 대할 때도 거리낌이 없었던 표영이 아니던가.

'이제까지의 독들과는 차원이 다른 무서운 독이구나.'

표영은 사부에게 배운 바 독의 이치를 떠올렸다.

'사부님은 독이 지독하면 할수록 아름다움으로 치장한다고 했다. 수정병에 든 무형지독은 독이라고 부르기가 미안할 정도로 맑은 기운을 뿜어내고, 심지어 영롱함마저 깃들어 있는 것 같지 않은가. 얼마만큼이나 지독한 독일까?'

뒤쪽에 있던 능파와 능혼, 그리고 제갈호와 교청인도 바짝 긴장했다.

그들은 무형지독이 대체 얼마나 위험한 독극물인지는 몰랐다. 하지만 수정병을 꺼내고 그에 대해 설명하는 당경의 목소리가 떨려오는 것만 보아도 이번 독에 당가가 모든 것을 걸고 있다는 것만은 확실히 느낄 수 있었다. 진정 당가의 모든 힘이 응집된 액체라고 봐도 무방하리라.

'갈수록 태산이라는 말은 바로 이런 때를 가리키는 말이겠지.'

교청인은 마음을 다해 표영을 응원했다. 그녀는 방주가 당가에 대해 깊은 원한을 간직하고 있음을 함께하는 동안 다소나마 느낄 수 있었다.

'하지만 방주님은 최대한 피해를 줄이기 위해 스스로 이런 길을 택한 것이 아닌가.'

그녀의 마음으로 방주의 따스함이 전해오는 듯했다.

'부디 방주님이 무사하시길……'

당경은 당경대로 염려와 근심에 휩싸이고 능파 등은 표영의 안위에 대한 걱정으로 가슴이 답답해졌다. 숨이 막힐 듯한 긴장 속에 드디어 표영이 수정병을 집어 들었다. 지켜보는 당경의 목젖이 크게 출렁거렸다. 사실 그로서는 지금 말을 해야만 했다.

―한 방울만 마셔야 하오.

하지만 그는 말을 집어삼켜 버렸다. 절대로 수정병에 담긴 무형지독을 다 복용토록 해서는 안 되는 것이다. 보물인 무형지독은 이것이 전부다. 이걸 다 마시기라도 한다면 상대는 확실히 죽일 수 있겠으나 가문의 보물이 날아가고 마는 것이다. 그러나 그는 '만약… 이것으로도…'라는 가능성에 대한 두려움에 보물을 버리기로 마음먹었다.

표영은 수정병을 한번 들여다보고 뚜껑을 열었다. 역시 아무런 향도 맡을 수 없었다. 표영이 속으로 중얼거렸다.
'무엇을 머뭇거리는 거냐, 표영아.'
이윽고 입 안에 술 한잔 걸치듯 털어 넣자 미끄러지듯이 무형지독이 목으로 넘어갔다. 과연 어떻게 될 것인가. 표영은 물론이고 지켜보는 모두는 각기 다른 열망에 사로잡혔다.

당경.
'자, 이제 피를 토해. 어서 토하라구! 그리고 눈이 녹아내리고, 혀가 썩어지며, 뼈가 흐물흐물해지는 거야. 어서, 어서!'

능파.
'지존은 강하시다. 강하시다. 천마지체가 고작 무형지독 따위에 무너질 것 같으냐.'

하지만 어느새 능파의 눈은 붉게 충혈되어 가고 있었다.

능혼.
'아, 지존이시여. 200년의 염원과 마교군림을 위해 이겨주소서.'

제갈호.
'방주는 쉬운 길을 두고 참으로 힘든 길을 걸어가는구나. 비록 걸인의 모습을 하고 있지만 그 어떤 사람보다 커 보이지 않는가.'

제갈호는 알량한 무공을 믿고 교만한 마음을 품었던 연약했던 지난 시절을 돌아보았다.

교청인.
'제발… 제발…….'

모두의 염원이 더욱 간절해지고 있을 때 표영에게 변화가 나타났다. 이제껏 흑모환이나 독왕사, 그리고 약간의 반응을 보였던 묘강뇌신충의 때와는 완연히 다른 모습이었다. 당경의 눈에 작은 희열의 불꽃이 피어 올랐다.
'역시… 무형지독에는 당할 수 없음이지!'
표영의 눈은 원래 검은 눈동자에 주변 흰자위로 청광을 나타냈었다. 그 후 걸인의 길을 걷고 각성을 이루면서 점차 청광이 사라져 거의 9할이 넘게 청광이 사라져 보통 사람이 볼 때는 전혀 특별할 것이 없게 된 터였다. 하지만 지금 표영의 눈은 흰자위에 수많은 핏줄이 퍼지더니 곧 이어 시뻘건 혈광으로 물들었다. 그리고 급기야 검은 눈동자마저 타오르는 횃불처럼 붉게 변해 버리고 말았다.
"우아아악—!"
엄청난 괴성이 표영의 입에서 터져 나왔다. 앉은 자세 그대로 표영은 양손을 맞잡고 씩씩거렸다. 그 모습은 주위에서 지켜보는 것만으로도 힘겹게 느껴졌다.
"지존이시여!"
"방주님!"
"방주님!"

이제 눈에서 혈광을 뿌려대는 것에 이어 몸에도 변화가 일었다. 힘줄이 솟아오르고 혈맥이 터질 것처럼 전신에 부풀어 올랐다.
"으아아악―!"
다시금 당가 전체에 표영의 괴성이 울려 퍼졌다. 막강한 내공이 실린 소리인지라 독접각 내전이 들썩이는 듯했고 당가에 머문 사람들치고 그 소리를 듣지 못한 이가 없을 정도였다. 표영이 자리에서 힘겹게 일어나더니 당경을 손가락으로 가리켰다.
"어… 어… 서 피… 해라……. 어서…….."
당경은 그렇지 않아도 소름이 확 돋아나 자리를 물러나려 했었다. 그도 이제껏 무형지독의 위력을 말로만 들었을 뿐 직접 본 적이 없었다. 게다가 한 방울도 아닌 병째로 마셔 버린 것이 아닌가. 그는 신형을 날려 내전을 빠져나갔다.
하지만 그의 움직임보다는 능파의 동작이 배나 빨랐다. 능파는 갑작스런 변화에 어쩔 줄 모르다가 당경이 움직이는 것을 보고 해독제를 뺏고자 달려든 것이었다. 중도에 멱살이 잡힌 당경은 황당함을 금치 못했다. 뒤쪽에 있던 늙은 거지들이 필시 뭔가 있을 것이라 생각했지만 설마 이 정도의 고수일 줄은 몰랐던 것이다. 그는 다급한 김에 오른 소매를 털며 독문암기인 환영전을 날렸다. 아니, 분명 자신은 날렸다고 생각했다. 하지만 안타까운 건 환영전보다 능파의 손이 더 빨랐다는 점이었다.
뚜드득― 와드득―
"으아악!"
순식간에 당경의 오른팔 뼈마디가 바스라져 버렸다. 환영전이고 뭐고 날릴 겨를이란 없었다. 능파가 포악한 얼굴로 소리쳤다.

"어서 해독약을 내놔라! 만일 네 입에서 해독약이 없다라는 말이 나온다면 너의 한쪽 눈알을 빼 씹어 먹고 그 모습을 너의 남은 한쪽 눈으로 보게 해주겠다!"

당경이 말했다.

'해독약은 없다.'

하지만 그 말은 마음속에서만 울릴 뿐 차마 입 밖으로 소리가 되어 나오진 못했다. 아무렇지도 않게 뼈를 바스러뜨린 것으로만 봐도 그저 겁주려고 하는 말이 아닐 것은 뻔했다. 그때 한쪽 손으로는 가슴을 움켜쥐고 한 손으로 탁자를 부여잡고 있던 표영이 혈광을 뿜어내며 능파를 향해 말했다.

"그를 보내라."

능파는 도무지 이해할 수 없다는 표정으로 아무 대꾸도 없이 바라보았다.

'지존께서는 왜…….'

그가 곤혹스러운 표정을 지을 뿐 여전히 손을 놓지 않은 것을 보고 표영이 폭풍처럼 소리쳤다.

"어서 놓지 못해, 이 개자식아!"

그제야 능파가 당경을 힘없이 놓았고 어느새 주름이 가득한 눈가에는 눈물이 흘러내렸다. 이런 표영의 반응은 그 자리에 있는 누구도 이해할 수 없었다. 심지어 억제에서 풀려난 당경마저도 이해할 수가 없는 노릇이었다. 마땅히 독에 당했으니 해독제를 얻으려 해야 하는 것이 당연한 것 아니던가.

"헉헉… 헉헉……."

표영은 혈광을 뿌리며 수하들을 하나하나 돌아보았다. 능혼은 곁에서 부축하고 있었고, 제갈호는 곤혹스러운 표정을 하고 있었으며, 교청인은 어느새 눈물 범벅이 되어 있었다.

"헉헉… 며, 명심해라. 나… 나의 몸에 타격을 가해야… 한다……. 알아들었느냐?"

표영은 험악하게 변한 겉모습에 비해 스스로의 몸 상태에 대해 온전히 파악하고 있었다. 그가 판단하기로 지금 상태는 중독으로 나타난 현상이 결코 아니었다. 오히려 무형지독은 표영에게 있어서 훌륭한 영약과도 같다고 할 수 있었다. 아까 세 번째 관문인 묘강뇌신충의 독의 정화를 흡수했던 것처럼 지금도 그런 과정을 겪고 있는 것뿐이었다. 문제는 무형지독이 묘강뇌신충과는 비교할 수 없는 함축된 독기를 품고 있다는 점으로 현재 그 독의 정화를 다 소화해 내지 못해 일시적으로 기혈이 팽창된 터였다.

만약 표영이 무형지독을 아주 소량으로 조금씩 복용했다면 이런 상황까지는 가지 않았을 것이다. 하지만 갑작스럽게 너무 많은 양의 독이 몸 안에 들어온 것이다. 그로 인해 온몸으로 골고루 퍼져야 할 독의 정화가 미처 뻗어가지 못하고 혈맥 가운데 약한 머리 쪽으로 몰리게 된 것이었다. 이 문제에 대한 해결책은 간단했다. 혈맥이 유통될 수 있도록 몸에 큰 자극을 주어야 하는 것이다. 그래야만 머리로 몰리는 독의 정화가 온몸으로 유유히 퍼질 것이고 그때가 되면 오극전갈 등의 힘이 그것을 흡수할 것이다.

이런 상황에서 굳이 표영이 당경을 밖으로 보낸 것은 머리로 몰린 독이 퍼질 때까지는 이성을 잃을 수 있기 때문이었다. 그래서 심령 깊은 곳에 살심을 품고 있던 당경이 가까이에 있게 되면 그에게 잔악한 살수를 쓰게 될까 봐 정신이 아직 남아 있을 때 그를 밖으로 나가게 했던 것이다. 능파와 능혼, 그리고 제갈호와 교청인은 마음 깊은 곳에서 아끼는 심정이 있는지라 그 와중에도 어느 정도 구분할 수 있을 것 같았다. 이런 것을 자세히 설명할 시간이 없는 표영으로서는 그저 타격을 입히라고 말했던 것이다. 표영이 힘겹게 말했지만 그 자리에 누구도 대답하는 사람은 없었다.

"……."

밑도 끝도 없이 하는 말이 무슨 뜻인지 알 수가 없었다. 표영이 다시 고함치듯 말했다.

"알아들었냐고 물었다! 알아들었냐니까!"

부르짖듯 외치는 말에 교청인이 보다 못해 울먹이며 말했다.

"알았어요. 알았다구요."

표영의 옅은 미소가 번졌다. 허나 그것도 잠시.

"으아악!!"

표영은 괴성을 토한 후 양손을 쭉 뻗어 옆에 있던 능혼의 어깨를 잡고 집어 던져 버렸다. 드디어 독의 정화가 머리로 뻗어간 것이다. 만약 당경이 곁에 있었다면 집어 던지지 않고 머리를 날려 버렸을지도 몰랐다.

쿠당탕!

능혼으로서는 전혀 예상치 못했던 일이라 벽 쪽에 위치한 서랍장에 처박혔다. 자리를 털고 일어나서도 감히 지존에게 대항할 엄두를 낼 수가 없었다. 그 가운데 가장 냉정하게 사태를 주시한 사람은 제갈호였다. 그가 보기에 능파와 능혼, 그리고 교청인은 당황함이 역력했고 어찌해야 할지 모르는 듯했다. 하지만 제갈호는 방주가 그렇게까지 이야기한 데는 반드시 이유가 있을 것이라 생각하고 호연장법을 운용해 표영의 가슴을 가격했다.

파팡—

표영의 신형이 두세 걸음 물러나더니만 찰나적으로 혈색이 정상으로 돌아왔다가 다시 핏빛으로 변했다. 그것은 아주 짧은 변화였지만 그것만으로도 능파와 능혼을 이해시키기에 충분했다.

'뱀의 피를 복용한 걸 생각해 보자. 그때는 피에 깃든 정화를 흡수하기 위해 온몸에 골고루 타격을 가해 힘을 퍼뜨려 한곳에 몰리지 않도록 하지 않던가. 그 이치와 같은 것일 것이리라. 지존께서는 독인지체라 할 만하고, 거기에 강력한 무형지독을 복용하셨기에 무형지독의 정화를 온몸으로 분산시키기 위해서는 강한 타격이 필요한 것이다. 그래, 바로 그 뜻이었구나! 타격만이 오직 지존을 살릴 수 있는 길이다!'

이치가 뚫리자 행동에 거리낌이 있을 리 없었다. 능파와 능혼이 몸을 날릴 즈음 어느새 제갈호는 표영의 반격을 받고 반대쪽으로 날아가 버렸다. 그곳은 대전의 현관 쪽이었는데 제갈호는 현관 문짝을 박살 내고 대전 앞뜰에까지 굴러 떨어졌다.

밖에는 이미 당가의 모든 무사들이 저마다 무기를 뽑아 들고 모여 있었다. 빠져나간 당경이 아무도 안에 들어가지 못하도록 하고 경계만 서게 한 까닭에 모두는 무기를 빼 들고 안을 주시하기만 했다. 그런 와중에 제갈호가 문짝을 부수고 튕겨져 나오게 되자 내전 안의 광경이 한눈에 들어왔다. 모인 무리 중에는 당연히 가주인 당문천과 장로들도 지켜보고 있음은 말할 나위 없는 것이었다.

쉭쉭— 파팡— 팡팡—

장력이 난무하는 대전 안의 광경은 한마디로 장관이었다. 서로가 날리는 장력의 힘이 어찌나 세던지 공기가 갈라지는 소리가 요란하게 울려 퍼졌다. 거기에 강력한 기운이 발출되면서 공간이 굴절되는 듯한 아지랑이가 물결쳤다.

격돌하는 이는 표영과 능파와 능혼이었다. 표영은 강맹하기 이를 데 없는 강룡십팔장을 두서없이 펼치고 있었고, 능파와 능혼은 시기적절하게 피하면서 온몸을 골고루 타격하는 데 전력을 기울였다. 내전의 한쪽 구석에서는 교청인이 손을 입에 대고 흐느끼고 있었다.

그런 격돌하는 광경을 지켜보는 당가인들의 표정은 가관이 아니었다. 그건 차마 지켜보기 민망할 정도로 참담한 얼굴들이었다. 가주 당문천과 장로들의 얼굴은 핼쑥해진 지 오래였고 그 아래 수하들은 이제껏 한 번도 본 적이 없는 신기에 가까운 몸놀림과 장세의 교환에 벌어진 입을 다물지 못했다.

'언제 강호에 저런 인물들이 있었단 말인가. 어찌 소리소문도 없이 모습을 드러낸 것이란 말인가.'

당문천은 두 늙은 거지와 미친 듯 광분하는 젊은 거지를 보며 한탄을 금치 못했다. 그는 문득 한 사람이 떠올랐다.

천상신개 엽지혼.

이들은 모두 거렁뱅이 차림을 하고 있었던지라 걸인의 최고수였던 엽지혼이 떠오른 것이다. 중원오대고수 중 한 명으로 10년 전쯤 종적을 감춘 전대 개방방주. 당문천도 엽지혼의 뛰어난 무공에 탄복한 사람 중 하나였다.

'세상에… 어찌 거지들의 무공이 저리도 뛰어날꼬. 만약 저들이 마음을 달리 먹는다면 심히 감당키 어렵겠구나.'

모두가 놀라 벌린 입을 다물지 못하고 있을 때 표영의 안색은 서서히 정상으로 돌아오고 있었다. 그와 함께 머리로 몰렸던 독의 정화가 몸으로 퍼지면서 이성도 회복되었다.

"하하하, 이제 그만 하자."

표영이 뒤로 펄쩍뛰며 물러서자 막 장력을 쏘아내던 능파와 능혼이 황급히 힘을 거둬들이고 무릎을 꿇었다.

"속하를 용서하소서."

"방주님께 무례를 범했습니다."

말을 하면서도 둘은 마음이 뛸 듯이 기뻤다. 자세한 영문은 모르나 내력이 상승하고 무공이 강해진 것이다. 불귀도에서 겨루어보았을 때와 비교하자면 한 단계는 더 나아간 상태라고 할 만했다. 표영은 전신이 상쾌해지고 힘이 넘쳐 남을 느끼고 무형지독이 훌륭한 보약이 되었음을 느낄 수 있었다.

"하하, 일어나라. 너희가 아니었다면 위험했을 것이다. 잘해주었다."

표영이 다시 본래의 소탈한 모습으로 돌아온 것을 보고 제갈호와 교청인이 가까이 다가왔다. 교청인의 눈 밑으로는 길게 눈물 자국이 묻어 있었다. 표영은 고개를 갸우뚱하며 물었다.

"청인, 너 어디 아프냐?"

교청인은 쑥스러움과 부끄러움이 들며 짐짓 냉랭하게 답했다.

"흥, 아프긴 어디가 아파요. 독에 당해 헤매시더니 머리가 어떻게 되신 것 아닌가요?"

다른 때 같았으면 능파가 당연히 한마디 쏘아붙였을 테지만 지금은 아무 말도 하지 않았다. 능파도 아까 교청인이 진심으로 걱정한 것을 눈으로 보았기 때문이다. 표영은 대수롭지 않게 여기고 시선을 밖으로 돌렸다. 거기엔 당가의 고수들이 각기 무기를 뽑아 든 자세 그대로 굳어져 멍한 표정으로 자리하고 있었다.

"자, 오래 기다리게 해서 미안하군. 그럼 이제 다섯 번째 관문을 시작해 볼까?"

그 말에 당가의 모든 이들의 시선이 가주 당문천에게 쏠렸다. 그들의 시선에는 여러 가지 말들이 담겨 있었다.

'가주는 이제 죽겠구나.'

'무형지독을 그냥 몸으로 떼운 사람과 겨루게 되다니… 이제 당가는 어떻게 될까?'

'그냥 포기하는 게 낫겠습니다.'

'설마 하니 무형지독을 넘어설 자가 있으리라고 가주가 생각이나 했을까?'

'가주는 뭐라고 말할까?'

따가운 시선에 얼굴이 화끈 달아오른 당문천은 무슨 말을 해야 할지 몰라 땀만 삐질삐질 흘렸다. 그렇기도 한 것이 이런 경우는 꿈에서조차 상상해 본 적이 없었기 때문이다. 자신의 상식으로 볼 때 최소한 무형지독을 넘어서면서 반시체가 되어 있어야 정상이었다. 게다가 더욱 황당한 것은 당경이 전해준 귓속말이었다.

"가주님, 무형지독을 저놈이 다 마셔 버렸습니다."

그 말을 듣고 얼마나 놀랐던가. 그게 어떤 건데 다 마셔 버렸다는 것인가! 그는 아까워 죽는 줄 알았다. 하지만 내전 안에서 거지들끼리 미쳐 날뛰며 서로 장력을 교환할 때는 무형지독을 더 마시게 하지 못한 게 한스러웠다. 그걸 다 마신 후 젊은 거지는 지금 무슨 일이 있었냐는 듯이 말을 걸어오고 있는 것이다.

'저런 놈을 상대로 독으로 대결한다는 것은 말 그대로 자살 행위나 다름없다. 씨파.'

절로 욕이 맴돌았다. 자신이 뿜어낼 수 있는 독은 고작 두 번째 관문인 독왕사 정도의 위력이 있을 뿐이었다. 묘강뇌신충은 물론이고 무형지독에는 발가락에도 미치지 못한다고 봐야 옳았다. 그렇다고 당문천의 수준이 낮다는 것은 결코 아니었다. 단지 표영과 독으로 비교를 하고 보니 애송이에 불과하게 돼버린 것이다. 당문천은 여기에서 그냥 포기할 것인지, 아니면 무림인다운 모습을 보이며 최후를 장식해야 할 것인지 선택해야만 했다.

'아, 씨팔… 나는 왜 그런 관문을 공표했을까!'

이제 와서 후회한들 무슨 소용이 있겠는가마는 당문천은 다시 욕으로 마음을 달랠 수밖에 없었다.

'2년 전 오극전갈만 구했더라도 이런 어려움은 당하지 않았으련만……'

그는 오극전갈을 떠올리자 문득 머리에 한 가지가 스쳤다.

'어라? 가만… 그리고 보니 저 젊은 거지는 어디서 본 것 같은데…….'

잠시 기억을 뒤적이던 당문천의 눈이 빛을 발했다. 표영을 어디서 보았는지 드디어 생각이 난 것이다.

'오! 이런 개 같은 일을 봤나! 그때 오극전갈을 알려준 녀석이지 않은가!'

당문천은 굳은 듯 서서 더욱더 많은 땀을 흘렸다.

'어떻게 저놈이 죽지 않았지? 게다가 저 무공은 대체 어디서 얻은 것일까? 고작 2년밖에 지나지 않았잖는가!'

그는 도무지 이해할 수 없었다. 아니, 당문천이 아니라 그 누가 온다 해도 이해하지 못하리라. 혼자만의 생각에 갇혀 가만히 서 있던 당문천이 정신을 차렸다. 능파가 기다리기 답답해 소리쳤기 때문이었다.

"야! 너, 거기 언제까지 서 있을 거야! 너, 사람 맞아? 혹시 석상 아니냐?"

당문천은 퍼뜩 정신을 차리고 주변을 돌아보았다. 모두들 자신의 입만 뚫어져라 쳐다보고 있지 않은가.

'그래, 좋다. 결심했어!'

그는 생각을 정리하고 주르륵 표영에게로 달려갔다. 표영을 향하는 그의 얼굴엔 뜻밖에도 환한 미소가 넘쳤다.

"아하하… 여기서 만나게 되다니… 이거 몇 년 만인가. 역시 자네와 나는 인연이 있나 보군. 그래, 그동안 고생이 많았지?"

당가의 고수들은 의외의 상황에 놀라면서도 한편으로는 안도했다.

'가주님은 저 독공의 고수와 아는 사이였나 보구나. 이렇게 되면 특별한 일은 없겠구나.'

당문천의 얼굴은 진짜 반가운 사람을 만난 것같이 실감이 넘쳤다. 그건 누가 보더라도 기쁨에 겨워하는 모습으로 볼 터였다. 당문천은 거기에서 한술 더 떠 팔까지 활짝 벌린 채 달려들었다. 이대로 가다간 분명 끌어안을 기세였다. 하지만 아쉽게도 당문천은 표영을 끌어안지 못했다. 그가 달려올 때 표영이 능파를 보고 던진 한마디 때문이었다.

"너, 쟤 아냐? 누구냐?"

그 말은 능파에게 자유권을 준 것이나 다름없었다. 능파는 환하게 달려드는 당문천의 귀싸대기를 갈겨 버렸다.

"짜악~"

전혀 예상치 못한 행동이었기에 당문천은 황당함에 그 자리에 멈춰 섰다. 당가의 여러 고수들도 의문에 휩싸인 채 움찔하며 각기 무기를 움켜쥐었다.

'뭐야? 잘 아는 사이가 아니었나?'

뺨을 갈긴 능파가 삿대질을 해대며 욕을 퍼부었다.

"아주 싸가지없는 놈일세! 네놈이 언제 봤다고 방주님을 아는 척하느냐? 죽고 싶나! 엉? 죽고 싶어?"

당문천은 뒤를 돌아보지 않아도 수하들이 어떤 얼굴을 하고 있을지 짐작할 수 있었다. 그렇지 않아도 달아오른 얼굴이 이젠 흙빛이 되어 버렸다. 하지만 이대로 물러설 수는 없었다. 그는 비장한 어조로 말했다. 그때 당가인들은 하나같이 귀를 쫑긋 세우고 내력을 끌어 모았다. 가주의 말이 떨어지면 일제히 공격을 가해야 하는 것이다. 하지만 당가의 고수들은 당문천이 뱉어낸 말에 하마터면 주화입마까지 갈 뻔했다. 그의 말인즉,

"사람을 잘못 봤나 보군. 미안하다. 그럴 수도 있는 거지, 이거 너무 심한 거 아냐?"

당문천의 자존심은 이미 짐을 싸들고 어디론가 떠나 버린 지 오래인 듯싶었다. 당문천이 이 지경이니 당가의 고수들은 하나같이 맥이 풀렸다. 이젠 싸우자고 가주가 외친다고 해도 상실한 전의를 되살리기도 힘들 것 같았다. 그런 모습을 지켜보던 표영의 입에서 허탈한 웃음이 터져 나왔다.

"허허허……."

복수에 대해 참은 것은 아주 잘한 행동 같았다. 그러기엔 사천당가의 가주는 너무 모자란 사람인 것이다. 눈을 들어 하늘가를 바라보니 한 점 흰구름이 사부님의 모습으로 변했다. 사부는 만족한다는 듯 웃으며 고개를 끄덕이고 있었다.

'사부님도 웃으시는군. 하하하.'

표영의 얼굴은 더욱 밝아졌다. 고개를 내린 표영이 난처한 표정을 짓고 있는 당문천을 보고 불쑥 한마디를 던졌다.

"자, 이제 다섯 번째 관문이로군."

당문천은 울지도 웃지도 못하는 얼굴이 되어버렸다.

'여기서 그만두면 안 될까? 한 번만 봐주면 안 될까?'

아마 혼자 있었다면 이렇게 말했으리라. 하지만 그의 뒤에는 자신을 바라보는 수많은 수하들이 있었다.

16장
용서받을 수 없는 자

용서받을 수 없는 자

다섯 번째 관문은 장소가 옮겨져 당가의 암응각에서 이루어졌다. 독접각이 한바탕 소란으로 여기저기 파손되었기에 장소를 옮기지 않을 수 없게 된 것이다. 탁자를 가운데 두고 당문천과 표영이 마주 앉았다. 당문천의 뒤로는 당가의 사대장로와 곧 장로가 될 갈조혁이 서 있었고, 표영 뒤에는 능파 등이 자리했다. 탁자 위에 놓인 두 개의 잔을 바라보는 당가인들 중에 당문천이 대결에서 승리할 것이라고 믿는 사람은 한 명도 없었다. 그것은 당문천의 다리만 봐도 알 수 있는 것이었다.

탁자 밑에 놓인 당문천의 오른쪽 다리는 쉴 새 없이 떨고 있었기 때문이다. 그런 행동은 열대여섯 살 정도 나이의 사춘기 소년이라면 이해할 수 있을지 몰라도 한 문파의 우두머리가 보일 만한 행동은 결코 아니었다. 그리고 당문천에게 다리를 떠는 습관 같은 건 없었다.

이번 대결의 방식은 이러했다. 두 개의 잔에는 절반 정도의 물이 채워져 있는데 거기에 각자가 몸에서 뽑아낸 독기를 타게 된다. 그 후 서로 잔을 바꿔 마시는 것이다. 한 치의 속임수도 있을 수 없는 대결이었다.

먼저 표영이 검지손가락을 잔에 담그고 독기를 뿌렸다. 잠깐 사이에 물이 녹차를 타놓은 것처럼 뿌옇게 변했다. 이어 당문천도 손가락을 담갔고 물은 잠시 후 짙은 회색으로 물들었다.

"자, 건배합시다."

표영이 손을 뻗어 당문천의 잔을 높이 쳐들었다. 당문천도 웃음을 머금고 표영이 남긴 잔을 높이 쳐들었다. 그는 비록 웃고 있었지만 그건 솔직히 웃음이라 부르기 민망한 것이었다. 마구 울고 싶을 때 억지로 웃는 듯한 표정이라고나 할까.

"좋지. 건배하세."

말은 호기롭게 했지만 사실 마시고 싶은 마음은 추호도 없었다. 하지만 어쩌겠는가.

'아, 씨팔… 그래, 멋있게 죽자. 그래, 죽으면 될 거 아냐.'

당문천은 자신의 독이 상대를 쓰러뜨릴 것은 기대하지도 않았다. 더욱이 상대의 독을 해독한다는 것도 기대할 수 없는 노릇이었다. 이건 말 그대로 자살인 것이다. 능파와 능혼, 그리고 제갈호와 교청인은 한결 여유로운 표정을 짓고 있었지만 당문천의 뒤에서 바라보고 있는 당가의 고수들은 어느 누구 하나 편한 얼굴을 하고 있는 사람은 찾아볼 수 없었다.

그들 중 유독 양미간을 한껏 찌푸리고 있는 이는 갈조혁이었다. 그는 당가에 식객으로 있으면서 이제 장로가 될 입장에 놓였는데 뜻하지 않은 일이 생기고 만 것이다. 그의 마음은 혼란스럽기만 했다.

'일이 요상하게 흘러가고 있구나. 자칫하다간 모든 계획이 수포로 돌아갈 것이 아닌가. 과연 이 일을 어찌하면 좋단 말인가. 나중에 곡 주님을 어찌 뵐 수 있을까.'

모종의 계획을 안고 당가에 성공적으로 잠입한 그로서는 불안하기 그지없었다. 지금으로써는 별다른 방법이 없었다. 오직 한 가닥 요행만을 기대할 뿐.

그때 표영이 잔을 높이 쳐들고 말했다.

"하하하, 천하의 거지들을 위하여!"

당문천도 그에 맞서 잔을 높이 치켜들었다.

"영원한 당가를 위하여……."

표영이 거리낌없이 잔을 비우고 아무것도 남지 않았다는 표시로 잔을 거꾸로 뒤집었다. 당문천은 혹시나 중독 현상이 나타날까 싶어 바라보았지만 안타깝게도 그 어떤 반응조차 찾을 수 없었다. 그 정도 독은 이미 표영에게는 물을 마시는 것과 크게 차이가 없는 것이었다. 당문천은 높이 쳐든 손을 서서히 내렸다. 아무리 생각해 봐도 이건 자살이었다. 그는 잔을 내려놓고 탁자에서 몸을 일으켜 세우고는 고개를 숙였다.

"내가 졌소이다. 이제 당가는 그대의 것이오."

당가의 사대장로는 속으로 탄식을 터뜨렸다. 역시나 무리였다. 이제 가문의 주인이 바뀐 것이다. 하지만 이들은 그나마 가주 당문천이 독을 마시지 않은 것을 다행으로 여겼다. 그들은 만약 자신이 가주의 입장에 있었더라도 달리 선택의 여지가 없었을 것이라 생각했다.

지켜보는 표영은 마음이 뿌듯해졌다. 유혈 사태 없이 당가를 얻은 것이다.

"좋다. 너희들을 진개방의 일원으로 받아들이도록 하겠다. 너희에게 작은 선물을 하나씩 주겠다. 하하하."

어느 정도 예상은 하고 있었지만 당문천과 사대장로, 그리고 갈조혁의 얼굴은 그만 핼쑥해지고 말았다. 선물이 뻔히 짐작이 간 것이다. 분명 독공의 고수이니 독에 관련된 것이리라. 그와는 반대로 제갈호와 교청인은 감탄하지 않을 수 없었다. 믿을 수 없는 일이 또 하나 이루어진 것이다. 처음부터 이건 말도 안 되는 일이라고 생각했지 않았던가. 하지만 너무도 태연자약하게 방주의 뜻대로 이루어지고 말았다.

'단 한 명의 사상자도 없이 당가가 굴러 들어오다니… 대체 방주는 어떤 사람인가.'

'이것이야말로 진정한 무인이 아닐까? 무조건 검을 뽑아 들고 피를 봐야만 어떤 문제를 해결할 수 있는 것은 아니로구나.'

옆에 선 능파와 능혼의 생각은 제갈호와 교청인과는 조금 달랐다. 둘은 서운한 것이 이만저만이 아니었다.

'지존의 독공이 위대한 것은 확인해서 기쁘지만 이건 너무도 맥없이 끝나 버린 것이 아닌가.'

모름지기 강호란 치고 받고, 죽기 아니면 살기로 맞붙어야 제 맛이고 지극히 마교다운 것이라 생각하는 그들이었다. 심지어 가주라는 작자가 독도 마시지 않고 항복을 선언하는 꼬락서니는 눈 뜨고 못 볼 지경이었다.

'저런 놈이 이제까지 우두머리랍시고 꼴값을 떨었다니.'

'밥이 아깝다, 밥이 아까워. 네놈을 낳고 너의 어머니가 미역국을 먹었겠지만 미역국이 아깝다, 아까워.'

그때 표영이 어느샌가 때를 밀어 만든 회선환 여섯 알을 탁자 위에 놓으며 말했다.

"자, 충성의 맹세로 하나씩 먹도록. 1년 동안 너희의 다음을 붙들어 줄 것이다."

즉, 이 말은 1년이 차면 독이 발작할 것이라는 뜻이었다. 가주 당문천을 비롯해 모두 무슨 뜻인지 이해하지 못한 사람은 없었다. 비통한 표정을 지으며 당문천과 사대장로가 회선환을 집어 들었다. 그때였다. 한소리 큰 외침이 내전을 울렸다. 그건 갈조혁의 목소리였다.

"잠깐!"

모두의 시선이 갈조혁에게로 꽂혔고 갈조혁이 당문천을 보고 말을 이었다.

"가주! 이게 무슨 약한 소리오이까? 이럴 순 없소이다! 이들은 고작 다섯이고 당가엔 수많은 고수들이 있건만 무엇을 두려워하는 것이오! 모두 죽여 버리고 입을 봉해 버리도록 합시다!"

갈조혁의 말로 인해 순간 내전 안에 긴장이 감돌았다. 다른 사람들은 그 사정을 몰랐지만 갈조혁의 입장에선 선택의 여지가 없는 외침이었다. 그 이유는 그가 당가에 잠입한 목적과 밀접한 관련이 있었다. 그럼 과연 그의 정체는 무엇이란 말인가.

그는 사실 혈곡의 고수로 원래 신분은 혈살대의 대주이며 본명은 송도악이다. 혈곡은 암암리에 사파를 규합하기 위해 천면신공을 이용하기로 했다. 그 과정은 각 파에 잠입하여 최고 지도자의 습관과 말투, 그리고 동작 등을 철저히 익히고 그 문파나 가주 등을 죽이고 대신 천면신공으로 얼굴을 바꿔 그 파의 지도자 노릇을 할 계획이었다.

송도악은 바로 당가의 가주를 죽이고 변장하기 위해 파견된 것이었다. 송도악은 어렵사리 당가에 잠입하기에 이르렀고 이제 장로의 대우를 받으며 하나둘 당가의 가주 당문천의 말투와 습관을 익히고 있었건만 뜻밖에 오늘과 같은 일이 벌어지고 만 것이다. 그런데 이제 거기에 한술 더 떠 독약을 복용해야 하는 처지에 놓이게 되자 마지막 발악을 하게 된 것이었다.

'이들이 비록 독공의 고수이며 무공이 뛰어나다 하나 그래 봤자 고작 다섯에 불과하다. 싸움이 시작되면 당가는 큰 피해를 입겠지만 그런 것은 나에게 중요한 것이 아니다. 난 오직 당가가 누군가에 의해 흡수되는 것만은 막아야 하고, 나 또한 영영 이렇게 거지들의 무리 속에 들어갈 수는 없지 않은가.'

당문천은 느닷없는 외침에 회선환을 먹으려다 중도에서 멈추고 얼떨떨한 표정으로 바라보았다.

"무엇을 망설이는 것입니까? 이대로 수천 년 지켜온 당가를 넘겨주어서야 되겠습니까?"

'당문천이 바보가 아니고서야 눈만 멀뚱멀뚱 뜨고 넘겨주지는 않겠지.'

그는 일대 혼전을 기대했다. 최악의 상황이 벌어진다면 그것은 당가와 거지 떼들이 양패구상하는 것일 테고 차라리 그런 결과가 갈조혁, 아니, 송도악에게는 더 나은 결과가 될 것이었다. 그때 성질 급한 능파가 삿대질을 했다.

"이 잡놈이 지금 무슨 소릴 하는 것이냐! 정녕 네놈이 한번 해보겠다는 것이냐!"

원만하게 해결될 것 같은 상황이 새로운 국면을 맞이했다. 그때 사천당가의 가주 당문천이 심각한 얼굴을 하고 있다가 입을 열었다. 송도악으로서는 설마 하니 엉뚱한 소리를 하지는 않을 것이라는 자부심이 있었다. 하지만……

"자자, 그만 합시다. 다 끝난 일 가지고 험악하게 인상 쓸 필요 있겠소이까. 자리를 옮겨 술이나 거나하게 마시도록 합시다."

손까지 활짝 펼치며 당문천은 화사한 얼굴로 말을 내뱉었다.

'뭐, 이런 경우가… 이 자식은 자존심도 없나?'

송도악은 뜨악한 표정을 짓지 않을 수 없었다. 설마 하니 이렇게 나올 줄은 몰랐던 것이다. 당문천이 그렇게 나오자 사대장로들도 긴장을 풀고 말을 받았다.

"아하하, 그렇게 하죠 뭐."

"갈 형, 술이나 한잔하면서 이야기합시다. 하하."

송도악은 할 말을 잃어버렸다. 뭐, 이런 경우가 다 있단 말인가. 그는 이제 내전 안에 있는 사람 중 유일하게 난처함에 빠진 사람이 되고 말았다.

'이런, 제기럴! 어쩔 수 없다. 독약은 먹을 순 없는 일. 나 혼자라도 빠져나가야만 한다.'

그는 제일 가까이에 있는 장로 당추의 맥문을 잡고 손으로 목을 겨누었다. 워낙 예상할 수 없는 행동이었던지라 당추는 미처 대처하지 못했고 어이없는 상황에 얼굴이 벌겋게 변했다.

"갈 형, 이거 장난이 심하시구려. 어서 손을 놓으시오."

가주 당문천도 어이가 없기는 마찬가지였다.

"이보게, 지금 무슨 짓이야? 어쩌려구 그래?"

표영과 그 일행은 이건 또 뭐냐는 표정으로 송도악을 바라보았다. 그건 왜 지네들끼리 난리법석을 떠느냐는 얼굴들이었다.

"나는 이 자리를 떠나겠다! 날 곱게 내보내 준다면 당추를 놓아주겠지만 그렇지 않으면 죽여 버리고 말겠다!"

당가인들은 혹시라도 당추에게 무슨 일이 날까 봐 전전긍긍하며 손을 놓으라고만 했다.

"뭐, 이런 개 같은 경우가… 어서 손을 놓지 못하겠느냐!"

"손을 놓으시오. 이번 일은 그냥 없던 일로 할 테니 홍분을 가라앉히시오."

당가인들이야 분노한 가운데서도 조심스러웠지만 능파는 그렇지 않았다. 그렇잖아도 한판 붙을 만한 상황이 벌어지지 않아 안타까워하고 있던 차에 잘된 일이었다. 능파의 손이 갈고리 모양으로 구부려진 채 느닷없이 뻗어갔다.

"네놈에게 따끔한 맛을 보여주마."

엄청난 속도였다. 어찌나 빠르게 짓쳐 드는지 송도악은 잡고 있는 당추를 놓치고 몸을 비껴 피했다. 송도악이 당추의 곁에서 떨어지자 이때다 싶어 당문천을 비롯해 사대장로가 달려들었다.

"이놈, 네가 감히 이럴 수 있는 거냐!"

능파 하나도 감당하기 어려운 판에 떼거리로 몰려드니 송도악은 도저히 맞설 엄두가 나지 않았다.

'일단 이곳을 속히 떠나는 것이 최우선이다.'

그는 몸을 돌려 내전의 문을 박차고 밖으로 뛰쳐나갔다. 그때까지 표영은 별 희한한 놈이 다 있다는 식으로 바라보다가 수하들을 보고 말했다.

"야! 쟤네들 같은 편 아니었냐? 괴상한 놈들이구나. 허허 참."

모두도 어이가 없는 듯한 표정들이었다. 표영도 아주 특이한 놈이라 여기고 당가인들에 이어 밖으로 내달렸다.

"다들 쫓아가 보자. 야, 거기… 어이~ 이봐, 거기. 왜 그러는 거야? 이리 와봐."

송도악은 무조건 달리고 또 달렸다. 그는 힐끔 뒤를 보고는 우르르 쫓아오자 더욱 속도를 높였다.

'잡히면 안 된다. 혈곡으로 돌아가야 해.'

밖에는 많은 당가인들이 자리하고 있었는데 송도악은 사람의 숲을 헤치고 도망치는 데 여념이 없었다. 당가인들은 그의 얼굴을 알아보고 분분히 자리를 비켜주었는데 쌩하니 달려가는 뒤로 가주와 장로들이 달려가자 머리를 갸우뚱거렸다. 당문천이 소리쳤다.

"모두 저 역적 놈을 잡아라!"

그때서야 비로소 당가인들이 각기 병기를 꺼내 들고 송도악을 포위했다. 송도악은 닥치는 대로 손을 휘둘러 격퇴시키면서도 워낙에 사람들이 많고 게다가 손을 쓰는 바람에 신형의 속도가 떨어지자 마음이 조급해졌다.

'잡히는 날에는 온전치 못할 것이다. 고문이라도 받는다면 곡에서 세운 계획을 불게 될지도 모르잖는가. 아무래도 비상 수단을 써야겠다.'

그의 눈에 약간 떨어진 곳에 젊은 부인과 그 곁에 약 7, 8세 정도 돼 보이는 여자 아이가 보였다.

'저기다!'

그는 신형을 급격히 틀어 여자 아이에게 향했다. 여자의 어머니는 자요춘이라는 사람으로 그녀 또한 무공을 익히고 있던 터라 소매를 떨쳐 암기를 발출했다. 하지만 그녀의 실력은 송도악을 어찌해 보기에는 부족했다.

송도악은 왼손을 풍차처럼 돌려 암기들을 옆으로 흘려 버린 후 매가 참새를 낚아채듯 여자 아이를 잡아채고 품에서 작은 단도를 꺼내 목에 겨누었다. 그가 아이의 목숨을 끊으려면 그저 손가락 하나만으로도 충분하겠지만 다른 사람들에게 비춰지는 시각적 효과를 극대화하기 위해 굳이 시퍼런 칼날을 목에 겨눈 것이었다.

"모두 멈춰라!"

공격하던 이들과 뒤에서 쫓아오던 이들이 모두가 제자리에서 멈춰섰다. 설마 하니 이런 비열한 수를 쓸 줄이야 생각지 못했던 것이다.

"모두 꼼짝하지 마라! 조금이라도 허튼수작을 부리면 이 아이를 죽여 버리고 말겠다!"

송도악의 살기 띤 외침에 모두는 경악하지 않을 수 없었다. 잡힌 여자 아이의 입에서 두려움 가득한 울음이 터졌다.

"으아앙… 엄마… 무서워……!"

아이의 모친 자요춘이 그 자리에서 무릎을 꿇었다.

"아이를 놓아주세요. 부탁입니다. 제발… 살려주세요."

그와 동시에 무리들 중에서 한 남자가 튀어나오더니 큰 소리로 호통 쳤다.

"네 이놈, 대체 무슨 짓을 하고 있는 것이냐! 어서 아이를 내려놓지 못하겠느냐!"

그 중년인은 아이의 아버지인 당호였다. 당호는 가내총관의 지위를 가지고 있었다. 하지만 송도악은 흐릿한 미소만 지을 뿐 아이의 울음에도 그 부모의 간절한 말에도 크게 신경 쓰지 않았다.

"나를 그냥 보내준다면 이 아이를 놓아주겠다. 내가 장난으로 하는 말이 아니라는 것을 명심해라."

이 어처구니없는 상황에 당문천은 분노를 느꼈지만 어떻게 해볼 수가 없었다. 이때 모두의 귓가를 쩌렁쩌렁하게 울리는 큰 음성이 터졌다.

"이 개만도 못한 놈아, 네놈이 정녕 사람이냐!"

표영의 외침이었다. 천음조화를 시전해 외쳤던지라 모두의 귓가는 말이 끝났음에도 불구하고 아직까지 윙윙거리는 소리가 들려왔다. 모두의 시선이 표영을 향했다. 송도악도 깜짝 놀랐지만 겉으로는 태연한 표정을 지어 보이며 애써 여유를 부렸다.

'저 거지가 이젠 당가의 가주마저 부리는 우두머리가 되었으니 저 녀석하고 승부를 봐야겠군.'

"강호는 험난하니 언제 죽음이 임할지 모르는 법이다. 사람에게 가장 소중한 건 자신의 생명이니 나 또한 나의 생명을 소중히 여겨 단지 이곳에서 무사히 벗어나길 바랄 뿐이다. 너희도 아이의 목숨이 소중하다고 여긴다면 날 그저 내버려 두어라."

말을 끝낸 송도악이 살짝 손에 힘을 주자 예리한 단도가 아이의 피부를 자극해 피가 맺혔다. 그때까지도 쉴 새 없이 울고 있던 아이는 이제 거의 자지러질 지경에 이르고 있었다. 그 부모들의 얼굴이 사색이 된 것은 말할 것도 없었다.

'의를 행하라는 방규가 너를 죽이지 않고서 어찌 누구에게 가르칠 수 있겠느냐!'

표영은 이제껏 살면서 이렇게 화가 치솟아오른 적은 없었다. 이요참에게 얻어터질 때도 개밥을 얻어먹을 때도 그 어떤 일에도 이번 일만큼 가슴이 끓어오른 적은 없었다. 여자 아이가 겁에 질려 눈물 범벅이 된 채 울부짖고 있지만 저 사악한 놈은 비열한 웃음을 짓고 있지 않은가.

'너의 목숨은 오늘로 끝이다.'

표영은 속으로 중얼거리며 얼굴을 딱딱하게 굳히더니 입을 열었다.

"이 시간 이후로 당가는 나의 것이 되었다. 가주는 인정하는가?"

오직 앞만을 응시하며 하는 말에 모든 당가인들의 입에서 놀람에 찬 소리가 작게 울렸고 모두의 시선이 당문천에게 쏠렸다. 당문천이 얼굴이 붉어진 채 힘겹게 말했다.

"이, 인정합니다."

다시 깊은 침음성이 여기저기서 터져 나왔다. 표영은 어떤 표정의 변화도 없이 말했다.

"나를 비롯해서 여기 있는 모두는 너를 쫓지도, 죽이지도 않겠다. 단지 아이만 그대로 보내다오."

그리곤 그 자리에 털썩 무릎을 꿇고 머리를 숙였다.

"부탁한다."

표영이 무릎을 꿇자 능파와 능혼이 경악하며 동시에 무릎을 꿇었다.

"지, 지존이시여!"

지존이 무릎을 꿇는다는 것은 그들로서는 상상할 수 없는 것이었다. 능파는 피 끓는 심정으로 송도악을 노려보았고 능혼은 주위를 향해 크게 외쳤다.

"모두 무릎을 꿇지 못하겠느냐!"

감히 지존이 무릎을 꿇는데 뻣뻣이 서 있는다는 것은 용납할 수 없는 것이었다. 제갈호와 교청인도 무릎을 꿇었고 당문천과 사대장로가 무릎을 꿇자 모든 당가인들도 무릎을 꿇었다. 송도악은 의외로 일이 잘 풀리자 자신이 아이를 인질로 잡고 위협한 것은 아주 잘한 일이라 생각했다.
 '저 거지 녀석은 힘이 있음에도 아이를 위해 무릎을 꿇는 것을 보니 신의는 지킬 것 같구나. 후후, 정도를 걷는 녀석들은 의외로 연약한 구석이 있어서 좋단 말이야.'
 만약 사파인들을 상대했다면 아이를 죽인다고 해도 눈 하나 깜박하지 않았을지도 모르는 일이었다.
 "좋다. 너희의 뜻을 받아들이겠다."
 그는 아이를 안은 채 신형을 날려 멀리 외벽 담장 위에 오르고선 아이를 집어 던졌다.
 "너희를 믿겠다."
 아이는 공중 높이 치솟아오르게 되자 중도에서 기절해 버렸고 떨어져 내리는 아이를 아버지 당호가 신형을 날려 아이를 안아 들었다. 송도악은 마지막 순간까지 더러운 행동을 하고 떠난 것이다. 송도악이 담장 너머 사라져 버린 후 표영이 자리에서 일어났다.
 "능파! 능혼!"
 표영의 음성은 신경질적이고 날카로웠다.
 "여기 있습니다."
 "수단과 방법을 가리지 말고 녀석의 목을 가져와라. 목을 얻지 못하면 네놈들의 목을 취할 것임을 명심하라."
 능파와 능혼의 눈에 기쁨이 일렁였다. 이제껏 한 번도 들어보지 못한 지존의 분노에 찬 목소리였다. 또한 처음으로 허락받은 살인이었다.
 "속하 명을 받듭니다."
 한 목소리로 답한 능파와 능혼의 눈에서 보랏빛 광채가 번졌고 몸에서는 순식간에 강한 마기가 주변을 물들였다.

파팟.

사악한 마기가 뿜어지는가 싶더니 어느새 둘의 신형은 담장을 넘고 있었다. 이제까지 마공을 펼쳐서는 안 된다는 지존의 가르침에 따라 안으로 갈무리했던 힘이 폭발하듯 터져 나오자 제갈호와 교청인, 그리고 당가의 모든 이들의 눈이 경악으로 가득 찼다. 설마 하니 이 정도일 줄은 몰랐던 것이다.

한편 혼신의 힘을 기울여 신형을 날리던 송도악은 뒤통수가 찜찜해 뒤를 돌아보다가 기겁하고 말았다.

'이 녀석들이 약속을 저버리다니! 그러고도 정도를 걷는다고 할 수 있느냐!'

흔히 악한 이들의 특징을 보자면 적반하장인 경우가 태반이다. 송도악도 그런 범주에서 벗어나지 않았다. 그는 자신이 행한 추악한 면모는 생각지도 않고 그저 약속을 저버린 것만 탓하고 있었다.

얼마 지나지 않아 능파와 능혼이 거의 지척으로 다가왔다. 능파와 능혼은 아무런 말도 하지 않았다. '멈춰라', 또는 '이런 쳐 죽일 놈' 따위의 말은 할 가치도 없었고 할 시간도 없었다.

둘은 누가 먼저랄 것도 없이 장력을 거세게 날렸다. 그것은 혼세마공이었다. 보랏빛 광채가 손아귀에서 뿜어져 나와 회오리치듯 송도악의 몸을 휩쓸어 버릴 듯이 나아갔다.

쐐애액―

송도악이 그대로 달린다면 몸이 짓뭉개져 버릴 상황이었다.

'이건 대체 뭐냐.'

그는 위기를 직감하고 신형을 뽑아 순간 위로 솟구쳤다. 매서운 기운이 그의 발 아래를 스치고 지나갔다. 그를 스치고 지나간 장력은 땅을 훑어 엎어버렸고 사방으로 돌과 흙이 튀었다. 아마 위로 피하지 않았다면 몸은 걸레 조각으로 변했으리라. 송도악은 다행히 강력한 마공을 피하긴 했지만 이제 능파와 능혼과의 간격이라곤 없다시피 돼버렸다.

아직 허공에 떠 있는 채인 송도악에게로 다시 능혼의 주먹이 복부로 향했다. 능혼의 동작에는 어떤 수비나 방어 개념 같은 것은 찾을 수 없었다. 오직 일격필살. 송도악은 급히 허공에서 내려오면서 두 손을 내밀며 막아내려 했다.

그때였다. 그는 머리카락이 잡히는 기분과 함께 목 아래가 허전해졌고 머리가 뒤로 쑥 하니 당겨졌다. 그 느낌이란, 마치 갑작스레 옷을 다 벗어버린 것 같은 기분이었다. 그는 머리카락이 잡히자 냅다 손을 젖혀 후려갈겼다. 아니, 분명히 본인은 그렇게 갈겼다고 생각했다. 하지만 자신의 손이 보이지 않았다. 그 대신 그의 눈으로 약 일 장(3미터) 정도 떨어진 곳에 어디서 많이 본 듯한 몸뚱어리가 보였다.

'저건 누구의 몸이지?'

그 몸뚱이는 특이하게도 머리가 없었고 잘려진 목 위로 피분수를 철철 뿜어내고 있었으며 심장에도 구멍이 뚫려 피가 콸콸 쏟아지고 있었다. 그 몸이 누구의 것인지는 그리 오래 생각할 것도 없었다.

"으아악~!"

처참한 비명이 터졌다. 그 몸은 바로 송도악, 그 자신의 것임을 본 것이다. 지금의 상황을 정리해 보자면 능혼이 아래쪽에서 장력을 날릴 때 위쪽에서 능파가 솟아오르며 송도악의 머리카락을 붙들고 그의 목을 잘라 버린 것이었다.

하지만 워낙 빠르고 섬세하게 잘리워진 터라 송도악은 미처 자신의 목이 떨어진 것도 깨닫지 못한 채 바라보게 되었고 떨어져 나간 몸에 능혼이 심장에 장력을 가한 것이었다. 그리고 지금 송도악의 머리는 능파의 오른손에 들려 있게 된 것이다. 놀랍게도 아직까지 그의 뇌는 움직이고 있었다. 몸이 분리된 채 그의 눈이 희번덕거리며 주위를 둘러보자 싸늘히 웃고 있는 노인이 보였다. 그는 능파였다.

"뭘 그리 유심히 보나, 친구. 클클클."

능파의 왼손에는 아주 가느다란 실이 놓여 있었다. 이 실이 송도악의 머리를 잘라낸 것이다. 그건 능파의 독문병기인 단두사(斷頭絲)였다. 눈에 보이지 않을 만큼 가느다랗고 투명체로 이루어졌으며 질기기는 쇠와 같아 내력을 실어 자르면 바위도 가를 수 있을 정도로 위력적인 무기였다.

송도악은 머리 밑으로 아직도 피를 철철 흘렸고 그의 얼굴엔 믿어지지 않는다는 표정이 가득했다. 그의 귓가로 둘의 정감 어린 대화가 들렸다.

"형님, 참으로 오랜만에 단두사를 보게 되는군요."

"흐흐… 나도 오랜만이라 어색하구나."

송도악은 그렇게 둘의 대화가 끝나갈 때쯤 서서히 머리가 아득해지며 죽어갔다.

"돌아가자."

능파와 능혼의 신형이 다시 번개처럼 움직이며 당가로 향했다. 이 모든 것은 매우 신속하게 이루어진 것이라 담장을 넘어 추격하고 돌아오는 시간까지는 숫자 100을 다 헤아리기도 전이었다.

"저기다!"

당가 내에 있던 사람들 중 누군가의 외침에 모두의 시선이 쏠렸다.

시선이 이를 때 이미 능파와 능혼은 어느새 표영의 발 앞에 부복한 상태였다.

"속하 너무 지체하고 말았습니다."

아직도 피가 뚝뚝 흐르는 머리를 앞으로 내밀며 능파가 송구스러운 표정을 지었다. 당가인들은 능파의 손에 들린 머리와 거기에 너무 지체했다는 말에 그만 얼굴이 핼쑥해져 버렸다. 이것이 과연 지체한 것이란 말인가.

표영은 여전히 무거운 얼굴을 하고 있었지만 아까보다는 훨씬 나아진 모습이었다.

"수고 많았다. 머리는 아이의 아버지에게 넘겨주도록 해라."

"속하 분부대로 따르겠나이다."

그런 광경을 지켜보는 교청인의 눈이 빛을 발했다. 그녀는 방주가 화내는 것을 오늘 처음 봤다. 이제껏 낄낄거리고 뭐든지 대수롭지 않게 생각하던 방주가 아니던가. 그런데 이제 분노한 방주의 모습은 이제껏 봐온 어떤 무림인보다 더 멋진 모습이었다.

'그는 비록 거지 차림을 하고 있지만 그의 마음은 결코 보잘것없는 것이 아니다. 이제 나는 '강호에서 영웅을 보았는가?' 라고 묻는다면 내 두 눈으로 보았다고 말할 수 있게 되었다.'

[제4권 끝]

※ 「마천루 스토리」 네 번째 이야기는 걸인각성 5권에서 찾아뵙겠습니다.

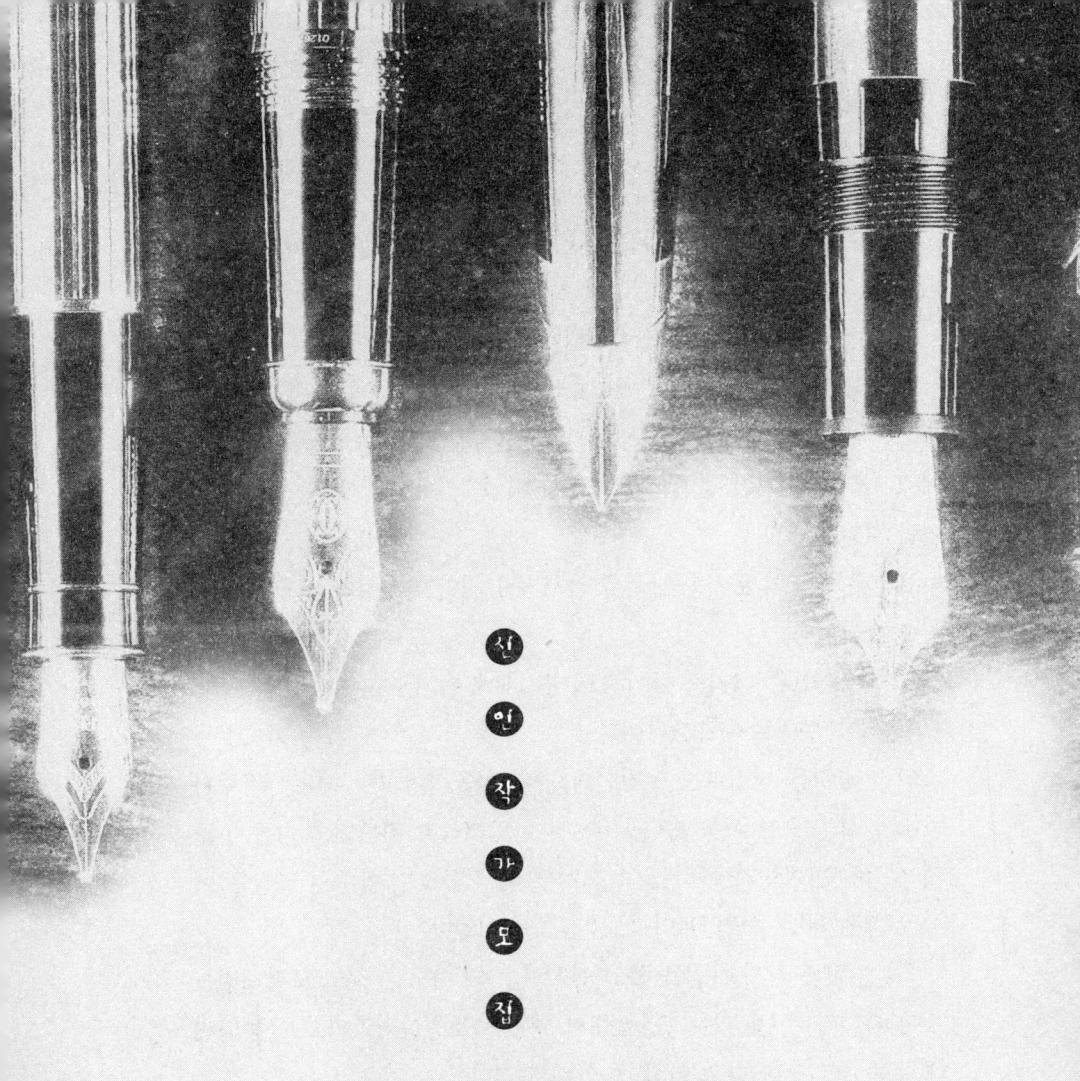